MOI, MICHAEL BENNETT

Né à New York en 1947, James Patterson publie son premier roman en 1976. La même année, il obtient l'Edgar Award du roman policier. Il est aujourd'hui l'auteur le plus lu au monde. Plusieurs de ses thrillers ont été adaptés à l'écran.

Auteur américain, Michael Ledwidge a coécrit plusieurs romans avec James Patterson dont *Une nuit de trop*, *Une ombre sur la ville* et *Les Griffes du mensonge*.

Paru dans Le Livre de Poche :

JAMES PATTERSON
ET MICHAEL LEDWIDGE

Moi, Michael Bennett

TRADUIT DE L'ANGLAIS (ÉTATS-UNIS)
PAR SEBASTIAN DANCHIN

L'ARCHIPEL

Titre original :

I, MICHAEL BENNETT
Publié par Little, Brown and Company, New York, 2012.

Aux habitants de la plus belle des cités riveraines de l'Hudson, l'un des plus beaux fleuves de la planète. Vivez en paix.

À Bob Hatfield, Mick Fescoe, et toute la bande de St. Patrick.

PROLOGUE

Les rats des villes

1

Orange Lake, cent kilomètres au nord de New York

Essoufflée par sa course sur le sentier escarpé, Mary Catherine réfléchissait à s'accorder une pause lorsqu'elle vit la forêt s'ouvrir devant elle. Elle s'immobilisa, les poumons en feu, en découvrant un spectacle féerique.

Sur sa droite, le lac et les collines des Catskill brillaient d'une lueur douce dans la lumière du matin, évoquant ces tableaux qui ont fait la gloire des peintres de l'école de l'Hudson. La jeune femme contempla longuement la scène, hypnotisée par la beauté du paysage. Au pied des collines dorées s'étalaient paresseusement les eaux argentées du lac, sa surface aussi lisse qu'un lit aux draps soigneusement bordés.

Le répit fut de courte durée.

Deux oies qui s'ébattaient près du bord s'envolèrent hâtivement en cacardant, chassées par le projectile qui venait de soulever une gerbe d'eau à côté d'elles.

— Youkilis s'élance ! s'écria joyeusement Eddie Bennett en suivant des yeux les ronds concentriques provoqués par le caillou, de la taille d'une balle de baseball.

Il tomba à genoux en levant les bras au ciel en geste de victoire.

— Le nouveau défenseur des Yankees, Eddie «Laser» Bennett, le déborde d'un kilomètre. Fin de match, fin de championnat, les Yankees ont gagnééééééé !

— Mary Catherine, protesta l'une des filles qui avançaient en tête de colonne.

La petite troupe était constituée de dix enfants, placés sous l'autorité de la jeune femme. Six filles et quatre garçons de sept à seize ans, de toutes origines : latinos, asiatiques, européennes ou africaines. Une colonie arc-en-ciel miniature.

À ceci près qu'il ne s'agissait pas d'une colonie, mais de frères et sœurs. Une famille nombreuse turbulente, parfois agaçante, mais profondément unie. Une famille dans laquelle Mary Catherine avait atterri un jour par le plus grand des hasards, contrainte et forcée.

Contrainte et forcée… Tu parles ! sourit-elle intérieurement en poussant Eddie devant elle sur le sentier forestier. Mary Catherine savait bien ce qui l'incitait à rester, contre vents et marées : la présence de Mike Bennett, le père de cette tribu infernale. Inspecteur au sein du NYPD, Mike avait été retenu à New York par une enquête, laissant Mary Catherine jouer les gardes-chiourmes dans le chalet du clan Bennett, au bord du lac.

Jusqu'au week-end, tout du moins.

L'idée de cette sortie revenait aux deux benjamines, Shawna et Chrissy. Désireuses d'innover, elles avaient proposé un petit déjeuner pique-nique. Jane, forte de son expérience de guide, avait transformé l'équipée en randonnée à travers les sites naturels du comté d'Orange. Un projet louable que Ricky, Eddie et Trent s'évertuaient à saboter, comme de juste.

Ricky Bennett bondit sur un rocher en imitant un roulement de tambour. Un rythme de rap, plus exactement. Celui-là même que leur avait infligé le gamin de treize ans tout au long des deux heures qu'avait duré le trajet depuis New York, la veille.

— Allons bon, une nouvelle mutinerie, maugréa Mary Catherine en se précipitant à la tête de la colonne.

Trent, imitant l'exemple de Ricky, s'était hissé à sa suite sur son perchoir en poussant des glapissements.

— J'm'en carre de la forêt, j'veux r'trouver ma cité, rappa Rick à tue-tête.

Les deux gamins, très fiers d'eux, se roulèrent par terre de rire.

— Mary Catherine ! hurla Jane, quatorze ans au compteur.

La jeune nounou déguisa son sourire derrière une mine revêche. Jamais elle ne l'aurait avoué, même sous la torture, mais les facéties des garçons la faisaient rire.

— Trent ! Ricky ! Vous arrêtez immédiatement ! cria-t-elle en évitant de trop faire chanter son accent irlandais. On se promène pour se reposer, pas pour jouer de la batterie.

— C'est pas une batterie, Mary Catherine. C'est une boîte à rythmes, se défendit Ricky, hilare. Une boîte à rythmes vocale.

— C'est ta tête que je vais rythmer si tu continues, répliqua Mary Catherine en rabattant son chapeau sur son visage.

Se retournant d'un bloc, elle eut la confirmation qu'Eddie multipliait les grimaces dans son dos.

— Quant à toi, Eddie Andrew Bennett, ajouta-t-elle en le menaçant de l'index, avise-toi seulement de jeter un seul caillou aux habitantes à plumes de la région et on verra si ta PlayStation assure la victoire des Yankees en éliminant Youkilis !

2

Mary Catherine reprit sa place derrière la colonne en adressant un regard de détresse aux deux aînés, Juliana et Brian. Ceux-ci se gardèrent bien de comprendre sa mimique, continuant d'avancer imperturbablement.

Ce n'était pas du côté des ados que la jeune femme devait chercher du secours à cette heure matinale. Encerclée par l'ennemi, elle ne pouvait compter que sur elle-même. Elle effaça d'un doigt la perle de sueur qui menaçait de lui goutter du nez.

Peut-être avait-elle eu tort d'organiser une telle excursion, d'autant qu'ils étaient arrivés tard la veille. D'un autre côté, à quoi bon sortir ces gamins de leur jungle de béton si elle ne les forçait pas à profiter de l'air pur ? Ils auraient traîné en pyjama toute la journée si elle les avait écoutés. Comme tout bon sergent instructeur, ou toute bonne sœur qui se respecte, elle savait que la méthode forte était encore la plus efficace, en dépit des récriminations. Elle avait eu tout le loisir de s'en apercevoir depuis qu'elle avait accepté le rôle ingrat de nounou de la famille la plus exigeante de la planète, quelques années plus tôt.

Les bouffonneries de ses frères ne refroidissaient en rien les ardeurs de Jane. Plongée dans son guide, la chef de meute poursuivait son chemin inlassablement. Elle fit signe à la petite troupe de s'arrêter en découvrant des oiseaux tout gris qui piaillaient au bord d'un ruisseau. Elle porta à ses yeux les jumelles qu'elle avait autour du cou.

— C'est des colombes ? s'enquit Fiona en s'accroupissant près de sa sœur. Non, attends. Je sais ! Des pluviers !

— Très bien, Fiona, murmura Jane en prenant des notes sur une page de son guide. Ce sont des pluviers semi-palmés, apparemment.

Le groupe venait de se remettre en route lorsqu'un coassement se fit entendre au milieu des troncs.

— Tu crois que c'est un oiseau, ça aussi ? demanda Chrissy du haut de ses sept ans, tout excitée.

— Non, ma poupée, la corrigea Jane en lui caressant la tête. Je crois que c'est un cri de grenouille.

— Très probablement une grenouille semi-palmée, Chrissy, commenta Ricky derrière les filles.

Les autres garçons pouffèrent de rire.

Trent se figea soudainement, comme arrêté par un mur invisible. Sautillant sur place, il pointa du doigt les broussailles à gauche du petit chemin.

— Hé ! C'est quoi, ce truc ? hurla-t-il.

Mary Catherine se précipita.

Éclairée par les rayons de soleil qui perçaient à travers la frondaison, une frêle silhouette grise gisait sur l'humus, au pied d'un orme. La jeune femme reconnut une biche en voyant un nuage de buée s'échapper de ses naseaux. Une forme verdâtre et poisseuse reposait sur le sol sablonneux à côté de l'animal. Un brouillard vaporeux enveloppait l'étrange créature qui s'agita lentement.

Mary Catherine comprit en voyant la biche lécher l'étrange cocon : elle venait de mettre au monde un bébé.

— Berk ! fit Trent.

— Quoi ? l'interrogea Ricky.

— Ouuuuuh, ajouta Eddie d'un air dégoûté.

— Doucement, les enfants. Chhhhhut ! les calma Mary Catherine en leur signifiant de s'accroupir.

Ils observaient la biche, tapis au bord du sentier, lorsque l'animal cessa brusquement de lécher la masse visqueuse. La membrane humide se déchira et une minuscule tête en émergea. Le bébé s'ébroua, battit furieusement des paupières et s'extirpa de la coque gluante et fumante.

Mary Catherine oublia un instant ce merveilleux spectacle et se tourna vers sa tribu. Tous les enfants sans exception étaient bouche bée. À commencer par les garçons qu'elle n'avait jamais vus ouvrir de si grands yeux. Le miracle de la vie avait cloué le bec de sa bande de moineaux.

Ils retinrent leur souffle à l'unisson en voyant la mère se relever lentement d'un mouvement gracile, presque noble, et tourner le museau dans leur direction, les oreilles dressées. Le faon, couché par terre, papillota des cils en regardant sa mère, puis roula maladroitement sur lui-même avant de déplier les jambes.

— Allez, l'encouragea Chrissy. Vas-y, tu peux y arriver.

Comme s'il avait compris les exhortations de l'enfant, le nouveau-né se dressa sur ses quatre pattes. Il tangua sur des jambes tremblantes, les yeux écarquillés, sa fourrure aussi fine que le manteau d'un bourdon sous la caresse du soleil.

— On dirait un lapin avec des grandes jambes, s'écria Shawna en battant des mains, emportée par l'enthousiasme. Il est *trop* mignon !

C'est toi qui es trop mignonne, pensa Mary Catherine en déposant un baiser attendri sur le crâne de la petite fille qui trépignait de joie. *Le miracle de la vie, il est là*, poursuivit-elle en son for intérieur en regardant tour à tour le faon et l'armée de jeunes amours qui avait pris possession de son existence.

LIVRE 1

L'arrestation du Roi Soleil

1

Les néons de Broadway brillent de mille feux, c'est bien connu. De mon poste d'observation, au premier étage du vieux commissariat en brique du 34e, au coin de Broadway et de la 183e Rue dans le quartier de Washington Heights, je vous assure pourtant que j'avais des doutes. Les seules lumières qui trouaient l'aube glacée étaient celles d'une vieille guirlande de Noël entortillée autour de l'auvent délavé d'une bodega, sur le trottoir d'en face.

La guirlande en question ne clignotait même pas.

J'ai observé en bâillant le décor sinistre de cette rue déserte, conscient que le spectacle aurait pu être pire. Bien pire. Quand j'ai débuté au NYPD en 1992, dans ce même commissariat, Washington Heights était l'un des quartiers les plus gangrénés par la drogue du nord de Manhattan. Les éclairs qui trouaient la nuit étaient essentiellement ceux des coups de feu tirés des toits des alentours.

À vingt-deux ans, frais émoulu de l'école de police, je rêvais de servir ma ville. C'est moi qui ai été servi.

Cette année-là, on a enregistré un record de cent vingt-deux meurtres à Washington Heights. «La mort sait compter jusqu'à trois», comme disaient mes collègues en plaisantant. Effectivement, une nouvelle victime tombait tous les trois jours, avec une régularité métronomique.

Au début des années 1990, le quartier s'était transformé en supermarché de la cocaïne. Tous les samedis à 2 heures du matin, on se serait cru à l'heure de pointe dans un drive-in McDo tellement il y avait de toxicos en manque dans les petites rues.

Nous avons toutefois réussi à inverser la tendance. On a fini par boucler les dealers et fermer les squats, jusqu'à convaincre les consommateurs de crack que Washington Heights était un quartier ordinaire, et non une pharmacie en plein air.

Quand je dis «on», je veux parler des anciens qui m'ont «élevé» (selon l'expression consacrée). Les vétérans de la brigade anti-criminalité qui m'ont pris sous leur aile en m'apprenant le métier de flic. Essentiellement des anciens du Viêtnam qui ont laissé derrière eux les champs de bataille du Sud-Est asiatique pour découvrir la guérilla urbaine en rentrant à New York. On passait nos jours et nos nuits sur les trottoirs à arrêter les délinquants, à confisquer les armes à feu et à coffrer les truands.

Et voilà qu'une enquête me ramenait au théâtre de mes débuts. Assis près de la fenêtre, je repensais à ces flics intrépides, m'imaginant les voir débarquer d'une minute à l'autre, se garer en contrebas sur les places de parking en épi et jaillir de leurs voitures, prêts à secourir un collègue à la peine.

Nous avons remporté la bataille de Washington Heights, c'est vrai, mais la guerre contre la drogue n'est pas terminée. Tant s'en faut.

J'ai reporté mon attention sur l'épais rapport posé devant moi.

En fait, la guerre ne faisait que commencer. Une guerre plus dure et meurtrière que jamais.

2

J'ai feuilleté un paquet de photos, à la recherche de celle qui m'avait tiré du lit à une heure aussi matinale. Une photo en couleurs que j'ai adossée à l'écran de mon ordinateur portable, comme je l'avais fait des dizaines de fois depuis quelque temps.

Le cliché montrait trois hommes dans le décor miteux d'une rue mexicaine, debout près d'un superbe pick-up rouge. Un Ford Super Duty flambant neuf. Deux d'entre eux, le visage dissimulé sous un bandana, une casquette de baseball vissée sur le crâne, étaient armés de fusils d'assaut AR-15 équipés de chargeurs amovibles. Ils encadraient un Black trapu à la peau claire. Une Tank Cartier en or dépassait de la manche de son costume noir taillé sur mesure, rehaussé par une cravate Hermès.

Je connaissais cet homme par cœur, pour avoir contemplé ce cliché des dizaines de fois : son regard bleu pâle, ses cheveux poivre et sel coupés court, son élégance ostentatoire. Il adressait à l'objectif un sourire digne d'un mannequin ou d'un athlète.

Rien de surprenant à cela, puisqu'il s'agissait d'une star.

Une star vénéneuse.

Manuel Perrine, surnommé le Roi Soleil, était le chef du plus criminel des cartels de drogue mexicains, Tepito. Deux ans auparavant, il avait commandité le meurtre de deux gardes-frontières américains en Arizona. Les malheureux avaient été exécutés avec femme et enfants, puis les assassins avaient mis le feu à leurs maisons. Perrine, qui figurait en bonne place sur la liste des milliardaires publiée par le magazine *Forbes*, se trouvait dans une prison mexicaine au moment des faits. Évadé peu après lorsque les États-Unis avaient demandé son extradition, il s'était évanoui dans la nature.

Jusqu'à l'annonce de sa venue à New York ce jour-là. Nous savions où, et quand. Le dossier de dix pages que je potassais planifiait l'arrestation de Perrine dans ses moindres détails. Nous avions des photos du lieu de rendez-vous, la description du bâtiment, ainsi qu'une batterie de plans récupérés sur Google. Tout avait été prévu, jusqu'au trajet entre le lieu de l'opération et le service des urgences du Presbyterian Hospital, en cas de pépin. Je croisais les doigts pour que cette précaution soit inutile.

Si tout se déroulait comme prévu, l'un des hommes les plus dangereux de la planète dormirait le soir même derrière les barreaux, et nous fêterions dignement l'événement dans un bar, en fin d'après-midi, avec mes collègues du NYPD, les gars des Stups et ceux du FBI.

À la lecture du dossier, l'opération ne pouvait que réussir. Cela ne m'empêchait pas d'être inquiet.

Et même sur des charbons ardents, si vous souhaitez savoir la vérité.

Mon expérience dans les Heights m'a enseigné que les plans les mieux préparés ne sont pas infaillibles. Comme le disait un jour le très sage Mike Tyson : « Tout le monde a un bon plan… jusqu'au jour où on prend un coup sur la cafetière. »

3

— Tu es déjà là ? Tu as gagné une médaille et un autocollant orné d'un smiley, ai-je entendu dans mon dos cinq minutes plus tard.

Un énorme gobelet de café atterrit au même moment sur mon bureau avec un bruit sourd.

— Attends. Je retire ce que j'ai dit, a poursuivi l'individu barbu et chevelu qui s'installait en face de moi.

— J'oubliais que Votre Majesté n'est pas obligée de se taper la route depuis le fin fond du Bronx puisqu'elle a la chance insigne de vivre à Manhattan, a-t-il enchaîné. Excuse-moi d'avoir oublié que j'avais affaire à un *yuppie*.

J'ai souri. Ce petit malin de Hughie McDonough me chambre depuis l'époque où nous étions tous les deux en primaire à Saint-Barnabas, au cœur de Woodlawn, le quartier du Bronx où nous avons grandi. Non contents d'être copains d'enfance, Hughie et moi avons intégré l'école de police ensemble avant d'effectuer nos classes tous les deux à la Bac du 34ᵉ. Nous nous sommes perdus de vue quand j'ai été muté au commissariat du 52ᵉ dans le Bronx, tandis qu'il quittait le NYPD pour entrer aux Stups. Au cours des quinze dernières années, McDonough s'est bâti une réputation digne d'une rock-star en tant qu'agent infiltré. Sa parfaite connaissance des cartels colombiens et mexicains nous valait de retravailler enfin ensemble, dans le cadre de l'unité montée par le NYPD et les services fédéraux pour coincer Perrine.

J'ai secoué la tête d'un air navré.

— Sacré McDonough, toujours en retard. Laisse-moi deviner : ton sèche-cheveux est tombé en panne ? Non, je sais ! Tu n'avais plus de démêlant pour ta barbe à la Jésus-Christ.

— Je me suis toujours demandé, Bennett… À quoi ressemble New York au-dessous de la 96ᵉ Rue ? a rétorqué Hughie du tac au tac. Parle-moi un peu des réceptions qu'on donne en ton honneur. À en croire le dernier numéro de *New York*, tu es l'un des as du NYPD. J'imagine que tu es invité à tous les pince-fesses de la haute.

Je lui ai adressé un regard songeur.

— Les pince-fesses ressemblent à des *rave parties*, Hughie. Sauf que ça se déroule à l'intérieur et qu'on te sert à boire dans des verres en cristal, au lieu des gobelets en plastique auxquels tu es habitué.

— À l'intérieur ? m'a-t-il demandé en se grattant la tête. Comment fait-on pour organiser le stand de tir ? C'est pas grave si on fait des trous dans les murs en voulant déquiller des cannettes de bière ?

Je lui ai lancé à la figure le couvercle de mon gobelet de café.

— McDonough, McDonough, McDonough !
Tu devrais avoir honte de toi. Quand je pense que tu
étais enfant de chœur !

Cette fois, il n'a pu s'empêcher de rire. Enfant
de chœur. C'est le surnom que nous donnaient
les Blacks et les Latinos de la communale quand
ils nous repéraient avec nos uniformes d'école catho
dans le métro. Il n'en fallait pas davantage pour
l'énerver. Il n'était pas particulièrement grand, mais
son pompier de père inscrivait Hughie et ses quatre
frères aînés chaque année au tournoi de boxe de
la ville. Il avait retenu la leçon. Un jour, à en croire
la légende du lycée, il a viré du bus une grande gueule
de Pelham, l'envoyant bouler dans la 233ᵉ Rue d'un
seul coup de poing.

— Aux enfants de chœur, a trinqué McDonough en
approchant son gobelet de café du mien. Prions le ciel
de ne jamais nous trouver à court d'horribles cravates
à carreaux, de chaussettes blanches et de chaussures
noires.

J'ai trinqué à mon tour avec mon vieux copain de
classe en l'observant par-dessus mon gobelet.

Je n'étais pas fâché d'avoir un baroudeur comme lui
à mes côtés ce jour-là. L'opération qui nous attendait
ne s'annonçait pas de tout repos. Hughie n'avait rien
perdu de sa superbe avec l'âge. C'était le coéquipier
idéal, même avec son caractère de tête brûlée.

Je me suis tourné vers la fenêtre, un sourire aux
lèvres, avant de reporter mon attention sur la photo de
Perrine. McDonough valait bien les vétérans de la Bac.

4

— Alors, chef ? Tu as mis la dernière main à ton plan ? s'est enquis McDonough en feuilletant les documents posés sur le bureau.

— À l'instant. J'ai prévu un scénario de couverture au cas où le Roi Soleil ne s'en tiendrait pas au script initial. Dis-moi ce que tu en penses : « En cas de besoin, nous nous éloignerons du plan original en adoptant la technique d'arrestation la mieux appropriée. »

— Bien, a-t-il approuvé, les yeux perdus au plafond. Tu devrais ajouter un truc du genre : « Nous neutraliserons l'adversaire de la façon la plus rapide et la plus efficace possible, en tenant compte des impératifs de sécurité au moment de l'action. »

J'ai approuvé du chef en tapant la phrase sur le clavier de mon Toshiba.

— Bien vu, l'enfant de chœur. Si ce n'est pas de la langue de bois, je ne sais pas ce que c'est. Tu n'es pas complètement idiot, ce qui en dit long pour un ancien de Fordham.

30

Ayant moi-même effectué mes études supérieures au Manhattan College, je ne pouvais pas rater une telle occasion de brocarder un élève de l'autre grande université catholique du Bronx.

McDonough a haussé les épaules.

— J'aurais bien aimé aller au Manhattan College comme toi, Mike, mais je ne l'ai jamais trouvé sur la carte. Figure-toi que j'ai cherché cette fichue fac à Manhattan, alors qu'elle se planque dans le Bronx, malgré son nom. Cela dit, ce ne sont pas les jésuites qui m'ont enseigné la langue de bois. N'oublie pas que j'appartiens aux Stups, les rois du baratin.

J'ai poursuivi la joute sans m'arrêter de pianoter sur le clavier.

— J'imagine que tu as obtenu ta licence de baratin avec mention « très bien ».

— Exactement, a rétorqué McDonough en s'enfonçant dans son fauteuil, les yeux fermés. N'empêche que je ne t'arrive pas à la cheville. Sérieusement, vieux gars, j'ai déjà participé à pas mal d'opérations de ce genre, mais celle-ci bat tous les records. On tient un sérieux sac à merde, et c'est à toi qu'on devra de l'avoir coincé.

Je me suis incliné tout en poursuivant ma tâche.

— Prends-en de la graine, petit.

Hughie avait raison : cette opération était la mienne. Si étrange que cela puisse paraître, tout avait commencé par une enquête immobilière. Le Service des grandes affaires criminelles, auquel j'appartiens, a été appelé un jour à la rescousse par le P-DG d'une société possédant un immeuble de luxe sur Central Park Ouest. Il soupçonnait le gérant de toucher des pots-de-vin des entrepreneurs qu'il choisissait.

En mettant le type sur écoute, nous nous sommes rendu compte que le gérant ne se contentait pas de toucher des pots-de-vin. Nous étions confrontés à un pervers qui recourait quotidiennement aux services de prostituées, en dépit du fait qu'il appartenait à une grande famille de juifs hassidim du comté de Rockland. Il s'intéressait essentiellement aux jeunes filles d'origine latino, mineures de préférence, qu'il recrutait dans un bordel de Spanish Harlem.

En plus du gérant, nous avons arrêté le patron du bordel en question. Il s'agissait d'un maquereau dominicain nommé Ronald Quarantiello qui nous en a donné pour notre argent car il avait la langue bien pendue. L'individu était fort bien introduit dans la pègre hispanique de New York. Menacé d'une peine de trente ans de prison pour esclavage sexuel, il s'est montré très coopératif. Il nous a notamment donné son associé Angel Candelerio, le chef du principal gang de trafiquants de drogue de la ville, Dominicans Forever. DF pour les intimes.

Vous n'imaginez pas avec quelle facilité ce bon Ronald a retourné sa veste. Il multipliait les saltos à en rendre jaloux un champion olympique de gymnastique. Ronald nous a aidés à truffer de micros la maison de Candelerio comme le restaurant de Washington Heights d'où il traitait ses affaires ; il nous a même permis de placer sur écoute le téléphone crypté du parrain.

J'ai cru que notre maquereau préféré avait abusé des psychotropes le jour où il nous a expliqué que Candelerio était un ami d'enfance de Manuel Perrine. Les micros espions et les écoutes nous ont pourtant confirmé que Ronald ne mentait pas. Cerise sur le gâteau, nous avons appris, par une conversation entre Candelerio et Perrine, que ce dernier comptait venir prochainement à New York.

Une fois en possession des transcriptions de ces conversations téléphoniques, ma patronne en a parlé à son patron. Ce dernier a monté avec le FBI et les Stups une unité d'intervention dont la direction a été confiée à votre serviteur.

Un mois s'était écoulé depuis et l'arrestation devait avoir lieu ce jour-là, à midi.

Le portable de McDonough a sonné. Hughie s'est levé, l'appareil à l'oreille, et j'en ai profité pour relire le dossier une dernière fois. J'ai revérifié les ordres de mission des uns et des autres, mémorisé la disposition des lieux, examiné les cartes. J'ai conclu le tout en passant en revue les clichés sordides des gardes-frontières assassinés sur ordre de Perrine.

Une photo, surtout, me hantait : celle d'un Dodge Caravan dans le garage du pavillon de l'un des deux hommes. L'emplacement du pare-brise n'était plus qu'une ouverture béante maculée de sang. L'avant du monospace, transformé en gruyère, était troué de plusieurs centaines d'impacts de balle.

Hypnotisé par cet étalage de violence d'une brutalité inouïe, j'en arrivais à me demander si se voir confier l'arrestation d'un monstre tel que Perrine tenait de la bénédiction, ou bien de la malchance.

J'ai relevé la tête et lancé un coup d'œil en direction de la pendule accrochée au-dessus de la fenêtre. Dans le ciel filtraient les premières lueurs de l'aube.

Je ne tarderais pas à être fixé.

5

À 8 heures, la salle de réunion du premier étage ressemblait à une ruche.

Les unités d'intervention sont habituellement composées d'une douzaine de flics, mais une arrestation de cette importance mobilisait pas moins d'une trentaine d'enquêteurs confirmés. Dopés au café et à l'adrénaline, impatients de passer à l'action, ils échangeaient des blagues en se donnant des claques amicales dans le dos.

En balayant la salle des yeux, j'ai remarqué la présence d'une bonne dizaine de hauts responsables. Je les avais conviés par politesse, histoire de leur donner l'occasion de briller devant les caméras le moment venu.

Si tout se déroulait comme prévu. Car si d'aventure l'opération tournait mal, ils s'empresseraient de s'évaporer dans la nature.

Je me suis tourné vers mes collègues, Hughie à mes côtés.

— Bonjour à toutes et à tous. Nous avons vu et revu ensemble le déroulement de l'opération, mais je note la présence de plusieurs nouveaux visages, ce qui m'incite à reprendre une dernière fois.

J'ai pointé du doigt la photo du Roi Soleil accrochée au tableau magnétique.

— Je ne vous apprendrai rien en vous disant que notre cible est cet homme. Manuel Perrine dirige le cartel mexicain Tepito, responsable de plus de sept cents meurtres en trois ans.

— C'est un Mexicain ?

La question provenait d'un responsable du NYPD à cheveux blancs que je ne connaissais pas. Dans les réunions de ce genre, les touristes galonnés sont toujours les premiers à vous casser les bonbons.

D'un coup d'œil en coin, j'ai refilé le bébé à Hughie.

— Il est originaire de Guyane, a expliqué McDonough. Sa famille s'est installée dans les années 1990 en France, où Perrine a intégré les commandos de la Marine, l'équivalent français de nos Seal. Au début des années 2000, il est retourné en Amérique du Sud où il a vendu ses services comme mercenaire. Il a notamment entraîné les guérilleros des Farc, les narcoterroristes colombiens. On retrouve son nom associé à plusieurs dizaines d'enlèvements et de meurtres perpétrés par les Farc, ainsi qu'à l'assassinat du gouverneur d'une région colombienne. Un attentat au camion piégé qui a fait quinze morts.

J'ai enchaîné avant que le touriste galonné puisse interrompre une nouvelle fois l'exposé.

— Vers 2005, alors que l'armée colombienne intensifiait la lutte contre les Farc, Perrine a pris le chemin du Mexique. Il a mis son savoir-faire de mercenaire au service des cartels locaux, dont il formait les hommes de main et les passeurs.

— Il est en partie responsable de l'escalade de la violence à laquelle nous assistons depuis quelques années, a précisé Hughie. On lui doit la militarisation de ces salopards, ainsi que la planification et la mise en œuvre de plusieurs dizaines de meurtres et d'opérations menées contre les forces de police mexicaines.

— Eu égard à ses états de service, il est impératif de le maîtriser en lui menottant chevilles et poignets, ai-je précisé. Ce type a beau s'habiller comme une gravure de mode, ne vous y trompez pas : c'est un psychopathe formé au sein des forces spéciales. Il vous logera une balle dans la tête aussi froidement que s'il devait se choisir une cravate en soie toute neuve.

— Pouvez-vous nous préciser la raison de sa présence à New York ? Il n'avait plus personne à tuer au Mexique ? s'est enquis un autre touriste, un petit gros du FBI – une fesse perchée sur un bureau, on aurait dit un troll.

J'ai fait taire les ricanements d'un geste en pointant de l'index la photo d'Angel Candelerio, tout sourire, à côté du portrait de Perrine.

— Il vient voir cet homme. Candelerio est le patron des Dominicans Forever, un gang spécialisé dans le trafic de drogue, la prostitution et les jeux. Candelerio cache bien son jeu. Il vit à Bedford où il a pour voisines Mariah Carey et Martha Stewart. Il se déplace en limousine avec chauffeur et sa fille fait son droit à la NYU. Les hommes de l'unité spéciale du FBI surveillent la maison de Candelerio à l'heure qu'il est. Ils le suivront jusqu'au lieu de l'arrestation.

Mon doigt s'est posé sur une troisième photo : un cliché du Margarita, le restaurant de Candelerio à Washington Heights où devait se dérouler la rencontre avec Perrine.

— Je ne vous ai pas demandé où il allait, mais pourquoi il était là, a insisté le troll du FBI en se tournant nonchalamment les pouces.

— Candelerio et Perrine ont grandi dans le même village de Guyane, a répliqué Hughie, volant à ma rescousse. Candelerio possède de nombreux contacts à travers la Caraïbe comme en Europe, en plus des opérations qu'il dirige à New York. Nous sommes persuadés qu'il a l'intention d'utiliser Perrine pour élargir son réseau, à présent que l'air devient irrespirable pour son vieux copain au Mexique.

— Je croyais que ce type-là était milliardaire, a insisté l'agent du FBI en jouant avec un élastique ramassé sur le bureau. Quel âge a ce Perrine ? La quarantaine bien tassée ? Pourquoi ne pas prendre sa retraite, avec tout l'argent dont il dispose ? Pourquoi prendre le risque de se rendre aux États-Unis ? Les petits malins de sa trempe n'ont pas l'habitude de se comporter comme des imbéciles.

J'ai adressé un haussement d'épaules à cet avocat du diable de malheur.

— Allez savoir ? Peut-être qu'il a une dent contre l'Amérique. Ou alors il est persuadé d'être invincible, à moins qu'il ne souhaite nous adresser un pied de nez géant.

J'ai pointé à nouveau du doigt la photo du restaurant.

— Quelle que soit la raison de sa présence à New York, Perrine a rendez-vous à midi avec Candelerio dans cet établissement, à deux rues d'ici. Nous allons les laisser s'installer confortablement avant de nous inviter à leur petit raout. Chacun d'entre vous connaît sa mission. C'est le moment.

— Tout ça est bien joli, mais de quelle protection juridique disposons-nous ? a demandé un jeune gradé du FBI en consultant son BlackBerry d'un air blasé.

J'ai brandi l'enveloppe kraft contenant l'acte d'inculpation officiel et le mandat d'arrêt établi au nom de Perrine par un juge fédéral.

— Tous les papiers sont là.

— Il ne nous reste plus qu'à les lui remettre en main propre, a conclu Hughie.

6

Engoncé dans un épais gilet en kevlar qui me faisait transpirer abondamment, j'observais à la jumelle le supermarché CTown et la boutique de téléphones portables collés au Margarita, le restaurant de Candelerio, depuis la cage d'escalier d'un vieil immeuble de Saint Nicholas Avenue.

C'était une journée froide et venteuse. Au-dessus des toits, le ciel était couleur de plomb. Tous ceux qui ont fait des planques savent à quel point les heures s'écoulent avec une lenteur exaspérante, comme si le temps tournait brusquement au ralenti.

J'ai regardé ma montre pour la centième fois. 10 h 40. Encore plus d'une heure à attendre. J'ai grimacé intérieurement en voyant défiler dans ma tête les photos des dealers mexicains armés jusqu'aux dents, le cliché terrifiant du monospace criblé de balles.

Midi pile… comme dans *Le train sifflera trois fois*.

Je n'avais aucune envie que l'arrestation tourne au western, mais j'y étais prêt, connaissant notre client. À l'image des autres membres de l'unité d'intervention, j'étais lourdement armé. En plus de mon Glock de service, je disposais d'un fusil d'assaut M4 muni d'un viseur holographique. Les flics new-yorkais ne sont pas vraiment des boy-scouts, ce qui ne nous empêche pas d'être toujours prêts.

Les types de l'unité d'élite des Stups, suréquipés avec leurs boucliers balistiques et leurs mitraillettes MP5, étaient en planque dans une fourgonnette de boulanger garée au coin de la rue. Une demi-douzaine de renforts et d'agents du FBI surveillaient la ruelle longeant l'arrière du restaurant depuis l'immeuble d'en face.

La nasse était en place. Il ne nous restait plus qu'à attendre Perrine.

— Hé, c'est quoi cette merde ? a murmuré Hughie en se postant à la fenêtre près de moi.

— Quoi ? Où ça ?

Je balayais la rue de tous les côtés avec mes jumelles.

— Ce bruit. Écoute, a repris McDonough.

J'ai lâché mes jumelles Nikon et tendu l'oreille en direction de la fenêtre ouverte qui laissait filtrer le boum-boum caractéristique d'un air disco, en provenance de la jungle des taudis qui nous entouraient.

— Quelqu'un qui organise une boum. Et alors ?

— Tu ne te souviens pas ? a répliqué McDonough en hochant la tête en rythme. C'est la chanson qu'on entendait tout le temps l'été où on faisait équipe, dans les années 1990. « Rhythm Is A Dancer ». Qu'est-ce que j'ai pu m'éclater sur ce truc-là.

J'ai essuyé mon visage couvert de sueur d'un revers de manche.

— Décidément, mon pauvre Hughie, tu ne sortiras jamais de l'adolescence.

L'attente se poursuivait, interminable, lorsque le portable de Hughie a retenti, à 11 heures précises. Le pouce levé, il m'a confirmé qu'il s'agissait de l'équipe de surveillance du FBI dans le comté de Westchester, où vivait Candelerio. Le Dominicain se trouvait sous surveillance terrestre et aérienne constante depuis une semaine. En outre, nous avions mobilisé tous les services de police de Westchester et du Bronx au cas où une déviation imprévue viendrait entraver la circulation.

— Candelerio vient de partir. Il se dirige actuellement vers le Saw Mill River Parkway, m'a informé Hughie en raccrochant. Il sera là dans une demi-heure. Mais écoute bien ça : le guetteur signale que sa femme et ses trois filles l'accompagnent, et qu'elles sont toutes sur leur trente et un.

J'ai froncé les sourcils. Procéder à une arrestation dans un lieu public était déjà suffisamment délicat sans que la présence du clan Candelerio vienne compliquer la donne.

— Sur leur trente et un ? Tu veux dire qu'il vient voir Perrine avec toute sa petite famille ?

McDonough a haussé les épaules.

— Va savoir.

— Si ça se trouve, c'est un honneur pour elles de rencontrer le Roi Soleil. C'est vrai qu'on n'a pas l'occasion d'être reçu en audience par un monarque tous les jours.

J'ai regagné mon poste d'observation sur le rebord de fenêtre. Je surveillais avec les jumelles les véhicules qui ralentissaient en contrebas, les passants qui longeaient le restaurant. Si Candelerio était en route, Perrine ne tarderait plus.

La gorge nouée, j'ai vu un Escalade toutes options s'arrêter devant l'entrée du Margarita. La portière arrière s'est ouverte et trois hommes sont descendus du 4 × 4. Impossible de distinguer leurs visages à cause de leurs casquettes de baseball et de leurs lunettes de soleil.

Je me suis rué sur ma radio.

— Quelqu'un a-t-il vu s'il s'agissait de Perrine ? Peut-on confirmer l'identité des trois arrivants ?

— Négatif, m'a répondu l'un des flics planqués à l'arrière de l'établissement. Ils sont entrés trop vite.

— Putain de merde…

Hughie, à la fenêtre, a émis un petit sifflement.

— Mike, du mouvement à six heures.

J'ai braqué les jumelles sur le restaurant. Une serveuse dominicaine aux cheveux courts portant de grandes boucles d'oreilles en argent est apparue sur le trottoir. Un petit air de Rihanna avec sa peau cuivrée, Valentina était la cousine de notre informateur. Elle était censée nous signaler l'arrivée de Perrine en allumant une cigarette.

Les yeux collés aux jumelles, je l'ai vue regarder des deux côtés de la rue.

— Préparez-vous, ai-je glissé dans ma radio, prêt à donner le feu vert aux autres équipes.

Au moment où je m'y attendais le moins, loin d'allumer une cigarette comme convenu, Valentina a jeté un coup d'œil par-dessus son épaule en direction du restaurant, puis elle s'est élancée en courant sur Saint Nicholas Avenue comme si elle avait le diable aux trousses, martelant le trottoir de ses hauts talons.

7

— C'est quoi, ce bordel ? s'est écrié Hughie, exprimant tout haut ce que je pensais tout bas.

J'ai enfoncé le bouton de ma radio.

— Vite, coffrez-la.

— À quoi rime son manège ? Tu crois que c'est Perrine qui vient d'entrer ? m'a demandé Hughie. Elle a oublié le signal ?

— Attendons de lui poser la question. Si ça se trouve, elle a paniqué.

J'ai été interrompu par la sonnerie de mon portable.

— J'étais complètement perdue, je suis vraiment désolée, s'est excusée Valentina entre deux sanglots.

— Ne te bile pas, Valentina. Je vais demander qu'on te récupère. Écoute-moi bien. J'ai besoin de savoir si c'est bien Manuel Perrine qui vient de pénétrer dans le restaurant.

— Non, ce sont des hommes de Candelerio. Je les ai entendus plaisanter avec le gérant, ils étaient ravis à l'idée de pouvoir s'amuser aujourd'hui puisque Candelerio ne vient pas déjeuner. Je ne pouvais pas vous appeler tout de suite, j'avais trop peur qu'ils repèrent mon manège. Vous savez très bien ce qu'ils me feraient s'ils me voyaient téléphoner à un flic. C'est pour ça que je suis partie. Je ne veux plus y retourner. Je me fiche de ce que vous ferez à mon cousin. Je n'en peux plus de travailler pour des assassins.

Je n'en croyais pas mes oreilles. J'ai posé machinalement les yeux sur la façade du restaurant. Candelerio ne venait pas ? Perrine ne viendrait donc pas non plus. Pour quelle raison ? Nous avaient-ils repérés ? Avaient-ils convenu de se retrouver ailleurs ?

— Comment se fait-il que Candelerio ne vienne pas ? Tu n'es au courant de rien ?

J'ai veillé à m'exprimer le plus posément possible, mais mon cœur battait à tout rompre.

— J'ai cru comprendre qu'il assistait à une fête de famille. Un diplôme, ou un truc comme ça.

Un diplôme ? Réfléchir, vite. À cette époque de l'année, il ne pouvait s'agir que de la fille aînée des Candelerio, Margot. Celle qui étudiait le droit à la NYU. Après tout, c'était logique. Voilà qui expliquait la présence de la femme et des filles de Candelerio, en grande tenue. Sauf que, depuis un mois, le trafiquant de drogue avait donné rendez-vous à Perrine à midi dans son restaurant.

Non, tout ça n'avait aucun sens.

— Une voiture de police vient de s'arrêter. Je vous en prie, laissez-moi rentrer chez moi, a gémi Valentina à l'autre bout du fil.

— Bien sûr. Tu as été parfaite. Je te rappelle bientôt.

Au moment où je raccrochais, un camion-poubelle qui passait dans la rue en cahotant sur les nids-de-poule a fait trembler la cage d'escalier. Imperméable à tout ce qui m'entourait, je cherchais à comprendre.

— Alors ? m'a interrogé Hughie en écartant les mains.

— Alors, on s'est trompés. Candelerio ne vient pas. Il se rend à la cérémonie de remise de diplôme de sa fille.

— Je ne comprends plus rien, a grommelé Hughie en tournant en rond sur le palier. Tu as lu les transcriptions des conversations téléphoniques comme moi. Perrine a toujours parlé du Margarita, et nous sommes devant. Candelerio possède des parts dans ce restau. Il y mange trois fois par semaine !

J'ai repassé dans ma tête l'ensemble des éléments dont je disposais, à commencer par les retranscriptions téléphoniques. Les deux hommes s'exprimaient dans un curieux mélange d'espagnol et de créole que pas moins de deux experts du FBI s'étaient chargés de traduire. Mais Hughie avait raison. Perrine faisait constamment référence au Margarita dans ses conversations. Margarita, à midi.

— Et si le Margarita en question n'était pas un lieu ?

— Que voudrais-tu que ce soit ? a répliqué Hughie. Tu t'imagines peut-être que Perrine a donné rendez-vous à Candelerio pour boire une margarita ?

— Pourquoi pas un nom de code ? Que signifie le mot *margarita* en espagnol ?

— Euh… téquila et citron vert ? a plaisanté Hughie en sortant son portable. Si encore tu sollicitais mes connaissances en gaélique… Attends, j'appelle l'inspecteur Perez.

Quelques instants plus tard, il se tournait vers moi en raccrochant :

— Perez dit que c'est le nom espagnol de la marguerite…

Nous avons sursauté tous les deux en comprenant d'un seul coup.

— Margot ! La fille de Candelerio !

— D'accord, mais pour quelle raison Perrine voudrait-il assister à la cérémonie de remise de diplôme de Margot Candelerio ?

La question méritait d'être posée.

— Il préfère peut-être rencontrer Candelerio en public. Ou bien alors…

J'ai claqué des doigts en me souvenant d'un détail qui m'avait chiffonné à la vue des photos de surveillance. J'ai aussitôt composé le numéro du commissariat. On m'a passé l'inspecteur de l'unité d'intervention resté de garde.

— Tu trouveras une photo de la famille Candelerio sur mon bureau. Envoie-la-moi par SMS d'urgence.

Moins d'une minute plus tard, une vibration m'annonçait l'arrivée du message. Hughie et moi nous sommes penchés sur la photo. Le nom des différents membres du clan Candelerio figurait sous chacune des silhouettes. J'ai souri en dévisageant la fille aînée.

— J'en étais sûr ! Regarde Margot. Elle est beaucoup plus foncée que les autres. Et elle a des yeux bleus très clairs, alors que Candelerio et sa femme ont les yeux bruns. C'est fou ! Comment un détail pareil a-t-il pu nous échapper ?

— Tu as raison, s'est écrié Hughie. En plus, elle ressemble à Perrine. Putain, Mike ! Tu es génial ! Margot est sûrement la fille de Perrine.

— L'autre olibrius du FBI avait raison. Perrine n'aurait jamais pris le risque de se rendre aux États-Unis pour de l'argent. Il est venu assister à la cérémonie de fin d'études de sa fille.

Le téléphone de Hughie a sonné.

— Candelerio vient de passer la sortie de Washington Heights. Il poursuit sa route en direction de Manhattan, m'annonçait-il quelques instants plus tard. Il reste sous surveillance aérienne, mais les gars du Swat attendent tes instructions.

— Dis-leur qu'on passe au plan B, ai-je crié en m'élançant dans les escaliers. J'ai comme l'impression qu'on est attendus pour une remise de diplôme.

8

Dix minutes plus tard, le cortège de quatre véhicules de l'unité d'intervention descendait le West Highway à toute allure en direction du sud, sirènes hurlantes. J'avais confié le volant à Hughie pour mieux gérer la radio et le téléphone. Il s'agissait de coordonner au plus vite notre action avec celle des autres équipes, tout en maintenant les chefs informés. Je ne sais pas ce qui défilait le plus rapidement : les appels sur la fréquence réservée à la police, ou bien les glissières de sécurité de l'autre côté de la vitre.

— Heureusement que tu as pensé à annexer au dossier une assurance accident, a plaisanté Hughie.

Le pied au plancher, il tentait d'établir un nouveau record de vitesse. Il a laissé échapper un cri sauvage en envoyant voler un cône de sécurité dans les eaux de l'Hudson.

À l'inverse de mon coéquipier, je ne prenais pas l'affaire à la légère. Un coup de fil à la NYU m'avait permis d'apprendre que la remise des diplômes avait lieu à midi et demi, mais pas dans les locaux de la fac de droit.

La cérémonie se déroulait au Madison Square Garden, en présence de plusieurs milliers de personnes !

Comment procéder à l'arrestation de Perrine au milieu d'une telle foule, sans dégâts collatéraux ? Les premiers gratte-ciel de Midtown sont apparus sur la gauche. En attendant, je n'avais toujours pas idée de la façon dont nous allions procéder.

Nous avons coupé les sirènes en sortant du West Side Highway à hauteur de la 34e Rue. Il nous a ensuite fallu quelques minutes pour nous frayer un chemin à travers la circulation de Manhattan jusqu'au Garden, au coin de la 7e Avenue et de la 32e Rue. La foule des participants à la cérémonie pénétrait dans le célèbre bâtiment. Des familles souriantes en habit de fête, caméscope et ballon à la main, entouraient de jeunes diplômés en toge noir et violet.

Quand bien même nous aurions réussi à repérer Perrine, il pouvait nous échapper par l'une ou l'autre des dizaines d'issues disséminées tout autour du bâtiment. Un vrai gruyère. Il nous fallait trouver le moyen d'acculer le trafiquant dans un coin. Mais comment ?

Je n'avais toujours pas trouvé la solution lorsque Hughie s'est garé derrière le véhicule banalisé de l'unité d'élite du FBI, sur l'emplacement réservé aux pompiers à hauteur de la 31e Rue.

— Mauvaise nouvelle, Mike, m'a-t-il annoncé après un court conciliabule avec les gars du Swat. Nous n'avons pas le feu vert des huiles. Ils ont trop peur des réactions des avocats qui seront présents dans la salle, sans parler du maire qui doit prononcer le discours de clôture. Qu'en penses-tu ?

J'avais besoin de temps pour réfléchir. C'était l'arrestation la plus spectaculaire de toute ma carrière. Coffrer un suspect en pleine cérémonie de remise de diplômes ne manquerait pas de provoquer des vagues. Surtout en présence de la très libertaire faculté de droit de la NYU, où l'on devait donner des cours du style « Les flics : amis ou ennemis ? » ou encore « L'art et la manière de dénoncer les brutalités policières ».

NYU ou pas, nous allions devoir agir en pleine cérémonie si Perrine se trouvait bien dans la salle. En sécurité au milieu de la foule, on pouvait espérer qu'il baisse la garde, fier de la réussite de sa fille. C'était notre meilleur atout. Car, à peine la remise des diplômes achevée, il ne penserait plus qu'à filer.

— Alors ? m'a demandé Hughie. Tu préfères attendre ?

— Jamais de la vie !

— Bon, a-t-il approuvé en se frottant les mains avec son air d'Irlandais roué. Je suis aussi impatient que toi, mon cher enfant de chœur. Comment procède-t-on ?

Une minute plus tard, je tenais la solution. Une idée complètement folle, face à une situation tout aussi folle. Sans parler du fou criminel auquel nous nous attaquions. Pas question de laisser ce type s'enfuir. Cela faisait trop longtemps que les gendarmes ne s'étaient pas payé la tête d'un voleur.

— Je suppose qu'on a les numéros de téléphone de toute la famille Candelerio, non ? Je veux parler de la femme et des filles.

— On les a au bureau, a acquiescé Hughie en cherchant le numéro du commissariat sur son portable.

— Alors trouve-moi le numéro de Margot Candelerio.

J'ai ponctué ma requête d'un clin d'œil tout aussi roué.

— Je ne voudrais pas manquer à tous mes devoirs en oubliant de féliciter la jeune diplômée par SMS.

9

Parce qu'il avait réussi à sortir de la misère dans laquelle il avait grandi près de Kourou, en Guyane, Manuel Perrine s'était juré de ne jamais retomber dans la pauvreté et la crasse de son enfance.

Promesses, promesses, pensa le Roi Soleil en se savonnant vigoureusement les mains dans l'une des toilettes pour hommes du Madison Square Garden. Les cappuccinos et les mimosas ingurgités à bord du jet privé qui l'avait déposé sur l'aéroport de Teterboro étaient responsables de cet arrêt forcé. *À moins que ma prostate ne commence à me jouer des tours*, se demanda-t-il avec un léger pincement au cœur en se souvenant qu'il aurait bientôt quarante-huit ans.

Comme beaucoup de nantis, Perrine avait la hantise des microbes et de la maladie. À présent que son avenir était définitivement assuré grâce aux comptes en banque bien remplis qui l'attendaient aux quatre coins de la planète, seul un problème de santé aurait pu le priver de la pleine jouissance de sa fortune. Il restait très vigilant à ce sujet, tout comme son médecin personnel. Perrine, désireux de chasser ces pensées morbides et d'oublier le décor qui l'entourait, ferma les yeux et pensa au luxueux duplex qu'il occupait au Fairmont-Château Frontenac de Québec depuis sa fuite du Mexique. Un duplex immaculé équipé de meubles blancs, de linge blanc, d'une luxueuse baignoire de marbre blanc.

La rumeur des séchoirs à main et des chasses d'eau le ramena à la réalité. Il était impatient de retrouver son havre de paix canadien.

Le Roi Soleil fit la grimace en voyant l'individu entièrement chauve qui l'observait dans le miroir. Il s'était fait opérer des yeux afin d'en modifier la forme et portait des lentilles de contact marron de façon à cacher ses iris bleus. Les douze kilos qu'il avait volontairement pris lui donnaient, en plus d'un horrible double menton, une apparence bien différente de celle qu'on lui connaissait habituellement. C'était le prix à payer pour ce séjour éclair aux États-Unis, dont il espérait qu'il serait le dernier.

L'homme raffiné chez lui souffrait plus encore de ne pouvoir porter ce jour-là de costume Prada, Yves Saint Laurent ou Caraceni, contrairement à ses habitudes. Il avait opté pour une atrocité verte mal coupée, récupérée dans un grand magasin Kohl du New Jersey, qui lui donnait l'allure d'un chauffeur de maître. Un torchon américain couleur vomi qui le rendait quasiment invisible, pour une fois.

De retour dans le hall principal du Madison Square Garden, Perrine échangea un regard avec Marietta, chargée d'assurer ses arrières. La jeune femme l'attendait, adossée contre un mur. Au Mexique, il ne se

déplaçait jamais sans une armée d'hommes et de véhicules. Cette fois, pour des raisons évidentes, seuls
l'accompagnaient Marietta et une poignée d'hommes
triés sur le volet.

Marietta valait une armée à elle seule. Elle était
redoutable avec un pistolet ou un couteau, à mains
nues en cas de besoin. Brune, grande et mince, la
jeune femme paraissait aussi inoffensive qu'une assistante maternelle, ce qui ne l'empêchait pas d'être un as
de la capoeira, un art martial brésilien. Elle possédait
des mains d'une rapidité et d'une puissance inouïes.
Les membres du cartel qui avaient osé lui manquer
de respect l'avaient appris à leurs dépens.

Marietta aussi s'était déguisée. Elle avait enfilé une
robe à fleurs aux couleurs criardes, également achetée
chez Kohl, qui dissimulait ses jambes interminables.
Perrine laissa échapper un ricanement en pensant aux
ensembles Chanel, Vuitton ou Armani qui mettaient
habituellement en valeur la plastique de sa compagne.

Ce sacrifice était le seul moyen d'assister au triomphe
de sa fille Margarita. Margot, comme elle aimait être
appelée depuis qu'elle était américaine. La seule de ses
enfants qui faisait naître chez lui… Que ressentait-il, en
réalité ? De la tendresse ? de l'admiration ? de l'espoir ?
de l'amour ?

Quelle que soit la nature du sentiment confus qu'elle
lui inspirait, il avait tenu à l'envoyer vivre en Amérique
chez son ami Angel quand elle avait sept ans. Pas
question qu'elle connaisse un jour la triste vérité sur
son père. Perrine avait passé sa vie dans la peau d'un
crapaud et comptait bien transformer sa fille en prin-
cesse. Au prix de sa vie s'il le fallait.

Il suivit dans la salle la masse des bourgeois américains qui l'entouraient et s'installa sur le côté gauche de l'immense cathédrale, le plus loin possible d'Angel Candelerio. Il avait beau connaître la ruse, la loyauté et la discrétion de son ami, il était inutile de prendre le moindre risque. Perrine avait décidé de repartir une fois le discours de sa fille achevé. Une voiture l'attendait, qui le conduirait directement à Teterboro où stationnait son jet privé, prêt à décoller. Il aurait regagné Québec à l'heure du dîner et Marietta serait enfin libre de montrer ses jambes magnifiques dans son tailleur Armani. Jusqu'à ce qu'il le lui arrache.

Les lumières s'éteignirent et les premières mesures de *Pompe et Circonstance* résonnèrent dans la salle. Perrine pouvait enfin laisser libre cours à sa fierté de père. En dépit de son argent, de son intelligence et de son savoir, il ne se faisait guère d'illusions sur le regard de la société. Il ne serait jamais qu'un voyou aux yeux de cette humanité cousue d'hypocrisie. Margot, en revanche, échapperait à cette malédiction grâce aux formidables moyens qu'il mettrait à sa disposition, tel un papillon s'échappant d'un marécage. Margot serait son accès à la pureté.

Noyé au milieu de ce parterre de bourgeois éduqués, il prenait la mesure du chemin parcouru depuis Kourou, près de cette île du Diable évoquée dans *Papillon*. La légende familiale affirmait qu'il descendait par sa mère d'Henri Charrière, le célèbre évadé qui avait donné son surnom au film.

L'idée d'être l'héritier d'un ancien bagnard ne déplaisait pas à Perrine, qui n'avait jamais accepté de courber l'échine. Il en appréciait d'autant mieux

Steve McQueen, qui avait prêté son visage à Papillon dans le long métrage. Comme Perrine, et contrairement aux Américains d'aujourd'hui, McQueen possédait la classe.

Le Roi Soleil chercha des yeux le visage toujours souriant de sa fille parmi les diplômés en toge qui montaient sur la scène. À l'instar de la plupart des pères qui l'entouraient, il tira un caméscope de sa poche et appuya sur la touche d'enregistrement. Il actionna le zoom et passa en revue les silhouettes des jeunes gens sans trouver sa fille. Normal. En tant que major de sa promotion, c'est à elle que revenait l'honneur de prononcer le discours. Il piaffait d'impatience à l'idée de l'entendre.

Le doyen de la faculté de droit s'approcha du micro. Un petit homme efféminé qui n'en finissait plus de dénoncer le péril qui menaçait l'Amérique moderne : le changement climatique.

Perrine étouffa un ricanement. Pendant que l'autre eunuque déblatérait ses âneries, les politicards américains s'évertuaient à noyer leur pays sous des trillions de dettes, tandis que des hordes de jeunes Américains déboussolés erraient dans les décombres des villes en déroute. C'est ça, sauvons la planète. Bien sûr. Bravo !

Un sourire flottait toujours sur les lèvres de Perrine lorsqu'un étudiant en toge s'approcha de l'orateur. Le doyen s'éclaircit la gorge avant de lire la feuille que lui tendait le jeune homme.

— Je suis désolé. Excusez cette interruption, il s'agit d'une annonce urgente. On demande à la famille de Margot Candelerio de bien vouloir rejoindre l'infirmerie dans le grand hall. La famille de Margot Candelerio. Il s'agit d'une urgence médicale.

Un murmure de surprise parcourut la salle. Perrine se redressa en écarquillant les yeux et fit tomber son caméscope en se retournant. Marietta, assise derrière lui, avait déjà sorti son portable en affichant un air inquiet.

Margot ? Qu'avait-il bien pu arriver à Margot ?

10

Perché sur un tabouret métallique au fond de la minuscule infirmerie du Madison Square Garden, je balançais la nuque de droite à gauche dans l'espoir d'évacuer la tension. J'ai cessé mon manège après le cinquième essai, aussi peu concluant que les précédents, et tâté le Glock dissimulé sous la blouse d'infirmier qu'on m'avait prêtée.

Comme tous les membres de l'unité d'intervention, j'approchais le point d'ébullition. J'aurais cent fois préféré attraper un grizzly, et non un milliardaire sanguinaire. En plein Madison Square Garden, un jour d'affluence !

La première étape de mon plan avait fonctionné sans anicroche. La fausse annonce, précédée par un SMS et quelques coups de téléphone, nous avait permis d'attirer la fille de Perrine et le reste du clan Candelerio dans les locaux de l'infirmerie.

Avant qu'ils aient pu comprendre ce qui leur arrivait, nos équipes les avaient conduits par une petite porte dans l'enceinte habituellement réservée aux athlètes et autres vedettes qui se produisent au Garden. Nous avions soigneusement veillé à délester les Candelerio de leurs portables, au milieu d'un déluge de récriminations, avant de les obliger à monter dans les voitures de police qui les attendaient. Le Dominicain avait tout de suite compris en voyant les hommes du NYPD et des Stups en tenue de combat, armés de fusils d'assaut. Il savait quel gibier nous chassions.

Le copain d'enfance de Perrine s'exprimait si bien avec les mains qu'il avait fallu l'asperger d'une rasade de lacrymo pour calmer ses ardeurs. Il savait pertinemment ce qui l'attendait : si jamais Perrine était pris, il porterait le chapeau aux yeux des hiérarques du cartel. Une position très inconfortable, surtout au sein d'une organisation peuplée d'escadrons de la mort.

Une jeune inspectrice du NYPD nommée Alicia Martinez, vêtue d'une toge noir et violet de la faculté de droit de la NYU, avait pris place à côté de moi, près de la table d'examen de l'infirmerie. Elle a levé les yeux au ciel en me voyant poser mon stéthoscope sur son poignet pour la énième fois.

— Qu'en pensez-vous ? Je fais illusion, comme médecin ?

— Vous êtes parfait, Mike, a répondu la jeune flic. Vous êtes aussi convaincant que George Clooney avant ses aventures au Darfour.

— Clooney ? s'est exclamé Hughie, outré, en ouvrant la fenêtre de la pièce surchauffée. Et puis quoi, encore ? Clooney, c'est moi. Lui, c'est l'autre. Le collègue chauve et attentionné, avec sa tête de premier de la classe.

En plaçant Martinez de la sorte, dos à la porte vitrée de l'infirmerie, nous espérions que quiconque passant dans le hall la prendrait pour Margot. Le piège n'attendait plus que ce dernier pour se refermer. S'il avait pris le risque de s'introduire clandestinement aux États-Unis dans le seul but d'assister à la remise de diplôme de sa fille, le Roi Soleil ne pouvait rester indifférent en apprenant qu'elle avait été victime d'un malaise.

Au-dessus de la table d'examen était accrochée une affiche détaillant la méthode de Heimlich. Le premier dessin montrait un personnage se tenant la gorge à deux mains afin d'illustrer un étouffement. À l'idée que l'arrestation de la décennie puisse rater, j'en étouffais presque, moi aussi.

11

Le hall du Madison Square Garden était tapissé d'affiches géantes des Knicks et des Rangers. D'autres annonçaient les combats de boxe à venir. J'avais peine à croire que l'opération se déroule dans un tel lieu. D'un autre côté, quel meilleur cadre que ce paradis de la boxe pour arbitrer l'affrontement entre la justice des États-Unis et les cartels de drogue ?

Je me suis tourné vers McDonough.

— Dis-moi, Hughie. C'est bien ici que se déroulaient les concours de boxe auxquels tu participais, non ? Tu es déjà monté sur ce ring ?

— Non, m'a-t-il répondu. Seule la finale a lieu ici. Je ne suis jamais allé aussi loin, contrairement à mon frère aîné, Fergus.

— Et alors ?

— Un monstre de Queens l'a mis K-O au deuxième round. Il lui a tellement démonté l'oreille, je te jure qu'on aurait cru une escalope. Fergus est resté sourd pendant un mois.

J'ai secoué la tête.

— J'aurais mieux fait de me taire.

Au même moment, mon oreillette a grésillé.

— C'est bon, Mike. Haut les cœurs. On tient le bon bout, m'a annoncé la voix de Patrick Zaretski, le chef de l'unité d'élite des Stups.

Zaretski s'était posté à l'étage, dans la cabine de surveillance vidéo du Garden. Les autres s'étaient réfugiés à côté dans un bureau inoccupé, prêts à se saisir de Perrine à la première occasion.

— Tu peux me donner plus de détails, Patrick ?

— Tu es sous surveillance. J'ai entraperçu quelqu'un dans le hall pointant un caméscope en direction de l'infirmerie.

— Perrine ?

L'excitation devait s'entendre au son de ma voix.

— Impossible à dire. Attends une minute… le suspect vient de poser sa caméra. Il se dirige vers toi. Attention, il arrive.

La porte de l'infirmerie s'est ouverte derrière moi.

L'heure de vérité avait sonné.

Ça passe ou ça casse.

— Je vais vous demander de respirer fort, mademoiselle Candelerio.

Tout en parlant, je m'étais positionné de façon que le visiteur ne puisse pas distinguer les traits d'Alicia Martinez.

— Soyez courageuse, l'ambulance ne va pas tarder.

— Je suis désolé, l'infirmerie est fermée. Nous avons une urgence, a fait la voix de la femme flic postée à l'accueil.

— Je souhaiterais voir Mlle Candelerio. Comment va-t-elle ? Que lui est-il arrivé ? a demandé une voix teintée d'un fort accent hispanique.

Bon sang ! Une voix de *femme*. Ce n'était pas Perrine.

En me retournant, j'ai découvert une jeune femme aux cheveux très bruns en robe à fleurs. Elle tendait le cou afin de voir le visage de Martinez.

Elle avait beaucoup d'allure, malgré sa robe bon marché. On aurait dit un mannequin, ou bien une actrice de cinéma.

Une pouffe de milliardaire. Mon petit doigt me disait que cette déesse faisait partie de l'entourage de Perrine. Il avait sans doute demandé à sa petite amie de venir en reconnaissance.

Il suffisait de la coffrer, de lui confisquer son portable et de coincer Perrine. Le piège fonctionnait. Perrine était si près, c'est tout juste si je ne sentais pas son eau de toilette de luxe.

Je me suis précipité au-devant de la femme que j'ai attrapée par le coude d'un air anxieux.

— Vous êtes une proche de Margot ? Dieu soit loué. La pauvre a été prise de convulsions. Nous tentons de la calmer en attendant l'arrivée de l'ambulance. Veuillez me suivre dans la salle d'examen. Il est essentiel qu'elle puisse parler à une personne qu'elle connaît si nous ne voulons pas qu'elle perde connaissance.

Mon interlocutrice m'a dévisagé longuement. Elle avait des yeux extraordinaires, d'un jaune presque doré, une peau de pêche magnifique et ne me concédait pas un centimètre, même en chaussures plates, alors que je mesure un mètre quatre-vingt-cinq. Le genre de beauté exotique que n'importe quel homme serait fier d'avoir à son bras. Elle s'est raidie en voyant Alicia Martinez se retourner. Hughie s'est levé de son siège, une paire de menottes pendue à un doigt.

— Eh oui, ma jolie, a-t-il souri. Le Père Noël existe bien, contrairement à ce qu'on raconte.

Je ne m'attendais pas à la réaction de l'inconnue. Elle a posé ses yeux dorés sur Hughie, puis sur Martinez, avant de revenir à Hughie et d'éclater d'un grand rire. La situation l'amusait visiblement beaucoup, car elle pleurait littéralement de rire. Hughie et moi nous sommes regardés, ébahis. J'en arrivais à me demander si elle était folle, ou bien si elle avait puisé dans le stock de drogue de son petit ami.

Toujours hilare, elle s'est dégagée d'un mouvement du coude et s'est adossée au mur. Je me suis pétrifié en devinant soudain, entre deux mèches de ses cheveux magnifiques, une minuscule oreillette couleur chair. La même que la mienne.

Son rire s'est bloqué net dans sa gorge et elle s'est penchée vers son sac à main en hurlant :

— C'est un piège !

L'instant d'après, son sac explosait.

12

J'ai su plus tard qu'il s'agissait d'une grenade in-capacitante.

Quand l'engin a explosé dans le sac à main de l'inconnue à trente centimètres de mon visage, je n'ai rien compris. Le temps de quelques secondes, je ne savais plus où j'étais, ni même qui j'étais. Aveuglé par l'éclair, étourdi par la détonation, le nez envahi par une forte odeur de cordite, j'étais complètement perdu.

Tout en essayant de conserver l'équilibre, j'ai perçu un grondement sourd à travers le sifflement doulou-reux qui me vrillait les tympans. J'ai tout d'abord pensé que le bruit provenait d'un chantier voisin. Des éclairs traversaient au même moment mon champ de vision et Alicia Martinez s'est effondrée à mes pieds, le visage en sang.

Toujours incapable de donner un sens à ce que je voyais, j'ai remarqué que l'inconnue brandissait un petit automatique en polymère, muni d'un silencieux dont s'échappait un ruban de fumée. J'ai poussé un cri inarticulé et cherché des doigts mon Glock en la voyant tendre le bras dans ma direction. Le temps a donné l'impression de ralentir et l'air s'est épaissi comme si je nageais dans un bol de gelée. Les doigts crispés autour de la crosse de mon arme de service, dans son étui, j'ai vu la gueule toute noire de l'arme de la femme se figer à hauteur de mon visage.

Une fraction de seconde plus tard, un poids terrible s'abattait sur moi. J'ai cru un instant avoir été touché par une balle, mais c'était Hughie qui se jetait sur moi et me plaquait au sol.

Prostré par terre, la respiration coupée, j'ai vu Hughie se relever, envoyer voler la table d'examen et se ruer sur la fille et son pistolet, sans parvenir à l'atteindre.

— Code d'urgence, code d'urgence !

Je criais, sans en être certain puisque je n'entendais rien. Le même grondement sourd a traversé l'air et Hughie s'est figé en plein mouvement. Sa tête a basculé en arrière, comme s'il avait reçu un coup de poing.

Je parvenais enfin à sortir le Glock de son étui, à demi relevé, lorsque le corps sans vie de Hughie s'est effondré sur moi. Nous nous sommes affalés dans un même mouvement et j'ai senti les balles s'écraser sur son gilet de protection tandis que mon cou et ma chemise étaient aspergés d'un flot tiède. J'ai réussi à dégager mon bras et j'ai tiré, tiré, tiré.

Mon chargeur vidé, j'ai glissé un œil et constaté que la femme s'était mystérieusement évaporée. J'ai rechargé précipitamment mon Glock en me demandant comment elle avait pu s'enfuir.

Dans le hall, une inspectrice du NYPD hurlait dans sa radio quand l'inconnue aux yeux dorés a bondi au-dessus de la table d'examen derrière laquelle elle se cachait.

Avant même que j'aie pu esquisser un mouvement, elle traversait la pièce en trois enjambées, se jetait la tête la première à travers la vitre de l'infirmerie, et disparaissait.

13

J'ai réussi à me dégager du corps de Hughie et je me suis agenouillé près de lui, au milieu d'une forte odeur de sang et de poudre. J'ai posé machinalement la main sur ses cheveux dégoulinants d'un liquide carmin et visqueux, dans l'espoir insensé de reboucher les orifices béants qui trouaient son crâne. Comment aurais-je pu ? Il était mort. Tout comme l'inspectrice Martinez. Tout le monde était mort.

J'ai senti une main se poser sur mon épaule. L'un des gars de l'unité d'élite des Stups, sa radio à la bouche. Sans réfléchir, j'ai rangé mon Glock dans son étui et je lui ai arraché son fusil d'assaut M4, puis je me suis approché de la fenêtre ouverte et j'ai sauté.

J'ai bien failli m'assommer avec la crosse en plastique de mon arme en atterrissant sur le trottoir cul par-dessus tête. En ouvrant les yeux, j'ai découvert un escarpin. J'ai levé la tête et vu que sa propriétaire, pieds nus, remontait en courant la ruelle longeant le bâtiment.

Je m'élançais à sa poursuite lorsqu'une Lincoln Town Car noire s'est arrêtée dans un long crissement de pneus en bloquant l'entrée de la ruelle. Un chauffeur latino est descendu du véhicule en adressant de grands signes à la femme. J'ai épaulé le fusil. Au même moment, la vitre arrière de la Lincoln s'est abaissée pour laisser passer le canon d'un énorme fusil. J'ai tout juste eu le temps de me jeter à terre et de rouler derrière une borne à incendie avant que l'arme n'aboie. L'écho de la détonation s'est réverbéré de façon impressionnante entre les murs de l'étroit passage. Le projectile s'est abattu au pied de la borne à incendie en déchiquetant le sol avec la puissance d'un marteau-piqueur, dans un nuage de ciment. Ce n'était que le début du déluge. Les balles pleuvaient autour de moi en détruisant tout sur leur passage dans un vacarme de fin du monde. J'ai bien cru que ma dernière heure était venue. Perdu au milieu du grondement infernal du fusil de l'adversaire, j'ai cru entendre la voix de Dieu. Mon unique chance de salut consistait à rester parfaitement immobile. Bouger, ne fût-ce que d'un millimètre, serait synonyme de mort instantanée.

Je me voyais déjà demandant à la poste d'adresser mon courrier à Mike Bennett, derrière la borne à incendie, petite ruelle, Madison Square Garden, New York, quand le visage de Hughie m'est apparu. Je l'ai revu touché à mort, arrosant de son sang l'affiche de la méthode de Heimlich.

Protégé par mon rempart, j'ai mis le M4 en position automatique. Profitant d'une accalmie, je me suis agenouillé en position de tir.

Le chauffeur latino allait se glisser derrière son volant, après avoir laissé monter la meurtrière de Hughie, quand je l'ai abattu de trois balles en pleine tête. Puis j'ai dirigé le point rouge du viseur holographique sur la vitre arrière, côté passager, et ouvert le feu. Le M4 a craché une douzaine de projectiles. Je me suis relevé dans un silence inquiétant, et je courais en direction de la Lincoln quand je me suis aperçu que je n'étais pas seul dans la ruelle. Plusieurs ouvriers s'étaient recroquevillés au pied d'un mur, à côté d'un livreur UPS.

— Couchez-vous ! Couchez-vous !

J'ai contourné lentement la Lincoln, protégé par mon fusil d'assaut. La tête du chauffeur abattu était penchée au-dessus de la portière, comme s'il vérifiait l'état du pneu avant gauche. À l'arrière, écrasé par le poids d'une mitrailleuse de gros calibre, le type qui m'avait tiré dessus gisait sur le dos. Un Latino rondouillard d'âge moyen en T-shirt sérigraphié. Du sang s'échappait de sa bouche et de sa main droite, crispée autour de la plaie qui lui traversait la gorge.

En explorant l'habitacle des yeux, je me suis aperçu que les portières droites étaient grandes ouvertes.

Non !

La meurtrière de Hughie avait réussi à s'échapper.

Un cri a retenti tandis que j'avançais sur la 33e Rue, fusil en avant. Sur le trottoir opposé, derrière des camionnettes de chantier, un métis trapu en pantalon vert et chemise blanche s'éloignait à toutes jambes en s'aidant des bras, à la façon d'un sprinter.

Le temps que je vise, ce salopard avait disparu au coin de la rue. À force d'étudier sa photo, un seul coup d'œil m'avait suffi pour le reconnaître.

Manuel Perrine, en chair et en os.

14

Les renforts arrivaient en nombre. Je me suis débarrassé de mon fusil en le jetant à l'intérieur de la Lincoln. Le moteur de la limousine tournait toujours au ralenti. J'ai ouvert la portière et tiré le cadavre du chauffeur dans le caniveau avant de répéter l'opération avec le tireur prostré sur la banquette arrière. Le mourant est tombé tête la première sur la chaussée. Je sais, ce n'est pas la procédure réglementaire avec un suspect blessé, mais le temps m'était compté et j'étais encore sous le choc.

J'ai sauté derrière le volant, appuyé sur la pédale d'accélérateur et enclenché la marche arrière.

— Allez ! Poussez-vous !

J'écartais les gêneurs en criant à tue-tête, klaxon enfoncé. Quand on sait à quel point c'est un exploit de se déplacer en voiture au cœur de Manhattan, je vous laisse imaginer la manœuvre en marche arrière.

D'un coup de volant, les yeux rivés sur la lunette arrière, j'ai contourné un bus de touristes à deux étages et un taxi jaune Nissan et je suis monté sur le trottoir avant de stopper au coin de la 7ᵉ Avenue. Là où j'avais vu disparaître Perrine.

J'ai aperçu sa silhouette une rue plus loin. Il avançait tête baissée en slalomant au milieu des passants, comme un joueur des Dallas Cowboys armé de son ballon ovale. Il courait vite pour un homme de sa corpulence. Toujours en marche arrière, j'ai remonté la 7ᵉ Avenue à contre-courant de la circulation.

La manœuvre a été accueillie par un tonnerre de coups de klaxon rageurs. J'ai réussi à éviter trois voitures avant de contourner une camionnette de plombier et un semi-remorque de la poste. Un coursier à moto que j'étais à deux doigts d'écraser a voulu m'envoyer un direct en pleine figure à travers la vitre ouverte de la Lincoln.

Et puis, soudain, Perrine était là, qui traversait en diagonale le carrefour de la 7ᵉ Avenue et de la 34ᵉ Rue.

J'ai enfoncé la pédale d'accélérateur et failli le renverser, mais il m'a échappé d'un bond. J'ai hésité à monter sur le trottoir pour lui foncer dessus en marche arrière, et puis j'ai pensé aux centaines d'innocents amassés sur cette intersection bondée, et je me suis arrêté en pesant de tout mon poids sur le frein.

J'ai sorti et armé mon Glock en bondissant hors de la Lincoln. Perrine a disparu à l'intérieur d'un magasin surmonté de deux énormes panneaux d'affichage électroniques. Une étoile rouge géante s'affichait sur les écrans.

— Et merde !

— Mike ? Où es-tu ? a grésillé dans mon oreillette la voix d'un type de l'unité d'intervention.

— J'entre chez Macy's, au coin de la 34e ! J'ai besoin de renfort.

Et d'un miracle en prime, ai-je pensé en poussant la porte du grand magasin, l'un des plus vastes de la planète.

15

Mes paupières ont papillonné, le temps de m'habituer à l'éclairage tamisé du grand magasin. J'ai grimpé quelques marches à la vitesse de l'éclair, en voyant défiler dans un brouillard les stands de produits de beauté et les étalages de bijoux devant lesquels je passais. Clients et touristes, pour beaucoup des femmes et des enfants, me regardaient courir avec des yeux écarquillés.

Je les écartais d'un air menaçant, mon Glock à la main.

— Police ! Évacuez le magasin.

Je venais de quitter le stand des sacs Vuitton pour entrer dans le rayon hommes quand quelqu'un a poussé un cri du côté de l'escalator en bois qui se trouvait sur ma gauche. J'ai dévalé les marches quatre à quatre jusqu'à la section du magasin réservée à l'alimentation et aux accessoires culinaires. Les narines assaillies par une odeur douceâtre de bonbons et de café fin, j'ai balayé l'espace avec le canon de mon arme.

Un fracas s'est fait entendre derrière moi. J'ai pivoté d'un bloc et découvert l'entrée vitrée du restaurant. Je me suis précipité.

— Mon Dieu ! Mon Dieu ! répétait sans fin une énorme blonde, agenouillée près d'un serveur allongé par terre, près du bar.

La tête du malheureux était tournée bizarrement, comme s'il regardait derrière lui.

— Où est-il ?

Une dizaine de clients effarés ont pointé du doigt la porte des cuisines, qui se balançait sur ses gonds à ressort. J'ai longé un immense gril brûlant en direction de l'issue de secours ouverte. La porte donnait sur un escalier métallique poussiéreux qui résonnait sous des pas pressés. Arrivé en haut des marches, j'ai aperçu Perrine, sa chemise blanche collée dans le dos par la transpiration, alors qu'il s'enfonçait dans un couloir encombré de piles de cartons pliés.

— Arrêtez !

Refusant de m'obéir, il a poussé une porte en déclenchant une alarme. Une fraction de seconde plus tard, je retrouvais la 35e Rue à mon tour quand j'ai reçu un méchant coup de pied au visage. La pommette droite en feu, j'ai laissé échapper mon Glock. Le pistolet a ricoché contre une cabine téléphonique avant de glisser sur le trottoir et de s'arrêter sous une Prius du service d'assainissement.

Au moment où je me précipitais pour le ramasser, Perrine s'est laissé tomber de l'auvent sur lequel il s'était perché et m'a enfoncé son pied dans les reins. J'ai pivoté sur moi-même, le poing levé. Il a évité le coup de justesse en reculant. D'une détente, il m'a envoyé un coup de pied dans la cuisse avec une telle force que j'ai cru qu'il m'avait brisé le fémur. Puis il a poussé un cri de karatéka en me donnant un coup de coude au visage qui m'a envoyé au sol.

M'agrippant par la nuque, il allait m'achever d'un coup de genou quand un souvenir salutaire m'est revenu. D'une main, j'ai dégagé la bombe lacrymogène que je porte à la cheville et j'en ai copieusement arrosé ce salopard. Il a reculé en se frottant désespérément les yeux, j'en ai profité pour saisir la matraque télescopique attachée à mon autre cheville. La boule métallique à l'extrémité de la matraque s'est écrasée sur le nez de Perrine avec un craquement sinistre.

La manœuvre lui a ôté toute envie de me donner une autre leçon de karaté. Il est tombé à genoux en arrosant copieusement le trottoir du sang qui jaillissait de son nez cassé. Il a secoué la tête en battant des paupières et un long cri s'est échappé de sa gorge.

16

Un genou planté dans son dos, je l'ai contraint à s'allonger par terre afin de le menotter. Pendant qu'il se débattait vainement en gémissant, j'ai récupéré mon Glock sous les roues du véhicule écologique du service d'assainissement.

J'ai observé les alentours en me relevant. Si le carrefour de la 34e Rue était bondé, il n'y avait en revanche personne devant cette entrée de service crasseuse du grand magasin Macy's. J'ai enfoncé le canon de mon arme dans l'oreille de Perrine.

J'ai repensé à mon copain Hughie, le crâne éclaté dans les locaux de l'infirmerie.

Il n'aurait plus jamais l'occasion de boire des bières, d'assister aux matchs des Yankees, d'aller pêcher en mer à bord de son bateau rouillé de City Island en compagnie de l'un ou l'autre de ses vingt neveux et nièces. Hughie, l'incorrigible boute-en-train, avait quitté le navire. À jamais.

J'ai posé le canon du Glock sur la nuque de Perrine. Une légère pression de l'index, une petite pression de rien du tout dans cette rue déserte, et je débarrassais la planète de cet envoyé du mal.

J'ai levé les yeux en direction du ciel au-dessus des immeubles : gris le matin, il était à présent d'un bleu immaculé. De l'endroit où je me trouvais, j'apercevais le sommet de l'Empire State Building dont les fenêtres en creux m'observaient de leurs yeux carrés, curieuses de ma réaction.

J'aurais voulu, mais je ne pouvais pas. J'ai fini par éloigner mon arme de la tête de Perrine. Quelques instants plus tard, plusieurs voitures de police s'immobilisaient derrière moi dans un crissement de frein. Perrine a tourné la tête et m'a regardé fixement en laissant tomber un seul mot.

— Lâche.

Plusieurs mains m'ont aidé à me relever tandis qu'un vrombissement d'hélicoptère trouait l'air de cette journée de printemps.

17

Les autres membres de l'unité d'intervention m'ont pris en main dès leur arrivée. En soi, la mort en service d'un collègue proche est une cause possible de dépression ; si l'on y ajoute le fait que j'avais abattu deux suspects, ils avaient toutes les raisons de s'inquiéter. On a commencé par me délester de mon arme avant de me conduire dans la camionnette du Swat en attendant l'arrivée d'une ambulance.

J'ai appris en les entendant discuter à travers les portes du fourgon que le serveur du restaurant de Macy's était mort. Le narcotrafiquant avait brisé la nuque du malheureux, en présence de cinquante témoins, lorsque le jeune homme avait voulu l'arrêter dans sa course. La mort de cet inconnu de vingt-trois ans était presque aussi traumatisante pour moi que celle de Hughie. J'aurais dû abattre ce salaud de Perrine quand j'en avais la possibilité.

Mes collègues avaient sans doute raison de s'inquiéter de ma bonne santé mentale. À peine l'ambulance s'éloignait-elle du lieu de l'arrestation, direction l'hôpital, que je sautais à bas de ma civière et que j'immobilisais le secouriste d'une clé en exigeant du conducteur qu'il me laisse descendre.

Il m'a déposé au coin de Broadway et je me suis éloigné à pied. Le temps idéal pour une balade en ville. Il était 15 heures, le ciel était tout bleu, la température avoisinait les seize degrés, le soleil se reflétait sur les façades de verre des gratte-ciel de Midtown. Je n'avais aucune intention précise, sinon celle de bouger.

Je suis tout d'abord allé jusqu'à Times Square avant de bifurquer vers l'est, de traverser Bryant Park et de remonter Madison Avenue.

Quelques heures plus tard, toujours dans le brouillard, l'un des gardiens de la cathédrale Saint-Patrick, sur la 5e Avenue, m'a gratifié d'un regard inquiet en me voyant pousser les lourdes portes en bronze du sanctuaire.

Je comprenais son émoi. Les cheveux dressés et du sang de mon copain Hughie plein les joues, j'avais attiré sur moi l'attention de tous ceux dont je croisais la route. Pour un peu, je me serais pris pour une vedette de cinéma. Charlie Sheen, par exemple. Ou alors Jack Nicholson dans *Shining*.

La vue de mon badge n'a pas vraiment rassuré le gardien, mais il a fini par me laisser entrer et j'ai remonté l'allée centrale de la cathédrale.

Je me suis laissé tomber sur un banc à mi-chemin de l'autel. Un prêtre africain disait la messe d'une voix mélodieuse. J'ai pris le temps de savourer l'instant. Le silence, l'obscurité, la clarté diffuse qui traversait les vitraux. Je suis resté là une éternité, à repenser à Hughie, au sens de l'amitié, à celui du sacrifice.

80

Qui pourrait jamais remplacer Hughie ? Je connaissais la réponse en me posant la question : personne.

Je me sentais las. De corps, d'esprit, de cœur et d'âme. J'ai bien pensé téléphoner à mon grand-père Seamus à la maison du lac, mais j'avais peur de tomber sur Mary Catherine ou l'un des enfants. J'étais incapable de leur parler à ce stade.

J'ai levé les yeux en direction de la nef, vers ce paradis auquel plus personne ne semblait vouloir croire. J'ai sorti mon badge. Je tournais et retournais entre mes doigts ce petit morceau de métal, et puis je l'ai posé sur le banc à côté de moi en le faisant tourner d'un doigt.

— Que Dieu te bénisse, Hughie. Que Dieu te bénisse, cher vieil enfant de chœur, ai-je murmuré en voyant s'arrêter ma toupie improvisée.

Alors, j'ai posé mon front sur le bois ciré et j'ai pleuré comme un bébé en priant pour mon ami, et pour la terre entière.

18

Après avoir laissé parler mes nerfs pendant une bonne vingtaine de minutes, je me suis essuyé les yeux et j'ai quitté la cathédrale avant que le gardien n'appelle les urgences psychiatriques.

Une fois dehors, en pleine heure de pointe, je me suis lancé dans un autre pèlerinage en rejoignant l'un des refuges de prédilection de Hughie, le O'Lunney's Pub sur Times Square. Installé au bar, j'ai descendu trois pintes de Guinness salvatrices en regardant une partie de *hurling* irlandais à la télévision. Quand Sligo a fini par battre Waterford sur le score pour le moins obscur d'un but et trois points, j'avais réussi à ne pas verser une seule larme. Je faisais des progrès rapides.

Épuisé par l'arrestation et ma longue marche, j'ai hélé un taxi en lui indiquant l'adresse de mon appartement de West End Avenue. J'adore ma famille nombreuse, mais j'avoue avoir été soulagé de me retrouver seul, pour une fois. J'avais traversé trop d'épreuves et vu trop d'horreurs pour être en mesure de les partager avec quiconque.

Je suis entré dans ma chambre et j'ai pris la douche la plus longue de l'histoire de la plomberie. Puis j'ai sacrifié au rituel de tout bon flic stressé : une fois habillé, je me suis versé une tasse de café et remis au boulot.

Avant tout, me rendre à Woodlawn dans ma voiture banalisée afin d'avertir la famille de Hughie. Quand je suis arrivé dans sa rue, j'ai compris qu'ils étaient déjà au courant en voyant le nombre de véhicules garés devant la maison, toutes lumières allumées. Merci mon Dieu.

Deux des frères de Hughie en uniforme de pompier, Eamon et Fergus, fumaient devant la porte. Je ne comptais plus les fois où j'avais attendu Hughie le samedi matin, assis sur ces mêmes marches et vêtu d'un polo en nylon, avant d'aller disputer un match à Von Cortlandt Park. J'ai serré les deux frères McDonough dans mes bras en leur offrant mes condoléances. Je leur ai ensuite expliqué dans quelles circonstances Hughie avait perdu la vie, en sauvant la mienne.

— Droit dans ses bottes jusqu'au bout, a commenté Fergus en essuyant une larme. Il a toujours eu des couilles. Un peu trop, peut-être. En tout cas, il a rejoint papa.

— Je me demande s'il faut s'en réjouir, a ajouté Eamon en se frottant pudiquement les yeux avant de lancer son mégot d'une pichenette dans la rue. Ce vieux cinglé serait capable de l'obliger à faire des exercices de muscu à la porte de saint Pierre.

Nous étions en train de rire quand une vieille femme, toute menue dans sa robe de chambre à fleurs, est apparue sur le seuil.

— Michael Bennett ! C'est bien toi, mon garçon ? m'a demandé la mère de Hughie avec son accent d'Irlande du Nord, un sourire rayonnant aux lèvres.

Hughie m'avait récemment expliqué qu'on lui avait diagnostiqué un Alzheimer. Ses frères s'organisaient pour qu'elle vienne vivre avec l'un d'eux.

J'ai pris ses deux mains doucement dans les miennes.

— Je suis sincèrement désolé, madame McDonough.

— Il n'y a pas de quoi, m'a-t-elle répondu en posant sur moi ses yeux bleus chassieux. La fête vient tout juste de commencer. Il est avec toi ? Hughie est avec toi ? Tous mes garçons sont là, sauf mon bébé Hughie.

J'en suis resté sans voix, au point que Fergus m'a pris des mains celles de sa mère afin de l'entraîner dans la maison.

19

Il était 21 heures quand j'ai enfin regagné le commissariat du 34ᵉ. Deux camionnettes de télévision stationnaient au coin de la rue. On n'était pas près de se débarrasser des journalistes, surtout après une poursuite armée dans les rues de Manhattan.

À l'étage, mes collègues de l'unité d'intervention noircissaient de la paperasse. Tous les regards se sont tournés vers moi, comme si je revenais des enfers.

— Alors, les gars ? Quelles nouvelles ? ai-je demandé en ignorant leur étonnement.

On m'a rendu mon arme de service, puis on m'a expliqué que les fédéraux retenaient Perrine en ville dans leurs locaux, près de Center Street. Il avait exigé la présence d'un avocat et refusait de répondre à quiconque. Quant à la meurtrière de Hughie et de l'inspectrice Martinez, elle s'était évanouie dans la nature.

— Une conférence de presse est prévue demain à Fed Plaza, m'a expliqué Patrick Zaretski, le chef du Swat. On comprendra tous si tu ne souhaites pas y participer.

— Tu plaisantes ? J'adore les conférences de presse. Toute publicité est bonne à prendre. Dommage que Hughie et Martinez ne puissent pas être parmi nous.

La journée la plus rude de toute mon existence ne touchait pas encore à sa fin.

Assis à l'extrémité de l'une des tables, je remplissais mon rapport après avoir appelé mes différents chefs pour leur dire que je n'avais pas complètement perdu la boule quand un bruit nous a fait dresser l'oreille. Un bruit de tôles froissées sur Broadway, suivi d'un violent coup de frein et d'un long hurlement.

J'ai dévalé l'escalier et je me suis précipité dans la rue. Une silhouette était allongée sur le ventre entre deux Chevrolet banalisées. Le corps d'une jeune femme, sa jupe noire déchirée d'un côté, son chemisier blanc détrempé de sang. Je me suis agenouillé. J'ai eu un haut-le-corps en reconnaissant ces cheveux noirs coupés court et ce visage encadré par de grandes boucles d'oreilles en argent.

Valentina Jimenez, mon informatrice. En voulant tâter son pouls, sachant d'avance le diagnostic qui m'attendait, j'ai remarqué qu'elle avait les poignets à vif à cause des cordes qui les avaient entravés. Ses clavicules étaient couvertes de brûlures de cigarette, ses joues trouées de plaies en forme d'étoile : on lui avait tiré dessus à bout portant. Elle avait été longuement torturée avant d'être exécutée.

Loin d'éprouver de la colère, je me suis senti envahi par une bouffée glaciale.

On nous faisait payer l'addition de l'arrestation. Perrine me montrait de quoi il était capable.

Il ne s'était pas trompé en me traitant de lâche. J'aurais dû presser la détente lorsque j'en avais l'occasion. Si je n'avais pas été pris de scrupules, cette fille aurait encore été en vie.

J'ai ôté ma veste et en ai recouvert le corps de la malheureuse avant de m'asseoir à côté d'elle.

20

Un arrangement floral reproduisait le sigle des Yankees, un autre le drapeau américain, et des fleurs vertes, blanches et jaunes dessinaient une croix celtique.

Le cercueil de Hughie reposait au milieu, un cierge posé sur son couvercle de pin verni. L'adagio pour cordes de Samuel Barber, cette œuvre d'une tristesse infinie que l'on peut entendre dans le film *Platoon*, s'échappait des haut-parleurs disposés dans le funérarium.

Comme s'il était besoin de nous rappeler la tristesse de cette journée terrible, ai-je pensé en signant le registre des condoléances. Ce n'était pas la première fois que j'assistais à une veillée funèbre irlandaise, mais celle-ci battait tous les records. La moitié des enfants d'Érin de New York avaient dû se déplacer à Woodlawn. Les gens faisaient la queue sur plusieurs centaines de mètres pour rendre hommage à Hughie. Les gyrophares d'un camion de pompiers, mêlés à ceux d'une nuée de voitures de police de New York, de Yonkers et de Westchester, projetaient des ombres rouge, blanc et bleu sur les visages défaits.

J'arrivais tout juste de la veillée funèbre d'Alicia Martinez à Brooklyn et je comptais assister aux deux enterrements le lendemain. Je n'avais pas visité autant de funérariums depuis le 11 Septembre. Ni vu autant de mines défaites.

Mes patrons m'avaient obligé à consulter l'un des psys du NYPD. J'avoue n'avoir pas entendu un traître mot de ce que cette charmante femme médecin m'a dit, mais j'ai décidé, en sortant de son bureau, de ne pas m'en vouloir du sacrifice de Hughie.

Il avait agi avec tant de courage et d'altruisme que je devais m'en réjouir, tout en admirant son geste. Il me restait à me montrer digne de son sacrifice. Du moins devais-je essayer.

Les siens avaient disposé près de cinq cents photos de lui à l'intérieur du funérarium. Hughie à la piscine, déguisé en Père Noël. Hughie faisant des oreilles d'âne à ses frères. Je me suis reconnu sur certains clichés anciens. En toge à côté de Hughie le jour de la remise des diplômes. Avec des filles rencontrées lors d'un voyage à Myrtle Beach, lorsque nous étions étudiants. J'ai souri en me souvenant de la façon dont il les avait draguées en affectant un accent british.

Mon tour est venu de m'approcher de son cercueil.

Je me suis agenouillé pour prier. J'aurais voulu pouvoir m'imaginer Hughie, de l'autre côté de ce couvercle en bois, mais je n'y arrivais pas.

Tout simplement parce qu'il n'était pas là. Son esprit, envolé depuis longtemps, flottait à travers l'univers avec la même liberté qu'il possédait lorsqu'il se trouvait sur terre.

Je me suis relevé, j'ai posé la main sur le bois froid, puis j'ai serré dans mes bras la mère de Hughie, assise à côté du cercueil.

21

Tout le monde s'est retrouvé dans un pub voisin, Rory Dolan's, à la fin de la veillée funèbre.

Je me suis demandé depuis quand je n'étais plus venu dans mon ancien quartier en remarquant les drapeaux irlandais et américains sur la façade du pub. Rien n'avait changé. Les mêmes petits pavillons couplés par deux. Les mêmes épiceries dans lesquelles on trouvait des saucisses Galtee et des barres chocolatées Crunchie, des cigarettes et des tickets de loto.

Vingt ans plus tôt, les soirs d'été, on prenait un taxi clandestin avec Hughie et nos autres potes, on se faisait conduire jusqu'à Bainbridge Avenue où les bars n'étaient pas aussi regardants quand on leur présentait nos papiers bidon. La plupart du temps, on terminait la soirée au French Charlie's, un troquet bruyant et enfumé où l'on draguait tant bien que mal les filles en écoutant les orchestres du cru, spécialisés dans les reprises New Wave. J'aurais tout donné pour revenir en arrière, retrouver l'atmosphère de ces soirs où je dépensais au bar l'argent gagné en faisant des petits boulots, mort de rire quand Hughie prenait une fille par la main et la faisait tournoyer jusqu'à plus soif, comme un 45 tours.

Les gens étaient serrés comme des sardines près du bar en bois de Rory Dolan's. J'attendais de pouvoir commander quand la porte s'est ouverte à la volée. Un long roulement de tambour a résonné. Tout le monde s'est retourné en voyant l'orchestre de cornemuse des Stups entrer solennellement dans la salle.

J'ai reconnu *The Minstrel Boy*. Un vieil hymne militant irlandais, une histoire de harpes et d'épées et de soldats morts que mon père chantait lors des mariages quand j'étais gamin. Je me souviens que j'avais honte chaque fois qu'il interprétait ce truc ringard devant tout le monde. Des années plus tard, en l'honneur de Hughie, voilà que je chantais à mon tour cette chanson dont les couplets étaient restés gravés dans ma mémoire.

Une main s'est posée sur mon épaule.

— Mike ?

En me retournant, j'ai découvert une jolie femme aux cheveux noirs rebelles, un sourire aux lèvres. Son visage me parlait vaguement.

— Bonjour.

— Tu ne te souviens pas de moi ? m'a-t-elle interrogé en riant. Je suis vexée. Cela dit, ça fait quelques années. Et même quelques décennies. Tara. Tara McLellan, la cousine de Hughie. Vous êtes venus me voir tous les deux à Boston, un jour de derby entre Boston College et Notre-Dame.

J'ai ouvert de grands yeux. Le baiser chargé d'alcool que j'avais échangé avec cette jolie brune aux yeux gris-bleu après la victoire de l'équipe de Boston College était l'un des instants les plus glorieux de ma jeunesse romantique.

— Tara ! Bien sûr ! Comme tu dis, ça fait un bail. Comment vas-tu ?

Je l'ai serrée furtivement dans mes bras.

Les détails me revenaient. Nous étions sortis ensemble ce week-end-là, c'est-à-dire que nous nous étions tenu la main. Nous avions échangé quelques lettres par la suite. De vraies lettres écrites sur du vrai papier. Avec des timbres.

C'est dire à quel point le temps avait passé.

À dix-neuf ans, j'étais mordu. Nous avions prévu de nous revoir l'été suivant, jusqu'à ce que Hughie m'annonce, quelques semaines plus tard, que Tara s'était fiancée avec un étudiant de Harvard. Et voilà tout.

Elle n'était pas franchement désagréable à regarder à l'époque, mais je dois dire que les années l'avaient rendue plus séduisante encore. Il émanait d'elle une sensualité à la Catherine Zeta-Jones.

— Toute la famille était contente que tu te trouves aux côtés de Hughie à la fin, a-t-elle déclaré avec un sourire. C'est réconfortant de savoir qu'il n'est pas mort tout seul.

Tu parles d'un réconfort. Une réaction typiquement irlandaise. J'ai préféré ne rien dire.

— Je suis désolé de te revoir dans des circonstances aussi dramatiques. Qu'est-ce que tu bois ?

— Un Jameson avec des glaçons.

J'en ai commandé deux. Nous nous sommes installés dans un coin, un verre à la main, et nous avons rattrapé le temps perdu. Il se trouve qu'elle avait trouvé sa place dans le monde de la justice. Elle avait commencé par intégrer un fonds d'investissement de Greenwich, dans le Connecticut, en qualité d'avocate fiscaliste, avant de rejoindre le ministère public au lendemain du 11 Septembre. Initialement auprès du procureur de l'État de New York, à présent pour la cour fédérale du District Sud de New York où elle occupait les fonctions de substitut du procureur.

J'ai émis un sifflement admiratif.

— Le District Sud ? Hughie ne m'avait pas dit qu'il avait une vedette de Ligue 1 dans la famille. Je suppose que tu as entendu parler de l'affaire Perrine.

Tara a hoché la tête en croquant un cube de glace.

— J'essaye d'activer mon réseau pour avoir accès au dossier. Dès que ce sera le cas, je compte m'y consacrer jour et nuit jusqu'à ce qu'on ait enterré ce fils de pute.

J'ai levé mon verre.

— Envoie-moi un SMS ce jour-là, je fournirai gracieusement la pelle et la pioche.

22

— Et toi, Mike ? Ta vie ? m'a demandé Tara, un sourire aux lèvres. J'ai appris la mort de ta femme et su que tu avais de nombreux enfants adoptifs en lisant l'article paru dans *New York*. Tu es une vraie star, tu sais.

J'ai éclaté de rire.

— Et encore, tu ne sais pas tout. Je passe le week-end dans la villa de George sur le lac de Côme, avec Brad et Angelina. On part ce soir en jet privé. Tu n'es pas libre, par hasard ?

Elle a posé une main sur mon bras.

— Tu n'as pas changé, Mike. Je constate que tu as gardé ton sens de l'humour. Si je ne m'abuse, on a passé un joli week-end tous les deux, autrefois.

Je n'ai pas su quoi répondre. J'étais gêné de sentir une attirance mutuelle aussi forte après tant d'années. Nous nous frôlions en permanence, avec les mains et les yeux. Les enterrements provoquent parfois ce genre de réaction. Rien de tel que la confrontation avec le mystère de la mort pour vous pousser à vous raccrocher à la vie. À quelqu'un, en l'occurrence.

La cornemuse irlandaise avait cédé la place à un répertoire plus feutré, diffusé par les haut-parleurs du pub. C'était agréable de sentir Tara à mes côtés en écoutant Ray Charles chanter « You Don't Know Me ». Je me suis repris en avalant une gorgée de whisky irlandais. J'étais là pour la veillée funèbre d'un ami, et non pour draguer sa cousine, si charmante fût-elle.

Les notes plaintives de la chanson de Ray se sont tues, chassées par un bruit nettement moins romantique. Un concert de klaxons, accompagné par des coups de sifflet et des rythmes sauvages.

Quoi, encore ?

23

Le pub s'est vidé instantanément. Le temps de gagner la rue derrière les autres, j'ai constaté que les coups de klaxon provenaient du parking d'une banque, de l'autre côté de la rue. Plus exactement, de deux 4 × 4 noirs : un Hummer rutilant et un Escalade Cadillac aux enjoliveurs chromés.

J'allais traverser quand j'ai vu que Fergus, le frère aîné de Hughie, m'avait précédé. Il s'escrimait avec la portière du conducteur du Hummer.

— Tu vas arrêter de klaxonner, espèce de connard ? s'énervait Fergus, le visage rougi par le chagrin et l'alcool.

Il a donné un coup de genou dans la portière.

— T'es complètement cinglé, ou quoi ? Tu vois pas que c'est une veillée funèbre ? Arrête ça tout de suite.

Au second coup de genou, la vitre teintée s'est abaissée lentement, révélant un jeune Latino en marcel. Tout menu, il avait une jolie petite gueule. Deux Latinos nettement moins jeunes et inoffensifs étaient assis à côté de lui. Plusieurs autres avaient pris place à l'arrière.

Mon alarme interne s'est aussitôt déclenchée. Cette histoire sentait l'embrouille.

— C'est ici que ça se passe ? s'est enquis le beau gosse en caressant son bouc avec un grand sourire.

— Que quoi se passe ? a répliqué Eamon qui avait rejoint Fergus, l'air mauvais.

— Le barbecue, a répondu le jeune type en posant le canon d'un gros revolver sur le front de Fergus. Le barbecue de porc irlandais.

D'un même mouvement, tous les truands qui se trouvaient dans le Hummer et l'Escalade ont sorti leurs armes. Et pas n'importe lesquelles : des fusils à pompe et des fusils d'assaut AK-47. L'un des types assis à l'arrière possédait même un AR-15 muni de ce qui ressemblait à un lance-grenades. La scène était sur-réaliste. Qui pouvait vouloir menacer des gens venus assister à la veillée funèbre d'un flic ?

J'ai sorti mon Glock. Autour de moi, une demi-douzaine de flics et de gars des Stups ont eu le même réflexe. L'un des joueurs de cornemuse a braqué un calibre 45 sur le pare-brise de l'Escalade.

— Lâchez vos armes ! Lâchez vos armes ! a hurlé quelqu'un.

— Écoutez-moi bien, a repris le voyou à belle gueule. On est venus vous donner un avertissement de la part du Roi. Il a pas l'intention de se laisser prendre pour un con. Si vous voulez continuer à vivre tranquillement, vos femmes et vos gosses aussi, arrêtez vos conneries. Sinon ça va chier. Comme vous imaginez même pas. Compris ? Vous avez pigé ? Message reçu cinq sur cinq ? Maintenant, laissez tomber votre artillerie si vous voulez pas rejoindre votre pote dans sa caisse en sapin.

Patrick Zaretski, le patron du Swat des Stups, visait la tempe du jeune Latino avec son SIG Sauer. Il avait retiré le cran de sûreté et son index pesait fermement sur la détente. On le sentait disposé à faire sauter la cervelle du Latino.

Je devais tempérer son ardeur.

— Pas ici, Patrick. Tu as vu leur arsenal ? Il y a trop d'innocents. Autant les laisser s'en aller, on réglera nos comptes plus tard.

Il a longuement hésité avant d'acquiescer à regret et de baisser son arme. Les autres flics l'ont imité.

Au moment où les 4 × 4 des voyous regagnaient McLean Avenue, une moto a démarré. Une énorme Suzuki Hayabusa noire. Son conducteur a baissé la visière de son casque en passant, mais j'ai eu le temps d'apercevoir un visage aux traits fins, encadré de cheveux noirs, que perçaient deux yeux dorés. La moto a accéléré dans un long rugissement.

C'est bien la pire des insultes, ai-je pensé, les yeux écarquillés, en regardant s'éloigner la meurtrière de Hughie.

Les 4 × 4 s'étaient à peine élancés sur McLean Avenue, dans le sillage de la moto, que nous nous précipitions sur nos portables afin de demander l'établissement d'un barrage de police.

Vingt minutes plus tard, le commissariat local nous apprenait que le Hummer et l'Escalade avaient été abandonnés à quelques rues de là. Les deux 4 × 4 avaient été volés, leurs occupants s'étaient contentés de procéder à un échange de véhicules.

L'opération avait été soigneusement montée. À quelles fins ? Dans le seul but de nous avertir ?

De nous intimider ? Si c'était le cas, la manœuvre avait fonctionné. Personnellement, j'en étais encore tout secoué. La veillée funèbre de Hughie avait bien failli tourner au carnage.

— Qu'en penses-tu ? m'a demandé Tara lorsque je l'ai retrouvée dans le pub, après avoir commandé un autre Jameson.

Un double, cette fois.

— Pourquoi avoir agi de la sorte ? a-t-elle insisté. Pourquoi venir nous narguer ? Ils ne nous ont pas fait assez souffrir ?

J'ai haussé les épaules. J'avais beau être flic depuis longtemps, je me trouvais dans une situation inédite. Je n'ai pas voulu cacher ma perplexité à Tara.

— Je ne sais pas. Je ne sais vraiment pas à quoi rime tout ce cinéma.

24

Le MCC, le centre de détention du grand New York, est un blockhaus de onze étages situé sur Park Row, derrière le palais de justice Thurgood Marshall, pas très loin de SoHo et de Wall Street.

Manuel Perrine, installé dans une salle de détente au septième étage du bâtiment, chassa d'une pichenette une poussière imaginaire sur la manche de sa combinaison de prisonnier, l'œil rivé sur son iPhone. Il hocha la tête à plusieurs reprises avant de conclure par un simple «très bien» et de couper la communication d'un mouvement du pouce.

Grâce à la fonction vidéo FaceTime du téléphone, le Roi Soleil venait d'assister à l'incident survenu lors de la veillée funèbre: le tohu-bohu, la mine stupéfaite des flics. Le tout en direct, et en temps réel. Comme s'il avait été présent.

La réussite d'une opération dépend de la communication. Tous les généraux le savent. Ce n'est pas parce qu'on dort en prison qu'on doit négliger la stratégie. Perrine comptait utiliser au mieux les ressources considérables dont il disposait.

L'humiliation de chaque instant qu'il vivait depuis son entrée dans cet endroit n'en était pas moins une injure impardonnable. La grille d'acier qui servait de fenêtre à sa cellule, les lits en fer, les murs de brique peints en blanc… Il avait consacré une somme folle en pots-de-vin afin de pouvoir entrer et sortir des États-Unis. Et voilà qu'il repartait de zéro, tel un rat en cage. Tant d'efforts pour rien.

Il avait ordonné la mort de son vieil ami Candelerio et de sa famille. Il serait temps ensuite de s'occuper des équipes du Dominicain. Il était impératif de montrer l'exemple, par la terreur. Tous ceux qui avaient touché à cette affaire de près ou de loin seraient punis, de façon à prouver qu'on ne s'attire pas impunément les foudres du Roi. Ils payeraient jusqu'au dernier pour avoir contribué à son enfermement dans cette cage infâme, au cœur du cercueil de béton de cette ville.

Il tâta l'arête de son nez recouvert d'un pansement maintenu par du sparadrap en X. Un X ridicule, semblable à celui que l'on trace sur les cartes au trésor. Perrine avait passé sa vie à se battre, mais c'était la première fois qu'on lui cassait le nez.

Il lança un regard terne au gardien baraqué et chauve qui pénétrait dans la pièce.

Le gardien était accompagné d'un prisonnier au visage marbré par un œil au beurre noir, vêtu d'une combinaison identique à celle du Roi Soleil. Le détenu, jeune et blond, se nommait Jonathan Alder ; il était incarcéré pour montage financier frauduleux à Wall Street. Faute de pouvoir continuer à escroquer des retraités éblouis par ses bretelles en soie, Jonathan en était réduit à fournir divers services à ses codétenus. Le jeune minet, esclave sexuel depuis peu, avait été offert à Perrine par le caïd de la prison, un parrain mafieux connu pour sa brutalité. Une preuve de respect. Un cadeau de bienvenue que le Roi, pétri de frustration, d'ennui et de rage rentrée, attendait impatiemment de déballer.

À la façon d'un maquignon, Perrine prit Jonathan par le menton et l'examina sous toutes les coutures. Il saisit au vol une larme scintillante qui s'échappait de l'œil du jeune homme tout tremblant et la lécha en ricanant. Miam. Il se tourna vers le gardien.

— Tu as le reste ? s'enquit-il dans son anglais teinté d'accent français.

— Je ne risquais pas d'oublier, répliqua le malabar, un certain Doug Styles, en récupérant dans sa poche de chemise de la cocaïne péruvienne enveloppée dans du papier sulfurisé.

Il tendit le petit paquet à Perrine.

— Quoi d'autre, *monsieur* ? J'espère que le service est à la mesure de vos attentes, poursuivit l'homme sur un ton sarcastique.

Il aboyait de la voix grave et rauque d'un sergent instructeur peu habitué à ce que l'on discute ses ordres.

Perrine l'observa d'un air songeur. Chaque individu a son prix, et Doug avait reçu trois cent vingt-cinq mille dollars en coupures de dix et de vingt, livrés directement à son pavillon de merde d'East Brunswick, dans le New Jersey. Doug pensait sans doute avoir réglé sa dette avec l'iPhone et le reste, mais il avait mis le doigt dans un engrenage dont il ne mesurait pas l'ampleur.

— Rien, Doug. Merci. Combien de temps m'accordes-tu avec Jonathan ? Je ne voudrais pas te causer des ennuis.

Doug leva le jambon qui lui servait d'avant-bras afin de consulter sa montre.

— T'as vingt minutes. C'est bientôt l'appel du soir.

— Très bien. Je me contenterai de vingt minutes, mais une demi-heure me conviendrait nettement mieux, rétorqua Perrine, tout sourire.

— Ah ouais ? Je pourrais aussi vous accorder huit heures et glisser un chocolat sur votre oreiller, mes tourtereaux ? Va te faire foutre, pauvre taré. C'est moi qui décide, ici. Un portable et ce petit trou du cul, passe encore. Mais si tu t'imagines que tu me fais peur, je peux facilement t'initier aux joies du mitard au deuxième sous-sol après avoir cassé ta putain de mâchoire. Faudrait pas me prendre pour ton boy.

Perrine laissa s'écouler un long silence avant de se défendre en levant les mains.

— Je comprends très bien, Doug. Je ne voulais pas t'offenser. C'est toi le chef.

— Tu l'as dit, bouffi.

Perrine récupéra l'iPhone sur la table et cliqua sur l'icône d'une application, puis il tendit le smartphone au gardien.

— J'aimerais te montrer ceci, susurra le Roi. Il n'y en a pas pour longtemps.

Sur l'écran s'affichait la nuque d'une femme aux cheveux roussâtres dépassant du canapé d'où elle regardait la télévision. Elle était apparemment filmée de dos, depuis un placard.

— Cette petite vidéo, mon cher Doug, est un direct, expliqua Perrine. J'ai cru comprendre que cette créature rondelette était ton épouse Sharon. Je me trompe ? Je ne suis pas surpris qu'elle s'accorde une petite pause. S'occuper des jumeaux qu'une cigogne a eu la bonne idée de déposer devant votre porte l'an dernier doit être épuisant. Sans compter qu'elle les allaite, comme j'ai pu m'en apercevoir en observant la scène il y a quelques minutes. Un double temps plein. Impressionnant.

« D'un simple claquement de doigts, mon cher Doug, au lieu de la voir regarder *Desperate Houseputes* à la télé, nous pourrions observer ta chère femme dans une situation autrement moins confortable. C'est fou ce qu'on peut infliger aux gens, avec un peu d'imagination. La qualité de la vidéo laisse à désirer, sans doute, mais les images les plus rudimentaires sont parfois les plus palpitantes, tu ne trouves pas ?

Le gardien blêmit. Il avala sa salive, hypnotisé par l'iPhone.

— Je ferai tout ce que vous voulez, déclara-t-il d'une voix nettement moins assurée. Je vous en supplie, ne faites pas de mal à Sharon.

— Je vous en supplie, qui ? l'interrogea Perrine en posant une main en cornet sur son oreille.

— Je vous en supplie, monsieur, balbutia Doug.

— Rien à foutre, de ton MONSIEUR ! aboya méchamment Perrine. JE VOUS EN SUPPLIE, QUI ?

— Je vous en supplie…, bredouilla le gardien chauve en serrant les paupières. Je vous en supplie, Majesté, finit-il par lâcher dans un murmure.

Le sourire de Perrine réapparut aussi vite qu'il s'était effacé. Il reposa le téléphone et ouvrit le paquet de cocaïne.

— Tu apprends vite, mon petit Doug. C'est une qualité que j'apprécie chez toi. Sharon et tes deux petits soiffards ne te remercieront jamais assez. Continue comme ça et on s'entendra très bien, tous les deux.

Perrine déposa une ligne de cocaïne d'une main experte sur la table en fer et aspira la poudre blanche d'une narine plus experte encore, puis il désigna la porte d'un geste du pouce.

— Maintenant, fiche-nous la paix pendant une demi-heure. J'ai bien dit une demi-heure, Doug. En attendant, casse-toi.

LIVRE 2

Laissez souffrir grâce à moi les petits enfants

26

Un an plus tard

Le jour n'était pas encore levé lorsque je suis passé devant la silhouette fantomatique du vieil homme d'origine asiatique qui exécutait ses exercices de taï-chi dans une clairière, à l'écart de la piste de jogging. Il devait être 5 h 30, des écharpes de brume flottaient au-dessus de Central Park. Le vieillard, vêtu d'une tenue de kung-fu digne de *Tigre et Dragon*, enchaînait lentement des mouvements pleins de grâce, salué par le chant des oiseaux.

À force de le voir à chacune de mes incursions dans Central Park, tous les samedis avant l'aube, je m'interrogeais. Peut-être s'agissait-il vraiment d'un fantôme. À moins que les moines de Shaolin n'aient décidé d'ouvrir une succursale à Harlem. À quoi pouvait bien s'occuper ce vieillard mystique en temps ordinaire ?

Un pli a barré mon front couvert de sueur. Une interrogation de plus sur la liste des questions sans réponse qui me tracassaient depuis quelque temps.

Je courais beaucoup depuis la mort de Hughie. Au minimum quarante kilomètres par semaine, parfois cinquante. J'en arrivais à me demander si je ne cherchais pas à me punir. Mes genoux en payaient le prix.

Je suppose que courir me faisait du bien. Tant que je volais sur le macadam, porté par mes Nike pointure 45, je me sentais en sécurité, je continuais d'appartenir à l'espèce humaine. Les problèmes commençaient dès que je m'arrêtais et que la réalité du monde se rappelait à moi.

Vingt minutes plus tard, le soleil se levait timidement derrière l'école de mes gosses – le Saint-Nom sur la 97ᵉ Rue – quand je me suis écroulé sur les marches du bâtiment, complètement vidé, le visage dégoulinant de transpiration. Un camion de presse s'est arrêté au coin de la rue, le temps que le chauffeur dépose une pile de journaux dans un distributeur. Il a redémarré quelques instants plus tard et j'ai reconnu le visage de Manuel Perrine à la une, surmonté d'un gros titre :

LE PROCÈS DU ROI SOLEIL DÉBUTE À NEW YORK

Une nouvelle qui n'en était pas une pour moi. Tara McLellan, la cousine de Hughie, avait été nommée sur l'affaire, conformément à son intention, et me tenait au courant du dossier. Les juges de New York et leurs collègues de l'Arizona s'étaient abondamment disputé le narcotrafiquant. En fin de compte, les autorités fédérales avaient préféré juger Perrine en premier pour le meurtre du jeune serveur de Macy's, de façon à mieux médiatiser le procès. C'était une décision très politique. Des politiciens de haut vol s'en étaient mêlés, et même le président. Il s'agissait d'afficher la détermination de Washington face aux cartels mexicains. Je me fichais bien de toutes ces considérations. J'étais heureux que le salaud qui avait causé la mort de mon copain soit jugé à New York. Sans même parler de ma déposition, je comptais fermement assister à un maximum d'audiences jusqu'à ce que justice soit faite. Je ne ménagerais pas ma peine pour que Perrine finisse sa carrière dans le couloir de la mort.

Ce n'était pas très charitable de ma part, mais ça collait parfaitement avec mon humeur du moment. Je me suis relevé en essuyant mon visage inondé de sueur. Le monde dans lequel nous vivions était impitoyable.

Je suis rentré chez moi le plus discrètement possible en apportant le petit déjeuner. Mary Catherine était déjà levée et active, bien évidemment. Elle recousait un truc quelconque en attendant que l'eau se mette à bouillir. Elle a levé la tête en me voyant déposer un sachet rempli de bagels sur l'îlot central de la cuisine.

Refroidi par le regard au scepticisme tout irlandais qu'elle m'adressait, je me suis enhardi.

— Euh… bonjour ?

— Je m'en doutais. Vous êtes encore allé courir.

— Je… on dit que c'est bon pour la santé.

— En général, oui, Mike. Mais vous ne faites rien d'autre en ce moment. Vous travaillez, vous courez, et puis vous retournez travailler. Arrêtez de repousser constamment vos limites. Vous allez vous tuer si vous ne faites pas plus attention. Vous vous êtes regardé dans la glace, dernièrement ? Vous avez beaucoup maigri.

Je lui ai tendu un gobelet de café au lait.

— Maigri ? Moi ? Impossible. En plus, avec autant d'enfants, ce n'est pas un luxe d'accumuler les heures sup.

Elle a secoué la tête d'un air navré.

— Après tout, monsieur Bennett, c'est votre vie. Je ne suis que l'employée de maison, a-t-elle grommelé en reprenant son ouvrage.

Waouh, ai-je grimacé intérieurement en opérant une retraite prudente dans le couloir.

— Monsieur Bennett ?

Monsieur Bennett. J'avais dû commettre quelque crime atroce pour que ma nounou m'apostrophe de la sorte. Restait à deviner lequel.

Brian et Ricky ont bien failli m'écraser en déboulant avec des valises et des sacs de voyage couverts de poussière.

— Salut les garçons. Vous êtes bien matinaux. Quelle mouche vous pique ?

— On a sorti les bagages pour les super vacances qui nous attendent la semaine prochaine, a répliqué Brian sur un ton grinçant.

— Ouais, a approuvé Ricky. Je suis impatient de retrouver notre cher vieux chalet perdu au milieu des bois. Quand je pense qu'on va y passer tout l'été, et pas seulement quinze jours, comme l'an dernier. Les gens sont dingues de s'imaginer qu'on s'ennuie en forêt. Entre les arbres, les branches, les feuilles, l'écorce et le reste.

— Sans parler des animaux. Les oiseaux et les écureuils, a enchaîné Brian.

— Je me demande bien qui aurait envie de jouer à la PlayStation HD quand on peut observer des écureuils. Tout un spectacle !

Je les ai foudroyés des yeux. Ils m'avaient déjà gratifié du même cinéma l'été précédent, ce qui ne les avait pas empêchés de s'amuser comme des fous.

— Honnêtement, papa. Me dis pas qu'on va être obligés de retourner dans ce trou paumé, a plaidé Ricky. On s'ennuie, là-bas.

— À part se battre avec les moustiques et soigner les piqûres de sumac, a insisté Brian.

Je les ai longuement observés en me grattant le menton.

— Je ne me doutais que vous refuseriez de partir, les garçons. C'est vrai que vous avez un an de plus. On pourrait peut-être prévoir un programme spécial rien que pour vous deux. Vous pourriez garder la maison, par exemple.

Brian et Ricky se sont regardés. Ils n'en croyaient pas leur bonne étoile.

— Ce serait génial ! s'est exclamé Brian. L'appart pour nous tout seuls ! On est OK, papa. Tu sais que tu peux nous faire confiance.

Ils repartaient déjà, aux anges. Je leur ai laissé le temps de s'éloigner de cinq pas. Peut-être quatre.

— Ah ! J'avais un truc important à vous dire. Qu'est-ce que c'est, déjà ? Ah oui, ça me revient. Je plaisantais, les garçons. Dépêchez-vous de préparer vos valises, les joyeux campeurs. Départ dans une semaine. Direction : le trou paumé.

28

Les yeux piqués par la fumée bleue, j'ai retiré les poulets rôtis de leur emballage d'aluminium, puis je les ai déposés sur le gril brûlant où ils ont rendu un chuintement appétissant. Les volatiles, dorés à point, émettaient un fumet délicieux, savant mélange de citron et de bois de mesquite fumé.

— Bobby Flay[1] n'a qu'à bien se tenir, ai-je marmonné en abaissant le couvercle de mon fidèle barbecue Weber.

C'était l'anniversaire de mon grand-père Seamus, et j'étais préposé à la viande en prévision de la fête-surprise prévue en fin de journée. Derrière moi, des sandwichs fromage et steak, façon Philadelphie, attendaient sur une desserte à côté des bols de chips et de fruits, des bières et des Coca dans leurs cantinières en zinc remplies de glace. Mon labeur touchait

---

1. Ce chef réputé, propriétaire de plusieurs chaînes de restaurants, anime de nombreuses émissions de télévision aux États-Unis. *(N.d.T.)*

à sa fin, j'avais amplement mérité d'humecter mon gosier parcheminé avec une Corona. La décoration était aussi réussie que la nourriture : une débauche de lanternes japonaises de toutes les couleurs, accrochées au-dessus des nappes en papier blanches. L'Hudson scintillait dans le lointain, par-delà les immeubles et les arbres de Riverside Park. Le toit de mon immeuble n'est pas censé servir de terrasse, mais je faisais sauter suffisamment de PV au concierge pour qu'il ferme les yeux les rares fois dans l'année où j'y improvisais un barbecue. L'endroit rêvé pour une telle occasion.

J'ai reposé ma bière en entendant sonner mon portable.

— Ici Faucon 1. La cible est dans la boîte. Je répète, Dumbledore vient de pénétrer dans l'immeuble.

J'ai secoué la tête. Dumbledore ! Mes cinglés de gamins ont le chic pour inventer des noms de code. Ils ne peuvent pas s'empêcher de transformer les anniversaires en opérations secrètes.

— Compris, Faucon 1. Tenez-moi au courant.

Il ne me restait plus qu'à siroter tranquillement ma bière en attendant la transmission suivante.

— Faucon 1 à nouveau. Dumbledore est tombé dans le panneau, m'annonçait Trent cinq minutes plus tard. Grand-père est vraiment persuadé que Mary Catherine a besoin de lui pour monter le panier à linge sur le toit. Il doit toujours se croire en 1912, il faudra lui expliquer qu'on a inventé le sèche-linge depuis. En tout cas, il a mordu à l'hameçon. Ils viennent de monter dans l'ascenseur. On arrive par l'escalier de secours. Heure d'arrivée prévue : dans deux minutes.

Nous étions serrés les uns contre les autres, la plus petite, Chrissy, toute tremblante d'excitation à côté de moi, lorsque la porte de la terrasse s'est ouverte.

— Surprise !

— Quoi ? a balbutié Seamus, stupéfait, en lâchant son panier à linge. Seigneur Jésus !

— Il en reste sans voix ! s'est écriée Mary Catherine, derrière lui. C'est un jour à marquer d'une pierre blanche, on a réussi à lui couper le sifflet.

Tout le monde a pris place autour de la table. Le repas était divin. En plus du poulet rôti, il y avait au menu des saucisses fumées, de la salade de pommes de terre et du chou râpé. Le soleil s'est couché lentement au milieu des plaisanteries et autres fanfaronnades, à mesure que les lumières des gratte-ciel de Manhattan s'allumaient vers le sud.

Un sourire aux lèvres, j'ai brusquement été emporté par la perfection de cette soirée new-yorkaise. Je ressentais un mélange de tristesse, de bonheur et de sérénité. Je ne m'étais pas senti aussi bien depuis une éternité. Pas depuis la mort de Hughie, en tout cas. J'ai levé mon gobelet en plastique en direction de la nuit argentée en pensant à lui.

Une fois débarrassées les assiettes en carton, j'ai débouché une bouteille de veuve clicquot pendant que Mary Catherine apportait le gâteau qu'elle avait préparé.

— Combien de printemps, mon Père ? ai-je demandé à Seamus en remplissant son verre de bulles. De combien de caisses de bougies allons-nous avoir besoin ? Je ferais peut-être bien de prévenir les contrôleurs aériens.

— Pas de bougies, merci. Et encore moins de chiffres. Pas aujourd'hui, a répondu Seamus. Ce sera mon cadeau, Michael.

Jane s'est raclé la gorge.

— Avant de te chanter «Joyeux anniversaire, grand-père», on voulait te dresser la liste des dix meilleures raisons d'avoir un curé comme grand-père.

— J'aurais dû m'en douter, a gémi le vieil homme en secouant la tête d'un air faussement désespéré. On commence par passer le poulet sur le gril, ensuite c'est le grand-père.

Personne n'était dupe, surtout à la vue du sourire qui éclairait son visage d'une oreille à l'autre.

— Raison numéro 10 : Il te bénit pour de vrai chaque fois que tu éternues, a commencé Jane.

— Raison numéro 9 : On a droit aux meilleurs bancs à l'église les jours de fête, a poursuivi Shawna.

— Raison numéro 8 : Il vous donne l'extrême-onction avant de monter sur les manèges les plus dangereux dans les parcs d'attractions, a enchaîné Eddie.

— Raison numéro 7 : Le col romain est drôlement utile pour s'accrocher à son cou, a proposé Chrissy.

— Raison numéro 6 : Il est champion pour l'enterrement des animaux domestiques, a repris Trent.

— Raison numéro 5 : Quand on fait une bêtise et qu'on dit à grand-père qu'on est un enfant du bon Dieu, ça marche à tous les coups, ont récité Fiona et Bridget à l'unisson.

— Raison numéro 4 : Être menacé d'excommunication incite vraiment à se brosser les dents, a suggéré Ricky.

— Raison numéro 3 : Grâce au secret de la confession, papa n'est jamais au courant de nos bêtises, s'est écrié Brian.

— Raison numéro 2, lui a succédé Juliana : On peut porter des T-shirts du style «TON GRAND-PÈRE VIT EN FLORIDE, MAIS LE MIEN EXORCISE LES DÉMONS».

— Et raison numéro 1, ai-je conclu en me levant, sous le regard inquiet de Seamus : On se fait sermonner à longueur de journée.

29

Le repas d'anniversaire achevé, les enfants ont emmené Seamus voir le dernier film d'action à l'affiche pendant que je rangeais avec Mary Catherine. Nous venions d'emballer les restes, de replier tables et chaises quand j'ai cru distinguer un flacon plein d'un liquide doré au fond du bac à glace.

— Tiens ? Qu'est-ce que c'est ?

J'ai plongé la main dans l'eau glacée et sorti l'autre bouteille de veuve clicquot, dont j'avais oublié la présence.

— Regardez, une visite de dernière minute. Pas question de gâcher un tel nectar.

J'ai rallumé mon iPod, qui débordait de tubes des années 1950 et 1960 : des harmonies doo-wop, des mélodies sirupeuses habillées de violons, des bluettes récupérées sur iTunes. Tout un répertoire qui avait fait le bonheur de Seamus pendant la fête. Nous avons emporté la bouteille jusqu'au parapet dominant le West Side et les eaux de l'Hudson. La mélodie de « Up on the Roof » des Drifters a traversé la nuit tiède.

Des millions de lumières scintillaient sur l'eau du fleuve tandis que les Drifters célébraient l'insouciance. J'ai déchiré la robe d'aluminium de la bouteille de veuve clicquot et retiré le muselet. Le bouchon a sauté en rebondissant sur le parapet avant de disparaître dans la nuit.

— Quelle chute ! Vous croyez qu'il a pu tomber sur la tête d'un passant ? a demandé Mary Catherine en se penchant.

J'ai sondé son regard bleu dans lequel se reflétaient les lumières de la ville.

— Jamais de la vie. Et quand bien même, c'est toujours mieux de recevoir un bouchon de champagne sur le crâne qu'un banal colis new-yorkais, de type fiente de pigeon ou ballon publicitaire du défilé de Thanksgiving.

Au moment où je lui tendais la bouteille, elle a déposé un baiser aérien sur ma joue.

— En quel honneur ? ai-je voulu savoir.

— En l'honneur de la fête que vous avez organisée pour Seamus, Mike. C'était vraiment super. Les enfants vous adorent. Ils aiment tellement vous voir heureux. Ils se font du souci pour vous, depuis quelque temps. Moi aussi. Je sais à quel point vous avez été blessé par la mort de votre ami Hughie.

Je regardais fixement le revêtement goudronné du toit.

— Vous me trouvez bien songeur depuis un moment, c'est ça ?

— Silencieux davantage que songeur, a-t-elle corrigé.

Peu désireux de m'aventurer sur un terrain aussi glissant, je l'ai entraînée dans un cha-cha-cha autour du climatiseur rouillé tandis que «Spanish Harlem», dans la version de Ben E. King, prenait le relais de «Up on the Roof».

Les airs d'une époque révolue, hérités d'une autre planète où la jeunesse rêvait d'amour et de passage à l'âge adulte en parfaite insouciance.

J'ai bien conscience que les années nous poussent à regarder la musique des nouvelles générations d'un air dubitatif, mais les chansons diffusées à la radio me sont parfaitement étrangères. Comment l'humanité a-t-elle pu passer d'une époque où l'on rêvait de passer la bague au doigt de sa petite amie à une ère où la préoccupation principale est l'affirmation d'une sexualité débridée?

— Allô? La lune, m'entendez-vous? m'a apostrophé Mary Catherine.

— Je suis là.

— À quoi pensez-vous, Mike?

— À rien de très enthousiasmant, ai-je répondu en la faisant tournoyer.

Un bruit de pas est venu nous interrompre.

— Il y a quelqu'un? a interrogé une voix.

Nous nous sommes retournés. Petey Armijo, le concierge rondouillard de l'immeuble, s'est approché en agitant son trousseau de clés.

— Bonsoir, monsieur Bennett. Euh… si vous en avez terminé, j'aimerais bien refermer l'accès au toit.

— Nous avons fini, Petey, lui a répondu Mary Catherine, coupant Ben E. King en plein couplet avant de se diriger vers l'escalier.

J'ai attrapé une pile de chaises pliantes au passage.

— Pas de souci, Petey. On s'en va. Vous arrivez au bon moment.

30

Le lave-linge et le laisse-vaisselle tournaient déjà quand je suis redescendu. Mary Catherine était passée en phase de nettoyage actif, signe de son trouble. Fini de danser.

Ma relation avec Mary Catherine était pour le moins compliquée. Si compliquée que je n'y comprenais rien la plupart du temps. Nous étions liés par un sentiment profond, magique, mais chaque fois que nous faisions mine de consolider ce lien, un obstacle se mettait en travers de notre route : la vie, le monde, l'un des innombrables assassins psychopathes dont New York a le secret et, plus souvent encore, ma grande gueule.

J'ai fort heureusement remarqué que nous n'avions plus d'œufs, de lait et de bacon pour le petit déjeuner du lendemain, un dimanche. Le temps d'attraper mes clés, je suis descendu respirer une bouffée de ce qui passe pour de l'air frais à New York. Je me suis approché de la voiture de patrouille du NYPD garée au coin de la rue.

J'ai levé les mains en l'air.

— Ne tirez pas, ai-je prévenu le jeune flic black qui descendait sa vitre, côté conducteur.

Je bénéficiais d'une protection vingt-quatre heures sur vingt-quatre, ainsi que toute ma famille, depuis l'arrestation de Perrine. Non sans raison. À l'époque où il faisait régner la terreur au Mexique, Perrine avait commandité l'assassinat de dizaines de flics, de *federales* et de juges.

— Bonsoir, Williams. Je vais à l'épicerie. Vous n'avez besoin de rien ?

— Non merci, inspecteur, m'a répondu cet ancien de la guerre d'Irak, un type très doux et gentil, quasiment au garde-à-vous.

— Repos, soldat Williams. Un café crème avec un sucre, c'est bien ça ?

— Je croyais que c'était moi qui étais censé veiller sur vous, a réagi le jeune flic en s'autorisant l'ombre d'un sourire.

— Rien à craindre.

Je lui ai dévoilé la crosse du Glock 9 mm coincé dans ma ceinture avant de m'éloigner.

J'avais un autre pistolet à la cheville droite. Un Glock Subcompact plein de bonnes grosses balles dorées de calibre 45. Si jamais les sbires de Perrine décidaient de me chercher des noises, je leur conseillais de ne pas se présenter les mains vides. Qu'il s'agisse de défendre ma vie ou celle des miens, je comptais tirer d'abord et poser des questions ensuite. J'avais déjà tué deux de ses assassins au Madison Square Garden. S'il fallait abattre les autres pour avoir la paix, ainsi soit-il, comme le chante si bien Paul McCartney dans « Let It Be ».

J'ai descendu West End Avenue en direction de l'épicerie qui fait le coin avec la 96e Rue. Je rentrais chez moi, un gobelet de café en équilibre sur mon sac de courses, quand mon téléphone a sonné.

J'ai jeté un coup d'œil sur l'écran. C'était Tara McLellan, la cousine de Hughie, à laquelle j'étais littéralement collé depuis quinze jours. En tant que substitut du procureur fédéral, elle était chargée de préparer le procès de Perrine. Je trouvais un peu étrange qu'elle veuille me joindre à une heure aussi tardive, mais l'audition des jurés débutait lundi. Je me suis adossé à une cabane de chantier pour prendre son appel.

— Salut, Tara. Quoi de neuf ?

— Désolé de te déranger si tard, Mike. Je suis en train de boucler le dossier de l'accusation avant de le présenter à mon patron demain. Je me demandais si ça t'embêterait de venir y jeter un coup d'œil. Histoire de me rassurer.

Son inquiétude était compréhensible. Il s'agissait non seulement de l'affaire la plus importante de sa carrière, mais aussi d'un procès hautement médiatisé sur le plan international. Washington comptait bien montrer au reste du monde que les États-Unis s'attaquaient au problème des grands cartels de la drogue, incontrôlables depuis trop longtemps.

— Très volontiers. Où es-tu ? Dans ton bureau ?

— Non. Je travaille dans ma chambre de l'hôtel St. Regis, à Midtown.

J'ai sourcillé. Le St. Regis, situé sur la 5e Avenue, est l'un des établissements de luxe les plus sélects de New York. Il accueille toutes les célébrités de passage, la chambre la moins chère doit coûter huit cents dollars la nuit.

— Je constate que tu te rassures très bien toute seule.

— J'ai fini tard au bureau, je n'avais pas le courage de retourner dans le Bronx, alors j'ai décidé de m'autoriser une petite folie. On nous a bien recommandé de changer régulièrement nos habitudes pour raisons de sécurité, non ?

— Bien vu. Le St. Regis est probablement le dernier endroit où les tueurs du cartel viendront te chercher. Donne-moi une demi-heure, le temps d'enfiler mon smoking.

— Vous ressortez ? s'est étonnée Mary Catherine en me voyant passer une veste.

— Le devoir m'appelle. Un briefing de dernière minute au sujet du procès Perrine.

— Un samedi soir ? a-t-elle insisté d'un air dubitatif.

J'aurais bien voulu m'en tirer par l'une de mes pirouettes légendaires, mais rien ne me venait.

— Dites-moi, monsieur Bennett. Toutes les substituts des procureurs fédéraux ressemblent-elles à des poupées Barbie, ou bien uniquement celle-là ? a crié Mary Catherine dans mon dos.

— Je laisse mon portable branché. Je reviens dès que possible.

31

Je n'étais pas en état de prendre le volant avec tout le champagne que j'avais ingurgité, alors je me suis autorisé une folie, moi aussi. J'ai hélé un taxi au lieu de prendre le métro. À peine le chauffeur s'engageait-il sur la 5e Avenue, à hauteur de Central Park Sud, que la façade Belle Époque de l'hôtel apparaissait dans toute sa gloire, éclairée à gogo. Impossible d'y échapper. Le bâtiment est l'un des plus beaux de la ville. Vingt étages chargés de corniches et de colonnes, le tout couronné par un toit en cuivre.

Un portier m'a fait signe d'emprunter une porte à tambour rutilante donnant sur un hall d'accueil de marbre blanc à donner mal aux yeux. Le mobilier était français et ancien, lui aussi : des fauteuils Louis XVI aux pieds tarabiscotés, adossés à une colonnade de pierre. Le lieu était impressionnant de luxe et de majesté, ce qui n'est pas peu dire dans une ville telle que New York.

Tara m'avait envoyé un texto quand j'étais à l'arrière du taxi, me priant de la rejoindre au célèbre King

Cole Bar. Je me suis engagé dans l'immense salle que dominait un bar en acajou derrière lequel s'étalait une fresque gigantesque.

Tara, installée au bar, était assez spectaculaire, elle aussi, avec sa veste noire, son chemisier ivoire et sa jupe serrée noire. La masse sombre et brillante de ses cheveux était remontée d'une façon que je ne lui connaissais pas. Et qui me plaisait.

Un vieux barman décharné à nœud papillon, parfaite imitation des barons de la finance qui avaient construit ce bouge, m'attendait au garde-à-vous lorsque je me suis assis à côté de Tara.

— Que buvez-vous, mademoiselle McLellan ? ai-je demandé.

— Un whisky irlandais, pourquoi ? m'a-t-elle répondu en m'adressant un clin d'œil. Sans glaçons, cette fois.

— Un Jameson ?

— Non, un Bushmills de seize ans d'âge.

— Quand on aime, on a toujours seize ans, ai-je plaisanté en faisant signe au barman de me servir le même.

Le temps que la vieille momie m'apporte un verre et empoche deux billets de vingt dont je ne reverrais jamais la couleur, Tara et moi avons trinqué.

J'ai avalé quelques gouttes du nectar avant de me tourner vers elle.

— Alors, tu as bouclé le dossier ?

Tara a posé un doigt sur sa bouche en gloussant.

— Chhhhut. Le boulot attendra, commençons par boire.

Elle s'exprimait d'une voix légèrement pâteuse.

Elle a posé sur moi un regard vitreux en clignant des paupières, un sourire béat aux lèvres. Elle n'en était pas à son premier whisky de la soirée.

Nous discutions depuis quelques minutes du temps et des derniers matchs perdus par les Yankees quand j'ai été pris d'un soupçon. J'ai longuement regardé au pied de son tabouret.

— Tara ?

— Oui, inspecteur ? Ça ne vous ennuie pas que je vous appelle inspecteur, inspecteur ?

— Tara, où se trouve ton attaché-case ? Ton dossier. Les papiers que tu voulais me montrer.

Un sourire canaille a étiré ses lèvres.

— En haut, dans ma chambre. J'étais uniquement descendue boire un verre. Une petite pause.

— Tu en es à combien de pauses… je veux dire, de whiskys ?

— C'est le premier, inspecteur. Juré craché. Je vous en prie, ne m'arrêtez pas, a-t-elle minaudé en se défendant avec les mains.

— J'ai une idée. On arrête pour aujourd'hui et on reprend le dossier tranquillement demain.

Sans lui laisser le temps de répondre, j'ai ramassé son sac sur le bar et je l'ai prise gentiment par le coude.

L'employée à la mine revêche qui se trouvait à la réception m'a gratifié d'un regard polaire en me voyant pousser dans l'ascenseur une Tara titubante.

C'est pas juste, madame. Je suis un vrai gentleman, au contraire, ai-je pensé. Vous n'aviez pas remarqué mon armure de chevalier servant ?

Tara a attendu que la porte se soit refermée pour me caresser le visage.

— Mike, je n'arrête pas de penser à toi depuis l'enterrement, a-t-elle lâché précipitamment. Figure-toi que j'ai quasiment dû tuer six personnes pour obtenir ce dossier. Je voulais me convaincre que je le faisais pour Hughie, mais c'est faux. Je le faisais pour avoir l'occasion de passer du temps avec toi.

J'en restais comme deux ronds de flan.

— Je… je… C'est flatteur.

Tara a posé la tête sur mon épaule.

— Je ne sais pas si tu savais, mais j'ai perdu mon mari dans un accident d'avion. C'était un pilote du dimanche, il a fait une connerie quelconque au-dessus du Long Island Sound et son appareil s'est écrasé. Nous nous entendions extrêmement bien. Nous étions tout le temps fourrés ensemble. Quand il est mort, je n'avais plus envie de vivre.

Elle s'est reculée et m'a regardé droit dans les yeux en secouant la tête.

— Je sais que tu as perdu ta femme, Mike. Tu sais ce que c'est de perdre quelqu'un d'aussi proche. C'est la première fois depuis cinq ans que j'ai un déclic en rencontrant un homme. Je me sentais très seule. J'ai rencontré un type sur Internet il y a quelques mois. Je ne sais pas si ça t'est déjà arrivé, Mike, mais c'est l'horreur.

L'ascenseur s'est arrêté au dixième étage et nous avons débouché dans un couloir blanc.

— Tu me prends pour une nympho, c'est ça ? a-t-elle repris, une moue aux lèvres, en s'arrêtant devant sa porte. Je ne suis pas nympho, Mike. Non, je retire ce que j'ai dit, c'est typiquement le genre de trucs que prétendrait une nympho.

J'ai ouvert la porte de sa chambre à l'aide de sa clé électronique. Elle s'est précipitée dans le petit couloir donnant sur la pièce principale. Elle est revenue en courant.

— Reste ici, Michael Bennett. Si jamais tu t'en vas, je pars à ta recherche. Tu ne voudrais pas rencontrer un jour ton Créateur en sachant que tu as laissé une femme soûle errer dans les rues de New York.

J'ai refermé la porte derrière moi.

— Bien sûr que non. Je ne vais nulle part.

Elle est repartie vers ce qui devait être la chambre. Elle avait loué une suite dont le salon donnait sur la 5e Avenue, côté Central Park. À défaut d'être pauvre, elle était ivre.

J'ai entendu couler de l'eau. Quelques minutes plus tard, elle me rejoignait dans le living. J'en suis resté bouche bée.

Elle avait enfilé un peignoir blanc vaporeux. Un déshabillé, plus exactement.

Elle s'est installée sur le canapé en repliant sous elle ses longues jambes.

— Super. Je me sens nettement mieux. J'ai moins mal à la tête. Allez, viens donc t'asseoir. Tu as soif ?

J'ai éclaté de rire.

— À mon avis, le bar est fermé, Tara.

— J'adore ta façon de rire, Mike.

Elle avait partiellement dessoûlé.

— Je suis contente que tu sois venu, a-t-elle repris. Un Européen atroce a voulu me draguer au bar. Quand je l'ai remballé, il m'a sorti des horreurs. Ça m'a foutu la trouille, c'est pour ça que je t'ai appelé. C'est bien ce qu'on conseille aux gens, non ? D'appeler un flic ?

— Me voici, ai-je répondu en éclatant de rire à nouveau.

— Exactement. Te voici, a-t-elle répliqué.

Elle s'est levée en dénouant ses cheveux.

Le geste m'a fait repenser à une chanson irlandaise de mon enfance.

Ses yeux brillaient de mille feux
C'était vraiment une reine
Ses cheveux lui couvraient les épaules
Retenus par un long ruban bleu

Quelques instants plus tard, c'était son peignoir qui descendait légèrement sur ses épaules, révélant une nuque admirable. J'ai avalé ma salive.

32

Mû par un réflexe que je ne m'explique pas moi-même, j'ai tourné la tête à l'instant où elle allait m'embrasser. Sa bouche a effleuré ma joue et je l'ai serrée furtivement dans mes bras avant de m'écarter.

Son corps s'est raidi.

— C'est trop ? a-t-elle demandé.

Elle m'a tourné le dos et s'est jetée sur le canapé.

— J'en fais toujours trop, a-t-elle marmonné, le visage enfoui dans un coussin.

L'instant d'après, elle sanglotait comme si je lui avais brisé le cœur.

Pétrifié au milieu de tout ce luxe, je ne savais plus que dire.

Qu'est-ce que je fichais là ? Des baisers, puis des larmes ?

J'entendais déjà les reproches de Seamus.

Tu t'es encore fourré dans un drôle de pétrin, Michael Bennett.

La solution s'est présentée d'elle-même. J'ai remercié ma bonne étoile en entendant les hoquets de Tara céder la place à un doux ronflement.

J'ai attendu une minute, puis je l'ai soulevée et portée dans sa chambre où je l'ai bordée dans ses draps de soie à sept cents fils en m'assurant de ne jamais laisser s'écarter son peignoir.

Je l'ai regardée dormir quelques instants, un sourire aux lèvres. Je ne savais pas que les idiotes pouvaient être aussi belles. Il n'était même pas certain qu'elle se souvienne de cet épisode au réveil. J'ai hésité à effacer sur son téléphone le SMS qu'elle m'avait envoyé, avant de changer d'avis. Advienne que pourra. Elle avait un peu trop bu, c'est tout. Qui étais-je pour la juger ?

— On se voit au procès, Tara, lui ai-je glissé dans un murmure.

Une minute plus tard, je refermais derrière moi la porte de sa suite.

La réceptionniste revêche a froncé les sourcils en me voyant traverser le hall en sens inverse. Soudain, j'ai su qui elle me rappelait : sœur Dominick, une prof de cinquième particulièrement austère.

— Auriez-vous l'heure, madame ? ai-je demandé en passant avec un clin d'œil.

— Eh bien, non, m'a rétorqué la réincarnation de sœur Dominick.

On l'aurait dite prête à me taper sur les doigts avec une règle.

Le flic posté au coin de ma rue m'a adressé un appel de phares quand je suis descendu du taxi qui me ramenait chez moi. Super. Après mon concierge, voilà que les collègues allaient être au courant de mes escapades nocturnes. Le prix du Père de famille modèle risquait fort de m'échapper cette année. Tout était silencieux quand j'ai regagné l'appartement. Mary Catherine ne m'avait pas attendu, ce qui était aussi bien car mes vêtements portaient la trace du parfum de Tara.

Je regagnais ma chambre quand j'ai remarqué deux ombres suspectes sur le lit.

— Tu nous manques, papa, a balbutié l'une des ombres en m'entendant retirer mes chaussures.

— Tu nous manques tellement, a renchéri l'autre ombre alors que je cherchais un cintre dans l'obscurité.

J'ai fini par lancer ma veste dans un coin avant de m'allonger.

— Tout va bien, les filles. Je suis là. Vous pouvez retourner vous coucher.

J'ai senti une armée de formes dures dans mon dos. *Nom d'un chien !*

J'ai saisi la boule de peluche coincée sous ma nuque. Les filles avaient invité leur collection de Beanie Babies à venir en vacances chez papa.

— Linserré ? a demandé Chrissy en tirant le drap.

Si je ne m'abuse, *linserré* signifie « câlin serré » en vernaculaire chrissien.

— Oh oui, papa. On veut un linserré, a insisté Shawna en tirant le drap de l'autre côté.

— Bon, bon. D'accord pour un linserré.

Des gloussements ont traversé l'obscurité lorsque l'une d'elles a entrepris de me caresser la tête. Avec son pied.

J'ai fermé les yeux, trop fatigué pour réagir. Décidément, j'étais cerné par les femmes. Toute résistance était inutile.

33

Lorsque Louis XIV, le vrai Roi Soleil, entrait dans l'une des sept cents pièces du château de Versailles, ses courtisans mettaient un genou à terre et se cachaient les yeux de la main afin de se protéger de son éclat supposé.

Il faut croire que les temps changent, parce que j'ai complètement oublié de mettre un genou à terre lorsque les agents de sécurité du tribunal ont introduit dans la salle d'audience Manuel Perrine, le Roi Soleil des trafiquants de drogue, dans sa combinaison de détenu. Loin de détourner les yeux, j'ai fusillé du regard cette ordure d'assassin.

Je n'étais pas le seul à afficher ma rage ce matinlà au palais de justice Thurgood Marshall. La dizaine de flics et d'agents fédéraux, de repos ce jour-là, qui rendaient hommage à Hughie par leur présence se sont tous levés en faisant clairement savoir à Perrine ce qu'ils pensaient de lui. Susan Baym, la magistrate fédérale, a exigé le silence à coups de marteau. Loin de s'offusquer des injures qui pleuvaient sur sa tête, le trafiquant s'est tourné en direction des chahuteurs, les mains menottées sur l'oreille, à la façon d'un catcheur provoquant la foule.

Perrine avait perdu du poids depuis son arrestation. Un bouc accentuait la dureté de ses traits. La tête raide, ses larges épaules bien droites, il avait une allure presque martiale, en dépit de sa tenue. Seul accroc, la bosse qui déformait son nez à l'endroit où je l'avais cassé un an plus tôt.

J'avoue que je n'étais pas bourrelé de remords. La vie n'est pas un long fleuve tranquille.

Une partie de la presse s'émerveillait de sa richesse et de son élégance. *Vanity Fair* lui avait même consacré un article de trois pages, illustré par des portraits du Roi Soleil dans ses costumes de créateurs.

Sa classe naturelle ne risquait pas de m'amadouer. J'avais visionné plusieurs vidéos de décapitations et de castrations ordonnées par ses soins, entendu les témoignages de ceux qui avaient assisté à des meurtres atroces auxquels il avait participé personnellement. Pour ne citer qu'un exemple, il avait capturé l'un de ses concurrents dans un club de Chihuahua avant d'assassiner sous ses yeux tous les membres de sa famille. L'histoire ne dit pas quel costume il portait en aspergeant d'alcool de grain la femme de son prisonnier avant d'y mettre le feu.

Perrine était la preuve vivante de l'existence du mal. Vous ne m'en voudrez pas de me foutre royalement de son penchant pour les boutons de manchette tendance.

Il s'est dirigé fièrement vers la table réservée à l'accusé, où l'attendait sa batterie de défenseurs.

Le premier d'entre eux était un avocat de Washington, un cinquantenaire affable nommé Arthur Boehme. Tara m'avait expliqué qu'il avait récemment obtenu l'acquittement du gérant d'un fonds d'investissement soupçonné de délit d'initié. Boehme avait encaissé plusieurs dizaines de millions de dollars pour sa peine. J'avais également lu dans *New York* un article consacré à cet as du barreau ; il affirmait que sa foi inébranlable dans la justice le pousserait à défendre le diable en personne, s'il le fallait.

Le souhait de Boehme risquait fort d'être exaucé.

Perrine s'est installé confortablement sur son siège en embrassant du regard le décor qui l'entourait. On aurait dit un chef d'État en visite privée. Il a longuement examiné les boiseries d'acajou, les décorations du plafond à caissons, l'immense écusson en bronze accroché au-dessus de la juge fédérale. Il hochait la tête d'un air approbateur lorsqu'une avocate, une blonde élancée, a pris place à côté de lui. Perrine lui a glissé quelques mots à l'oreille, un sourire aux lèvres, en soulignant ses propos d'un doigt.

Un quart d'heure plus tard, les portes de la salle d'audience s'écartaient et laissaient passer la masse des personnes convoquées pour la sélection des jurés. Chacune d'elles était invitée à décliner son nom et sa profession avant de répondre aux questions de l'accusation et de la défense. On leur demandait si elles avaient des proches en prison, si elles disposaient de contacts personnels au sein du système judiciaire ou policier. Arthur Boehme a notamment demandé à une coiffeuse si elle avait déjà entendu parler des cartels de drogue « supposés ».

«Supposés»? J'ai cru que j'allais vomir. Si seulement les 35 000 personnes tuées par les cartels depuis dix ans au Mexique avaient pu être des victimes «supposées». À mesure que la procédure avançait, un détail m'a intrigué. Chaque fois que l'un des jurés potentiels énonçait son identité, les avocats de la défense comme les équipes du procureur pianotaient furieusement sur leurs ordinateurs portables. En fonction de ce qu'ils découvraient, ils tiraient par la manche le collègue chargé de poser les questions et la personne concernée était éliminée. De toute évidence, ils passaient au crible les réseaux sociaux afin d'en savoir davantage sur la personnalité et les opinions des candidats. En tant que flic, il m'arrive souvent de procéder de la même façon avec des suspects ou des témoins. Mon conseil du jour : évitez de vous inscrire sur Facebook.

En l'espace d'une heure, seuls trois jurés avaient été retenus : une chargée d'édition de Flushing, dans le Queens, travaillant pour une maison d'édition universitaire ; une psychologue d'entreprise quarantenaire de Staten Island ; et un gros Latino jovial, propriétaire des concessions alimentaires au zoo du Bronx.

J'ai regardé l'heure sur mon téléphone. J'aurais volontiers passé la journée à observer le comportement ridicule de ces juristes de haut vol, mais c'était mon jour de congé, j'avais pas mal de trucs à régler et une nuée d'enfants à gérer.

J'ai croisé le regard de Tara en me levant. Nous avions bien ri tous les deux de son petit numéro du samedi soir. Elle n'avait apparemment pas vu la mention «ne pas consommer d'alcool» sur la notice d'un médicament qu'elle prenait, et ne tarissait pas d'excuses. Je l'ai rassurée en lui disant que j'étais passé maître dans l'art de border les gens, grâce à mes dix gamins.

Elle m'a adressé un petit signe de la main accompagné d'un sourire. Au moment de quitter la salle, j'ai croisé le regard de Perrine. Nous nous sommes jaugés, l'espace d'un instant. Je serrais les mâchoires à me fendre les molaires, un sourire aux lèvres, refusant de concéder un pouce de terrain à ce monstre qui allait enfin répondre de ses crimes devant la justice.

Feignant de bâiller, j'ai agité la main dans sa direction avant de me diriger lentement vers la porte.

34

La salle de détente réservée aux policiers du palais de justice se trouvait dans un sous-sol moite et mal aéré, près de l'escalier nord. À 10 h 04 ce matin-là, trois agents en uniforme prenaient leur pause : Tom Porte, un flic à moustache fier de ses vingt-deux ans d'ancienneté, ainsi que deux collègues moins aguerris : un ancien des Marines d'origine asiatique nommé Ronald Pinzano et un Black, Stacy Mays, papa depuis trois jours.

Les trois hommes, dûment armés, avaient l'habitude des heures d'attente interminables lors des procès. Assis autour d'une table, ils tuaient le temps en jouant aux cartes lorsque la porte s'ouvrit derrière eux. Un agent de nettoyage latino apparut sur le seuil de la pièce, tout sourire. Petit et trapu, il tenait dans sa main potelée un mug sur lequel s'affichait la devise : JE REPÈRE LES IDIOTS.

— T'as besoin de quelque chose ? lui demanda Mays.

— Jé… pé lé… outiliser ? répondit le type dans un mauvais anglais en tendant son mug en direction du four à micro-ondes.

— *Mi casa es su casa*, l'invita Tom Porte en piochant une carte.

Le type acquiesça avec un sourire, traversa la salle et glissa son mug dans le volumineux micro-ondes. Il enfonça plusieurs touches et un ronronnement s'éleva de l'appareil fatigué.

— Hé, vieux. Tu as des nouvelles de Pedro, de la maintenance ? s'informa Pinzano. Son opération du genou s'est bien passée ?

L'agent de nettoyage se retourna, un sourire niais aux lèvres.

— Merci, dit-il en hochant la tête. Merci, merci.

— Merci ? s'étonna le flic asiatique en secouant son crâne chauve d'un air dégoûté. Putain de sans-papiers. Il baragouine pas un mot d'anglais, mais ça l'empêche pas de vivre grassement aux crochets de la société. Si ça se trouve, il gagne plus que nous.

— Ça m'étonnerait, Ron, lui rétorqua Tom Porte en haussant un sourcil neigeux. Avec toutes les heures sup que tu te tapes, tu dois te faire plus que certains juges.

L'agent de nettoyage, le visage souriant, attendait patiemment que le micro-ondes s'arrête. Deux minutes s'écoulèrent, puis une troisième.

— Combien de temps il lui faut pour faire bouillir son kawa ? s'étonna Mays alors que la sonnerie de l'appareil retentissait.

— T'aimes ton café *muy caliente*, vieux ? plaisanta Tom Porte avec un clin d'œil.

Le type, de dos, sortit son mug du micro-ondes. Un air de xylophone s'échappait en sourdine du poste de radio posé près du four. Le type monta le son de sa main libre.

— *Sí. Muy, muy caliente*, répéta-t-il en se tournant d'un geste, envoyant au visage des trois flics l'huile bouillante que contenait le mug.

Un grésillement de friture se fit entendre à l'instant où le liquide brûlant atteignait les visages des policiers. Tom Porte poussa un hurlement et l'agent de nettoyage le délesta promptement de son revolver. Dix secondes plus tard, les trois hommes gisaient au sol, au milieu d'une mare de sang et d'huile bouillante sur laquelle flottaient quelques cartes à jouer.

Stacy Mays, touché à mort, tremblait de tous ses membres. Sa tête cognait le sol au rythme de l'air de xylophone. Son assassin le regarda se débattre d'un air blasé. Il compta jusqu'à vingt en attendant que les soubresauts ralentissent, puis s'éteignent.

Il baissa le volume de la radio et jeta un regard dans le couloir. Personne. Pas même un bruit de pas. Il lui fallait agir vite. Il glissa le revolver dans sa ceinture et désarma les deux jeunes policiers. Il aurait préféré se servir de son propre arsenal, mais la présence de portiques de détection l'en avait empêché.

Se procurer des armes n'était que la première étape de son plan. La seconde consistait à rejoindre la salle d'audience 203. L'agent de nettoyage s'appelait Rodrigo Kahlo. Il était arrivé à New York en jet privé la veille, depuis l'île de Grand Bahama où il coulait une retraite confortable après avoir longtemps travaillé pour le cartel. Il avait tout d'abord refusé la mission dangereuse que souhaitaient lui confier les hommes de Perrine. Jusqu'à ce que ces derniers kidnappent toute sa famille.

Rodrigo n'aurait jamais pensé que la situation puisse se renverser de la sorte. Ainsi va la vie. Depuis que

Perrine était en prison, la merde volait en escadrille et il faisait les frais de la situation.

Ce n'était pas à cause de sa femme, ni même de ses enfants, qu'il avait accepté. À force de subir leur présence vingt-quatre heures sur vingt-quatre depuis quelques années, Rodrigo avait pris conscience de leur vanité, de leur égoïsme et de leur bêtise. Une bande de sangsues intéressées, surtout les enfants. Non, s'il avait accepté, c'était pour sa mère, qui vivait avec eux. Une sainte qui n'avait pas eu la vie facile. Pas question de la laisser mourir dans la peur et les souffrances.

Il poussa un soupir et s'assura que les armes de ses victimes étaient chargées. Il avait longuement étudié les plans du bâtiment, savait où se trouvaient l'escalier et l'ascenseur, connaissait la disposition du grand hall.

Il s'agenouilla près des corps et récita la prière qui précédait chaque mission dangereuse.

— Sainte Mort, murmura-t-il en espagnol. Aidez-moi à surmonter tous les obstacles, et que mon foyer rayonne des vertus de votre protection.

Il se releva et écarta la porte. À l'instar de beaucoup d'assassins professionnels, Rodrigo ne craignait pas la mort.

Il redoutait l'échec.

35

Une demi-heure après avoir quitté la salle d'audience, je communiais avec la nature sur un banc du City Hall Park, à trois rues du palais de justice. Plus précisément, je distribuais les miettes de mon déjeuner (un croissant acheté chez Au Bon Pain) à un écureuil dépressif. La version Manhattan du philosophe Henry David Thoreau au bord de l'étang de Walden.

J'avais besoin de prendre du recul. Comme la plupart des flics, je prétends être à l'épreuve des balles, corps et âme, mais j'avoue que la vue de Perrine m'avait secoué. Je ne cessais de repenser à Hughie, à ses derniers instants dans cette infirmerie minuscule, lorsqu'il s'était sacrifié pour moi. Comment oublier un événement aussi traumatisant ?

D'où cette pause déjeuner sur un banc, suivie d'une séance de thérapie écologique en compagnie d'un écureuil. Une méthode peu orthodoxe, j'en conviens, mais qui mérite d'être essayée. J'étais plus impatient que jamais de goûter à des vacances bienvenues dans le vieux chalet Bennett sur le lac. J'adore New York, du Bronx à Battery Park, mais sa vie trépidante finit par vous user. Il est indispensable de prendre de la distance de temps à autre, sous peine de devenir fou.

Je terminais mon café quand la première voiture de patrouille est passée devant le parc dans le hurlement de sa sirène. Je ne m'en suis pas inquiété avant d'en entendre deux autres dans la foulée. Inquiet, j'ai jeté les restes de mon déjeuner dans une poubelle en me dirigeant vers la sortie de Center Street.

J'ai sursauté en constatant que les trois voitures de patrouille, gyrophare allumé, s'étaient arrêtées devant le palais de justice. Leurs portes grandes ouvertes ne me disaient rien de bon.

Tout en me dirigeant à grands pas vers le bâtiment, j'ai appelé le NYPD dans l'espoir d'en apprendre davantage. À la quatrième sonnerie, j'ai renoncé et composé le numéro de Tara. Je suis tombé directement sur sa messagerie. Ma gorge s'est nouée. Un peu plus loin, les lumières bleu et rouge des gyrophares tournoyaient désespérément.

Je ne sais pas ce qui se passait, mais c'était grave. J'ai accéléré le pas. L'odeur du danger flottait dans l'air tiède et douceâtre.

J'ai traversé Foley Square au pas de course en voyant de nouvelles voitures de flics se ranger devant les marches du bâtiment. Mon badge à la main, je me suis rué sur une femme flic en uniforme qui hurlait dans sa radio, au bord du trottoir.

— Que se passe-t-il ? C'est Perrine ? Le procès du trafiquant de drogue ?

— Je ne sais pas. On nous a signalé un 10-10 dans une salle d'audience du premier étage.

Seigneur ! Le code 10-10 est synonyme de coups de feu, et le procès de Perrine se déroulait au premier. J'ai gravi les marches du perron quatre à quatre.

Je me suis taillé un chemin grâce à mon badge à travers la foule qui courait dans tous les sens. Les gens sortaient pêle-mêle des ascenseurs, déboulaient des escaliers. Certains téléphonaient, d'autres pleuraient. Une scène d'évacuation. L'alarme d'un portique s'est déclenchée au moment où je le franchissais, mon arme à la main, à contresens des gens qui s'enfuyaient.

Des marshals fédéraux qui dévalaient l'escalier principal ont failli me renverser. Ils emmenaient Perrine !

— C'est quoi ce cirque ? Que se passe-t-il ?

Ils se sont rués vers les sous-sols sans me répondre. Plusieurs coups de feu ont résonné au-dessus de ma tête, suivis de cris.

J'ai traversé le palier du premier d'un bond et ouvert d'une poussée les deux battants de la porte en bois de la salle d'audience, mon Glock au poing. À ma droite, près des bancs des jurés, des flics s'escrimaient sur un Latino vêtu d'une combinaison de travail.

J'ai bien cru que les gens convoqués pour la sélection des jurés, les journalistes et les spectateurs réfugiés entre les bancs allaient m'écraser en se précipitant vers la porte. Plusieurs impacts de balle avaient fait éclater les boiseries en acajou sous l'écusson de la cour de district. La sténographe de la cour pratiquait un massage cardiaque à une silhouette allongée sur le sol.

La toge noire de la victime m'a indiqué qu'il s'agissait de la juge Baym. Des secouristes m'ont poussé en se précipitant vers la magistrate. J'en ai profité pour me mettre en quête de Tara. Elle s'est relevée et m'a serré dans ses bras lorsque j'ai fini par la découvrir, hagarde, derrière la table de l'accusation retournée, en compagnie des autres membres de son équipe.

— Tout va bien, Tara. C'est terminé. Ils ont réussi à maîtriser le tireur. Que s'est-il passé ?

— Je ne sais pas, a bredouillé Tara, hypnotisée par la vue de la juge que les secouristes emportaient sur une civière. On auditionnait les jurés quand un agent de nettoyage a débarqué en tirant. Il a abattu un huissier avant de se diriger vers la juge. Il lui a tiré dessus trois ou quatre fois, Mike. En pleine tête. Devant tout le monde. Il s'est barricadé derrière le bureau du juge en voyant arriver les agents de sécurité. Chaque fois que quelqu'un faisait mine de se diriger vers la porte, il levait la tête et tirait. On ne savait plus comment réagir.

Tara a suivi des yeux la civière.

— Perrine a fait assassiner la juge qui présidait à son propre procès, Mike, a poursuivi Tara, en larmes. Tu ne comprends donc pas ? C'était comme ça au Mexique, et voilà que les États-Unis sont touchés à leur tour. Comment savoir si nous sommes en sécurité, Mike ? Comment protéger ma famille ? C'est quoi, ce cauchemar ?

J'essayais de la calmer en lui tapotant la main, comme un idiot. Les idées se bousculaient dans ma tête.

— Tout va bien. C'est fini. Ils ont réussi à coincer le tueur.

36

Incroyable.

C'est le seul mot qui m'est venu en découvrant la salle de détente du sous-sol, la cravate sur le nez en guise de masque.

Je sais, j'ai une fâcheuse tendance à utiliser le mot «incroyable» à tort et à travers, mais je ne vois pas comment décrire autrement la vue de ces trois agents baignant dans leur sang, abattus d'une balle en pleine tête tirée à bout portant. Non seulement ils avaient été tués, mais leur visage était comme brûlé, ou passé à l'acide.

Et nous n'en étions qu'à la première journée de sélection des jurés !

Je suis remonté dans la salle d'audience. Les types de l'institut médico-légal allaient remonter la fermeture Éclair du sac contenant le cadavre du tueur quand j'ai cru remarquer un tatouage à l'encre verte au niveau de son cou.

J'ai arrêté d'un geste les hommes du légiste.

— Attendez une seconde…

J'ai déboutonné la chemise du mort avant de me pencher. L'homme portait un autre tatouage au niveau du cœur. Une sorte de crâne coiffé d'un châle rouge de femme. J'avais déjà vu les mêmes sur la poitrine du chauffeur et du garde du corps de Perrine abattus au Madison Square Garden.

Une représentation de la *Santa Muerte*, la Sainte Mort. La divinité centrale du culte auquel sont affiliés la plupart des cartels, métissage de catholicisme et de religion aztèque. La *Santa Muerte* est une sorte de Sainte Vierge diabolique. Les affiliés aux cartels lui offrent des sacrifices humains en échange d'une mort paisible. Il arrive même qu'on retrouve des dealers mexicains abattus sur des autels dédiés à la *Santa Muerte*.

Un culte primitif qui éclairait d'une lumière effrayante l'univers auquel nous avions affaire.

Je regardais fixement le tatouage, accroupi près du corps, quand mon portable a sonné.

— Bennett à l'appareil.

— Alors, gros porc ? Tout va bien, ce matin ? a fait une voix féminine avec un fort accent espagnol.

Non !

Je me suis relevé d'un bond, le cœur battant. J'ai tout de suite su qui était à l'appareil, alors que je n'avais jamais entendu le son de sa voix.

La sorcière aux yeux dorés qui avait tué Hughie.

— Regarde autour de toi et profites-en bien. La mort est là, et je peux te dire qu'elle a soif. Elle ne repartira pas tant que tu ne l'auras pas relâché.

— Ma p'tite dame, je constate que vous n'êtes pas au fait des usages dans notre bonne vieille Amérique.

Laissez-moi vous expliquer. On va commencer par vous arrêter tous jusqu'au dernier, et puis on vous enverra en prison, ou alors à la morgue. Compris ? La prison ou la morgue.

Elle a éclaté d'un rire à donner des sueurs froides. Je me suis souvenu de son fou rire, juste avant de tuer Hughie.

— Tu crois vraiment que des barreaux peuvent l'arrêter ? Tu t'imagines sans doute lui donner une leçon, mais c'est toi qui vas en recevoir une. Tu l'as offensé. Tu sais ce qu'il en coûte d'offenser un dieu vivant ?

— Laissez-moi deviner. Euh… une place au premier rang à tous les matchs des Knicks ?

— Tu as raison de rire aujourd'hui. Je peux t'assurer que tu pleureras demain, a-t-elle craché avant de raccrocher.

— Incroyable, ai-je marmonné en fermant d'un même mouvement mon téléphone et mes yeux.

37

En passant quelques appels, j'ai appris qu'ils gardaient Perrine dans une zone ultrasécurisée du MCC, à deux pas du palais de justice.

Il était 14 heures quand j'ai enfin reçu l'autorisation de l'interroger, après avoir tiré bien des sonnettes.

Nous étions installés l'un en face de l'autre sur des chaises en plastique séparées par une table, dans une salle d'interrogatoire du premier étage. Un miroir sans tain couvrait l'un des murs de la pièce. Perrine n'avait guère l'air affecté par le carnage du matin. Il paraissait même décontracté et serein, comme s'il sortait de chez le coiffeur.

— Vous souhaitiez me parler, inspecteur ? m'a-t-il demandé dans son curieux anglais.

Le gardien qui l'accompagnait est sorti après l'avoir enchaîné au mur de parpaings.

Perrine a croisé les jambes en s'installant confortablement sur son siège.

— Je suis ravi d'avoir de la visite. De quoi voulez-vous discuter ?

— Je ne sais pas, moi. Comme d'habitude. De sport, du temps, de la peine de mort qui vous attend.

Perrine a éclaté de rire.

— Vous croyez donc que c'est moi qui ai commandité le meurtre de la juge ? a-t-il réagi en se balançant sur sa chaise. Vous vous trompez. Je n'y suis pour rien. Certains hommes ont tendance à s'emballer quand on les énerve. Il en est de même avec certaines jolies femmes.

J'ai haussé un sourcil.

— En parlant de femme, peut-être pourrez-vous m'éclairer sur le personnage à tête de mort que vous vous tatouez partout. Qui est-ce ? Un personnage de dessin animé ? Une nouvelle incarnation de Bob l'Éponge ?

Il m'a regardé longuement, un sourire étrange aux lèvres.

— À votre place, cher ami, je ne prendrais pas la *Santa Muerte* à la légère. La *Santísima Muerte*, pour être exact. On prétend parfois que les anciennes divinités du Mexique sont toujours vivantes. Qui oserait en douter ? La *Santísima Muerte* heurte peut-être votre pauvre esprit moderniste, mais sa protection est efficace, tout comme son message. La mort est l'unique vérité en ce bas monde. Même les catholiques en sont persuadés.

J'ai froncé les sourcils d'un air dubitatif.

— Ne me dites pas que vous adorez réellement la mort ?

— C'est le cas, d'une certaine façon, a répondu Perrine. La mort finit toujours par gagner.

J'ai haussé les épaules.

— J'avoue que je ne comprends pas.

— Quoi ?

— Si la mort est si formidable, pourquoi ne pas mettre vos actes en accord avec vos croyances en vous tuant vous-même ? Je vous en prie, n'hésitez pas.

Il a secoué la tête.

— Vous ne comprenez pas.

J'ai pointé un doigt dans sa direction.

— Je comprends très bien, au contraire. C'est vous qui ne comprenez pas. Vous n'adorez pas la mort, Perrine. Vous adorez le meurtre. Vous adorez le pouvoir, le mal, et les souffrances que vous infligez aux autres.

Il s'est redressé, l'air mauvais, en faisant grincer son siège.

— Ce que je crois et ce que croient mes hommes est…

Il s'est brusquement repris. Il a souri en lissant sa combinaison d'une main.

— Toutes mes excuses, inspecteur. Je m'étais promis de ne jamais perdre mon sang-froid, et voilà que je me laisse emporter.

Il s'est penché vers moi, les yeux dans les yeux, et m'a glissé dans un murmure :

— Arrêtons de jouer aux cons, d'accord ? J'ai une proposition. Réfléchissez bien, c'est à prendre ou à laisser. Je vous offre deux cent cinquante millions de dollars. J'ai bien dit deux cent cinquante *millions* si vous me sortez d'ici. Versés sur un compte off-shore. Vous connaissez déjà ma compagne. Elle vous en fournira le code dans les deux heures.

J'ai étouffé un bâillement.

Un éclair a brillé dans ses yeux d'un curieux bleu délavé.

— Vous ne me croyez pas ? Je dispose de moyens tout à fait considérables, mais à quoi bon être riche dans un endroit comme celui-ci ? Il n'y a pas une minute à perdre. Quelle expression employez-vous, déjà ? La « fenêtre de tir » ? Eh bien, notre fenêtre de tir ne tardera pas à se refermer.

Je n'en croyais pas mes oreilles. Surtout, je n'arrivais pas à avaler que Perrine puisse afficher une telle assurance. Il était sincèrement convaincu que j'accepterais son argent sale.

Comme il était pressé, j'ai préféré lui répondre sans attendre. D'une main, j'ai agrippé l'un des pieds de sa chaise que j'ai tiré violemment. Perrine a laissé échapper un cri en s'étalant à la renverse sur le sol de ciment. Le gardien, qui observait la scène derrière la glace sans tain, est accouru. Perrine a lâché un chapelet d'injures en tentant de se relever.

— Quand accepterez-vous de comprendre, Perrine ? Vous jouez dans la cour des grands à présent. Je me fiche de votre fric ou de vos petits soldats, vous allez payer pour tout le mal que vous avez causé. Et vous savez pourquoi ? Parce que c'est mon boulot. Je suis un ramasseur d'ordures et vous êtes une ordure. On va vous jeter dans la benne et vous abandonner dans une décharge. Pigé ?

Les gardiens l'emmenaient déjà. Il a voulu me cracher à la figure, parvenant tout juste à se cracher dessus. J'ai souri en l'entendant m'injurier à nouveau. J'avais toujours su que lui parler ne servirait à rien. J'étais venu dans le seul but de l'énerver. Le renverser de sa chaise était la cerise sur le gâteau.

Finalement, la journée s'achevait mieux qu'elle n'avait commencé. C'était encore mieux que ma séance de thérapie avec l'écureuil.

38

Très tôt le mercredi matin, je prenais enfin la route des vacances à la tête du clan Bennett. Le trajet s'annonçait sans histoire.

L'embellie n'a duré que quelques centaines de mètres. Je venais d'entrer sur le West Side Highway quand le climatiseur du vieux minibus de location s'est mis à me pisser de l'eau glacée sur les genoux.

J'aurais pris mon mal en patience si le système de transmission du bus n'avait pas été manuel et que nous n'avions pas été pris au milieu des embouteillages. Pendant près d'une heure, j'ai passé mon temps à changer de vitesse entre deux giclées d'eau. Pour ne rien arranger, mes petits malins d'enfants s'étaient tous ratatinés sur leurs sièges à l'arrière, de peur d'être reconnus par quelqu'un de leur école.

Quand je m'étais garé devant notre immeuble avec ce satané minibus couleur chips, Trent avait donné le *la* de l'opinion générale en s'écriant : « Hé, regardez, les gars ! Papa a acheté la nouvelle Blaireaumobile ! » En temps ordinaire, nous prenons place à bord de la Ford

Econoline familiale, mais celle-ci était trop petite pour ma smala, à cause des bagages.

J'aurais difficilement pu donner tort à mes gosses. Ce tas de tôle était d'un jaune pisseux du plus mauvais effet. Mon expérience de père m'a fort heureusement immunisé depuis belle lurette contre toute forme de honte.

Malgré la climatisation incontinente du minibus et les dix passagers mortifiés qu'il transportait, je savourais mon évasion de New York. Rien n'aurait pu altérer mon plaisir de pouvoir oublier provisoirement Perrine, les sacs à cadavres qu'il semait sur sa route, et ma hiérarchie.

La circulation a fini par se fluidifier, en même temps que la mauvaise humeur des enfants, une fois franchi le pont George-Washington et ses encombrements. J'étais impatient de rejoindre notre vieux chalet d'Orange Lake. Cette année, nous avions la jouissance de la maison jusqu'à la fin des vacances d'été. Un peu de calme et de nature ferait le plus grand bien à mes enfants, tous persuadés que le monde civilisé s'arrêtait aux portes de New York.

Mon humeur a encore grimpé d'un cran, cinq minutes plus tard, lorsque nous avons surplombé les eaux majestueuses du fleuve en empruntant le pont Henry-Hudson. Même les gamins ont été sensibles à la beauté de l'Hudson que bordent à cet endroit les falaises du New Jersey.

— C'est bon, les enfants ! En avant toute à bord de la Blaireaumobile !

Le péage franchi, je me suis élancé sur la file de gauche, le pied au plancher. C'est-à-dire à 90 à l'heure. J'ai su que nous tenions le bon bout lorsque nous avons quitté la I-684 pour rejoindre la I-84. J'ai toujours adoré cette section d'autoroute qui relie le Connecticut à l'Hudson, au milieu des bois et des collines.

Les monts Catskill venaient d'apparaître dans le lointain, à hauteur d'East Fishkill, quand une main m'a tapoté l'épaule.

— Papa, m'a glissé Jane à l'oreille. Je viens de voir un panneau indiquant Ludingtonville. Tu crois que c'est en l'honneur de Sybil Ludington ?

— Oui, je crois.

— Sybil qui ? a demandé Bridget en retirant ses écouteurs.

— Sybil Ludington, a expliqué Jane en se tournant vers sa petite sœur. Une fille de seize ans trop cool. Pendant la guerre d'Indépendance, elle a pris un cheval pour aller prévenir la milice de New York de l'arrivée des Anglais. Comme Paul Revere, mais en mieux, parce qu'elle a galopé plus vite et qu'elle avait plus de chemin à parcourir. C'est trop génial, papa.

Elle m'a à nouveau tapé sur l'épaule.

— Je savais pas qu'on allait emprunter une route historique.

— Je suis heureux que ça te plaise, ma fille.

— Me dites pas qu'on va se taper une leçon d'histoire, s'est écrié Ricky, depuis l'une des banquettes arrière. Pour ta gouverne, Miss Einstein. C'est pas parce que papa a loué cet horrible bus scolaire que tu dois nous donner des cours.

Eddie a levé la main.

— Youhou, maîtresse Jane ! Dépêche-toi de nous débiter ta leçon sur la chevauchée fantastique de Sybil Ludington, que je puisse ouvrir la fenêtre et gerber !

— Ça suffit, bande de mécréants, a résonné la voix du père Seamus Bennett à l'arrière du minibus. La seule gerbe autorisée sur ce bus est celle que l'on dépose au pied de la verte Érin.

J'ai lancé un coup d'œil en direction de Mary Catherine, qui se pinçait pour ne pas rire, un roman d'Anne Rivers Siddons entre les mains.

— C'est quand qu'on arrive ? ai-je gémi d'une voix aigre.

39

Mes derniers soucis se sont envolés lorsque nous avons franchi le pont Newburgh-Beacon. La partie du trajet que je préférais quand j'étais petit. C'était là que nous faisions définitivement nos adieux au béton, à la foule et au métro pour saluer le ciel bleu, les maillots de bain et les joies de l'été.

Un souvenir a brusquement refait surface et je me suis empressé de mettre mon clignotant.

— Un problème ? s'est inquiétée Mary Catherine en me voyant m'engager sur la sortie de Newburgh, au bout du pont. Je croyais qu'on continuait encore un moment sur l'autoroute.

— Une simple halte, lui ai-je expliqué en bifurquant à gauche sur North Robinson Avenue.

Nous avons traversé Newburgh. À l'image de beaucoup de bourgades installées sur les rives d'un cours d'eau navigable, la ville avait connu son heure de gloire au XIXe siècle, à l'époque où le trafic des marchandises s'effectuait encore par bateau. Les rues bordées de vieux chênes, les façades en brique des usines et les maisons de style victorien témoignaient de ce passé glorieux. Newburgh m'a toujours rappelé San Francisco, avec ses bâtisses pittoresques et ses rues en pente raide tournées vers l'Hudson.

Des signes de décomposition apparaissaient à mesure que nous nous enfoncions dans le centre. La ville n'avait jamais débordé d'activité, même quand j'étais gamin, mais je n'avais pas gardé le souvenir d'un nombre aussi important de commerces et d'immeubles abandonnés. À la vue des bazars et des cybercafés proposant des transferts d'argent à destination «*del Centro y Sudamérica*», on aurait presque pu se croire dans certains quartiers défavorisés de New York.

À force de m'enfoncer dans les petites rues, je me suis perdu avant de trouver enfin ce que je cherchais.

Mary a ouvert de grands yeux en me voyant garer le minibus le long du trottoir.

— Vous voulez acheter des hot-dogs, Mike ? Mais nous en avons dans la glacière.

— Il ne s'agit pas de hot-dogs ordinaires, mais des célèbres hot-dogs de Pete. Une vieille tradition familiale. Mon père s'arrêtait systématiquement ici au début de chaque été. Attendez de goûter un peu à ces merveilles.

Les treize hot-dogs que j'ai achetés dégoulinaient de moutarde Gulden's et de choucroute. J'ai croqué dans le mien à pleines dents avec un soupir de plaisir. Mon tube digestif était à la fête, le hot-dog était aussi bon que dans mon souvenir. Pete n'avait pas modifié sa recette d'un poil. Les enfants se régalaient, eux aussi. Aucun risque de les entendre se plaindre ou se chamailler tant qu'ils auraient la bouche pleine.

J'ai fermé les yeux en avalant une gorgée de soda à l'orange, me promettant d'avoir à nouveau douze ans lorsque j'écarterais les paupières. Mon premier été avec un appareil dentaire, *E.T.* à l'affiche du cinéma local.

Le réveil a été brutal.

J'ai rouvert les yeux en entendant s'arrêter au feu une Acura trafiquée d'où s'échappait le martèlement d'un air de rap. Les occupants de la voiture, deux Latinos aux airs de durs, nous ont longuement dévisagés en affichant une moue agressive. Le feu est passé au vert et ils ont disparu. J'ai froncé les sourcils, inquiet.

Le nom de Perrine m'est brièvement venu à l'esprit. Impossible. Simple coïncidence. Voilà que je devenais parano.

J'ai essuyé les dernières traces de moutarde de mon menton à l'aide d'une serviette en papier.

— Allez, les enfants. On remonte dans le bus. Il est temps de quitter la ville et de se ressourcer un peu.

Vingt minutes plus tard, je quittais une petite route de forêt à hauteur d'un chemin gravillonné à l'extrémité duquel j'arrêtais le bus.

J'ai affiché un sourire béat en apercevant le vieux chalet de mon enfance. On aurait pu croire que le temps s'était arrêté. La porte moustiquaire allait s'écarter en laissant passer ma grand-mère, mes oncles, mes tantes et tous mes cousins, souriants et bronzés.

Cette maison de vacances avait accueilli le clan Bennett pendant plusieurs générations jusqu'à ce que le frère de Seamus, Cosmo, prenne sa retraite de pompier et s'y installe à l'année. À sa mort, Cosmo avait légué son chalet à l'ensemble de la famille afin qu'il retrouve sa fonction initiale.

— Alors, heureux ? m'a demandé Seamus en me rejoignant.

Avant de devenir prêtre, Seamus avait notamment exercé avec talent le métier de menuisier. Lui et son frère Cosmo avaient agrandi la maison avec quelques amis en l'espace d'un été, au début des années 1960.

Il a poussé un grand soupir, hypnotisé par le chalet, les yeux embués.

— Avec ta grand-mère, on s'asseyait tranquillement sur le porche arrière. Il fallait voir son visage s'éclairer quand on entendait un bruit de pneus sur le gravier du chemin. Nous rajeunissions de trente ans dès que nous avions avec nous nos enfants et petits-enfants.

Il a baissé la tête.

— Seigneur, quelle sacrée belle femme. Elle me manque toujours autant. Si tu savais ce que cette maison fait remonter comme vieux souvenirs…

Je l'ai pris par l'épaule en l'entraînant vers les marches vermoulues.

— Allons en fabriquer de nouveaux, Seamus.

J'ai retrouvé l'intérieur avec un plaisir intact. Une immense baie vitrée dominait le vieux ponton et le lac. J'ai adressé un ricanement à la tête de cerf, accrochée au mur, dont nous nous servions autrefois comme patère à chapeaux. Ma soif de nostalgie s'est éteinte sur le seuil de la cuisine en comprenant que nous allions devoir nous satisfaire de l'électroménager capricieux des années 1960.

Sur le mur de la pièce à vivre pendaient plusieurs photos encadrées. J'ai décroché un cliché sur lequel figuraient deux rangées de grands gaillards souriants, affublé de la mention : CLUB DE CHASSE & DE PÊCHE SHAMROCK.

— Les enfants ! Venez voir un peu !

Tout le monde s'est précipité. Seamus a levé les yeux au ciel en apercevant mon trophée.

— Qui devinera l'identité de cet individu ?

Je pointais du doigt un beau jeune homme musclé, torse nu, au milieu de la seconde rangée.

— Ce n'est tout de même pas grand-père Seamus ? s'est exclamée Mary Catherine, stupéfaite.

— C'est que c'est du costaud, a ajouté Juliana, mon aînée, en tâtant le biceps de Seamus. Ravie de vous rencontrer, père Don Juan.

La boutade a provoqué un rire général.

— Mais non, papa, est intervenue ma petite Chrissy de huit ans en secouant la tête. T'es bête. Ça peut pas être grand-père Seamus, puisque grand-père Seamus est vieux.

— Je suis bien d'accord avec toi. Papa est très bête, a bougonné Seamus, tout rouge, en raccrochant la photo à son clou. Qui est partant pour une partie de badminton ? a-t-il proposé en se précipitant dans le jardin.

Le lendemain, après avoir préparé un petit déjeuner tardif digne d'un empereur (ou d'une douzaine de carcajous affamés), je suis sorti me baigner. À midi, vêtu de mon seul bermuda de surfeur, le visage tourné vers le soleil et les pieds dans l'eau fraîche, je flottais sur une chambre à air. Mon principal souci consistait à garder en équilibre sur mon ventre le breuvage amoureusement préparé à mon intention par les brasseurs de la firme Anheuser-Busch.

J'ai avalé une nouvelle gorgée de ma cannette Budweiser tricolore en observant d'un air béat les rares nuages d'altitude qui flottaient au-dessus de ma tête. Le programme de réduction de stress breveté Mike Bennett fonctionnait à merveille.

Sur ma droite s'élevaient les cris et les rires des enfants se jetant à l'eau du vieux ponton. Seamus, qui avait déjà traversé le lac tôt ce matin-là, leur apprenait à nager. À ne pas se noyer, tout du moins.

Hormis le tournoi de volley-ball prévu à 15 heures, je n'avais rien prévu de la journée, sinon me relaxer en laissant le soin aux courants de me promener à leur gré.

Il arrive malheureusement que les plans changent.

Il devait être 14 heures quand un sifflement a interrompu ma sieste arrosée de soleil et de bière. Mary Catherine m'adressait de grands signes depuis le ponton. Paniqué, j'ai cru un instant qu'un enfant avait eu un accident dans l'eau, avant de voir qu'ils jouaient sagement au volley dans le jardin. Mary Catherine m'a sifflé de plus belle.

— J'aurais dû m'en douter, ai-je grommelé en pataugeant avec les bras et les jambes en direction du chalet.

— Désolée de vous embêter. Je m'inquiète sans doute pour rien, s'est excusée Mary Catherine alors que je lançais la chambre à air sur le ponton avant de sortir de l'eau.

Un coup d'œil à son air angoissé a suffi à me convaincre du contraire.

— Que se passe-t-il ?

— C'est au sujet de Brian et Eddie. Ils sont partis acheter des pizzas il y a plus d'une heure et ils ne sont toujours pas rentrés. J'ai tenté de les joindre sur le portable de Brian, sans résultat. Sa batterie est peut-être déchargée. J'ai envoyé Seamus se renseigner, au cas où ils auraient fait halte chez le voisin. Ils n'y étaient pas, mais le voisin a vu Brian et Eddie discuter avec deux filles et un type en voiture sur le parking du marchand de pizzas.

Je comprenais l'émoi de Mary Catherine. Brian a seize ans, mais Eddie n'en a que treize. Que pouvaient-ils bien fabriquer avec des inconnus plus âgés qu'eux ?

J'étais furieux. Nous nous étions pourtant bien mis d'accord avec les grands pour qu'ils nous tiennent au courant de leurs faits et gestes à tout moment.

— À quoi ressemblait la voiture en question ?

— Une décapotable noire, m'a répondu Mary Catherine en se rongeant l'ongle du pouce.

— Une décapotable noire ? C'est le pompon. Je m'habille et je pars les chercher.

— Vous croyez qu'il a pu leur arriver malheur ? m'a demandé Mary Catherine.

— Mais non. Ce n'est probablement rien. Je ne vois pas ce qui pourrait leur arriver dans un coin aussi paumé.

42

Assis à l'arrière de la Mustang décapotable qui roulait à toute allure, Eddie Bennett chassa une mèche de ses yeux. Les arbres défilaient dans un brouillard à côté de l'auto.

Il n'en revenait pas. Lui qui pensait s'ennuyer comme un rat mort dans ce trou perdu ! Dès le premier jour, lui et Brian tombaient sur deux filles chez le marchand de pizzas. Jessica et Claire. Des filles plus âgées, des lycéennes jolies à croquer en short et débardeur, avec plein de maquillage. Elles avaient commencé par plaisanter avec Brian, et puis elles s'étaient intéressées à Eddie qu'elles trouvaient mignon, lui demandant s'il aimait les plus vieilles.

— On vous emmène faire un tour, avait suggéré la rousse, Claire, en prenant son portable au moment où ils sortaient sur le parking.

— Allez ! On va bien s'amuser, avait ajouté Jessica, celle qui avait des yeux soulignés au mascara. À moins que vous n'ayez besoin de l'autorisation de maman ?

— Bien sûr que non, s'était défendu Brian avant que son frère ait eu le temps d'ouvrir la bouche.

Et puis Claire avait envoyé un texto et Bill, un type avec des cheveux longs, des tatouages et des piercings trop cools aux oreilles, avait déboulé dans une Mustang noire pétaradante. Brian n'aurait pas su lui donner d'âge. Il avait au moins vingt ans. Eddie avait pris place sur la banquette arrière avec Brian et Claire, puis la voiture s'était envolée en pleine cambrousse, l'autoradio diffusant du Mac Miller à fond.

I ain't gotta Benz, no just a Honda
But try to get my money like an anaconda

J'aurais jamais cru que la vie puisse être aussi géniale, pensa Eddie.

— Alors, les mecs ? Vous vous amusez bien ? leur demanda Bill en baissant le son de l'autoradio. Jessica me dit que vous êtes de New York. C'est vrai ?

— Ouais, répliqua fièrement Brian. On est des New-Yorkais pur jus.

— De vrais enfants de la Grosse Pomme, renchérit Eddie.

Bill hocha la tête en les observant dans le rétroviseur. Il avait un drôle de visage tout allongé. Un peu comme celui des elfes dans *Le Seigneur des anneaux*. Assez cool, mais inquiétant sur les bords. Eddie détourna le regard.

— Génial, approuva l'elfe aux tatouages. Je kiffe trop la ville. C'est super de croiser des gens chébrans. Hé, j'ai une idée. Je connais un coin à Newburgh où ils vendent de l'herbe de première.

173

Jessica pouffa de rire à l'avant. Elle se calma instantanément à la vue du regard mauvais que Bill lui adressa.

— J'aime pas trop y aller tout seul, poursuivit Bill. Ça vous dit, de m'accompagner ? Le quartier est plutôt craignos, mais je me disais que vous en aviez vu d'autres à New York.

Les filles, un grand sourire aux lèvres, posèrent sur Brian un regard interrogateur. Eddie, les yeux écarquillés, commençait à se sentir mal. Un peu comme à l'avant d'un grand huit, en haut de la première descente.

— On y va, approuva Brian, le poing en l'air.

Eddie battit des paupières, dépassé par les événements. Tout allait trop vite, à commencer par les arbres sur le bord de la route. Brian avait vraiment accepté d'acheter de l'herbe ? Papa les tuerait si jamais il l'apprenait. Normal, puisqu'il était flic. Il commencerait par les arrêter avant de les tuer. C'était d'autant plus zarbi que Brian était sportif dans l'âme. Il n'avait jamais touché à une clope de sa vie, encore moins à un joint. Il avait uniquement accepté à cause des filles.

Eddie voulut protester, mais Brian le musela d'un regard assassin.

La Mustang ralentit et s'immobilisa dans un concert de freins. Eddie se retrouva plaqué contre la portière tandis que l'elfe tatoué exécutait un demi-tour dans un nuage de poussière.

— Alors c'est bon, les mecs. Newburgh n'a qu'à bien se tenir, fit Bill.

43

La Mustang filait sur les petites routes de campagne. Elle franchit un passage à niveau en cahotant et se retrouva sur une artère le long de laquelle s'alignaient une station-service BP, un restaurant TGI Friday's, un magasin de bricolage Home Depot.

La décapotable partit à l'assaut d'une colline. Eddie sentit ses intestins se nouer en reconnaissant la ville où ils avaient acheté des hot-dogs. Il aurait voulu demander à Brian à quoi rimait tout ce cirque. Il se tourna vers son frère et comprit. Brian était en train d'embrasser Claire. Super.

Eddie tira de sa poche son portable tout neuf et vit « 8 NOUVEAUX MESSAGES » s'afficher sur l'écran. Des messages de leur père, à coup sûr. Ils s'étaient mis dans de beaux draps. Il glissa le téléphone dans sa poche. Cette escapade ne l'amusait plus du tout.

La Mustang s'engagea dans une petite rue qui descendait en pente raide jusqu'à l'Hudson. Ils passaient devant de vieilles maisons mal entretenues. Les fenêtres de l'une d'elles étaient aveuglées par du contreplaqué.

Eddie, surpris, se demanda si la météo avait pu lancer un avis de tempête.

Bill baissa la radio avant de s'enfoncer dans une ruelle. On se serait cru dans Grand Theft Auto IV. Il y avait des carcasses de voitures partout, des tags marbraient les façades, les trottoirs étaient jonchés de matelas crevés et de pneus usés.

La poitrine d'Eddie se contracta. Des deux côtés de la rue, perchés sur les capots des voitures et les marches des taudis, une bonne dizaine de Blacks musclés les observaient. La plupart portaient des casquettes et des bandanas rouges.

Des membres d'un gang, pensa Eddie, terrorisé. *Des vrais.*

Jessica alluma une cigarette en riant. Bill bondit hors de la décapotable, s'approcha de l'un des ados noirs et lui tapa dans la main. Ils entamèrent la discussion, puis Bill revint vers ses compagnons et se tourna vers Brian.

— Il me demande de le suivre dans la cour pour me refiler sa beuh. J'ai besoin de toi pour surveiller mes arrières.

Eddie s'aperçut que Bill avait bien plus de vingt ans. Il en avait probablement dix de plus, avec une tête de junkie. Des junkies et des gangs de rue ! Dans quel pétrin s'étaient-ils fourrés, avec Brian ?

— N'y va pas, glissa Eddie à son frère. C'est dangereux.

Brian n'avait pas l'air plus rassuré que lui.

— C'est ça, Brian. N'y va pas, répéta Jessica en éclatant de rire.

Brian la regarda en se mordillant la lèvre, puis il descendit de la décapotable.

— Pas de souci, Eddie. Attends-moi ici, déclara-t-il en observant nerveusement les membres du gang sur le trottoir opposé.

— Pas question. Je reste pas ici tout seul, répliqua Eddie en descendant de la voiture à la suite de son aîné.

Il s'efforça de ne pas croiser le regard des voyous. Bill et le dealer, si c'en était un, se glissèrent à travers une fente d'un grillage tout rouillé. Brian franchit l'obstacle à son tour, suivi par Eddie. Les deux garçons découvrirent une ruelle jonchée de tessons de bouteille, dans laquelle flottait ce que Eddie crut reconnaître comme étant une odeur d'herbe. Il avait envie de pleurer. Jamais plus il n'écouterait de rap de sa vie. Ils n'auraient jamais dû se lancer dans une aventure pareille.

Ils atteignaient l'extrémité de la venelle séparant deux taudis en bois lorsque Bill et le Black s'enfuirent à toutes jambes avant de disparaître derrière la masure de gauche.

Surpris, Brian et Eddie se retrouvèrent face à un ado black qui venait de sauter du porche de celle de droite. Il avait un bandana sur le visage, à la façon des desperados de western. Un bandana rouge, comme le reste de sa tenue : un short de basket rouge, des Nike rouges, un débardeur rouge.

Rouge sang, songea Eddie en voyant le jeune Black tendre un bras armé d'un pistolet gris et noir.

— Eddie ! Va-t'en ! cria Brian en poussant son frère vers l'entrée de la ruelle.

Le Black fit feu, sans avertissement. Pas un « Foutez le camp d'ici » ou « Filez-moi votre fric », rien du tout.

On leur tirait dessus pour de vrai, en plein jour ! Un vrai cauchemar.

Eddie se laissa tomber sur le béton usé et vit Brian s'écrouler à côté de lui en poussant un cri. Il passa un bras autour de la taille de son frère et sentit un liquide lui poisser les doigts. Non ! Brian saignait ! L'autre cinglé lui avait tiré dessus. Il allait les tuer. Comment avaient-ils pu en arriver là ?

Faisant à son aîné un rempart de son corps, Eddie voulut sortir son portable, mais d'autres coups de feu éclatèrent. Il venait de déplier le téléphone quand une brûlure lui déchira l'épaule gauche. Il s'effondra sur le béton tandis que le portable lui échappait des doigts.

Il serra son bras blessé, avec l'impression atroce qu'il ne tenait plus à son corps que par un fil. En relevant la tête, il vit Brian se diriger vers la rue en titubant, son T-shirt blanc maculé de sang et de crasse.

Brian parvint à traverser le grillage et s'éloigna à quatre pattes sur le trottoir en poussant des hurlements sauvages. Eddie n'avait jamais entendu son frère crier aussi fort. Il n'avait jamais entendu personne crier aussi fort.

Qu'est-ce qui nous arrive ? pensa-t-il en posant les yeux sur l'horrible vieille maison couverte de tags au pied de laquelle il gisait. Il chercha son téléphone de ses yeux brouillés de larmes. L'appareil, écran cassé et batterie explosée, reposait quelques mètres plus loin. Jamais Mary Catherine ne pourrait les retrouver. Jamais papa ne pourrait les retrouver. Ils étaient seuls, livrés à eux-mêmes, perdus, et blessés.

44

À 18 heures, j'arpentais en tous sens le petit bois situé à deux ou trois kilomètres à l'est du chalet. Couvert de sueur, harcelé par les insectes, je me suis arrêté sur la sente ouverte par les chevreuils.

— Eddie ! Brian !

J'ai tendu l'oreille, en vain. Seuls me répondaient les grillons et le murmure du vent d'été dans les feuilles.

Le marchand de pizzas avait effectivement vu mes deux garçons repartir avec des adolescentes plus âgées. Rien d'inquiétant en soi, à ceci près qu'il n'avait jamais vu ces filles auparavant. Pourquoi les téléphones des garçons restaient-ils muets ?

Après avoir écumé les petites routes des alentours, j'ai pensé qu'ils avaient pu rejoindre une clairière fréquentée par les ados. Le lac était loin de tout, comment auraient-ils pu quitter la région ?

Tout en avançant, je m'obligeais à ne pas chercher leurs corps au milieu des broussailles. Inutile de jouer les flics paranos. Ces idiots de Brian et Eddie, aiguillonnés par leurs hormones, seraient allés boire des bières avec d'autres gamins dans un coin quelconque. Nous finirions par en rire une fois que je les aurais privés de sortie à perpétuité.

J'ai accéléré le pas. Je courais presque. À quoi bon me raconter des histoires à moi-même ? Cette disparition n'était pas normale. Il s'était passé un truc grave. Fatigué par ma course et mort d'inquiétude, j'ai compris qu'il était inutile de m'entêter. Les garçons ne se trouvaient pas là. Mais où aller ?

Un peu plus loin, la forêt débouchait sur une route goudronnée à l'extrémité de laquelle on apercevait des restes de fondations, un camion rouillé, et des conduites d'évacuation envahies par les mauvaises herbes. Un lotissement abandonné, qui avait dû faire les frais de la crise.

Le genre d'endroit où deux imbéciles d'ados pouvaient bien vouloir entraîner des filles. Ou bien l'inverse, les temps ayant changé depuis ma jeunesse.

Je me dirigeais vers le squelette d'une maison coloniale quand mon portable a sonné. Mary Catherine, restée au chalet.

— Mike ! s'est-elle écriée, affolée. La police vient d'appeler.

— La police ?

— C'est au sujet de Brian et Eddie. Ils ont refusé de m'en dire davantage. Ils ont besoin de vous parler d'urgence.

Mary m'a communiqué le numéro que j'ai composé en rebroussant chemin au pas de course.

Pourvu que ce ne soit pas grave.

Ce n'était probablement rien.

— Police de Newburgh, a fait une voix à l'autre bout du fil.

Je me suis adossé à un arbre, en sueur. Une goutte de transpiration s'est écrasée sur l'écran de mon téléphone.

— Je m'appelle Mike Bennett. On a cherché à me joindre au sujet de mes fils, Eddie et Brian.

— Ne quittez pas, je vous prie.

Seigneur, fais qu'ils soient en vie, ai-je murmuré à la petite musique d'attente.

— Monsieur Bennett ? Inspecteur William Moss. Vos fils ont été blessés par balle cet après-midi. Je vous demanderai de vous rendre au plus vite à l'hôpital St. Luke.

45

Quelques minutes plus tard, je quittais le chalet sur les chapeaux de roues. J'ai brûlé tous les stops en chemin, klaxon enfoncé. Arrivé à Newburgh, j'ai même perdu un enjoliveur en montant sur le trottoir afin d'éviter un pick-up garé en double file. Dale Earnhardt n'aurait pas rallié l'hôpital St. Luke plus vite que moi.

— Arrêtez, Mike ! Vous allez nous tuer ! m'a enjoint Mary Catherine, cramponnée au siège passager.

Je ne lui ai pas répondu. À vrai dire, c'est tout juste si je l'ai entendue. Je n'étais plus moi-même depuis ce coup de fil terrible. J'avais l'impression d'observer le monde de l'intérieur d'un glaçon géant.

« Vos fils ont été blessés par balle cet après-midi. » La phrase repassait en boucle dans ma tête. Qu'avait-il bien pu se passer ? Cette histoire était complètement dingue.

J'ai été à deux doigts de franchir la barrière du parking de l'hôpital sans m'arrêter, et c'est dans un long crissement de freins que je me suis garé devant les urgences de St. Luke.

J'ai apostrophé l'infirmière de l'accueil.

— Eddie et Brian Bennett.

Une femme médecin en combinaison de chirurgien s'est retournée. Elle nous a fait signe de la rejoindre dans une salle d'examen vide.

Mary Ann Walker avait la cinquantaine élancée.

Elle nous a demandé de nous asseoir et m'a obligé à vider un gobelet en carton rempli d'eau avant de nous expliquer la situation.

— Ils ont tous les deux été atteints par des balles de 9 mm. Eddie a été touché à l'épaule, Brian au niveau de l'un des muscles scalènes, au-dessus de la clavicule. Nous avons pu retirer la balle de l'épaule d'Eddie, mais nous avons laissé pour l'instant celle que Brian a reçue au cou.

— C'est nécessaire ?

— À vrai dire, ce serait plus compliqué de l'enlever que de la laisser où elle se trouve. Ils ont tous les deux perdu beaucoup de sang, mais leurs jours ne sont pas en danger. Les fonctions circulatoires, respiratoires et neurologiques sont parfaitement normales. Il n'y a plus qu'à traiter les plaies. Quelques points de suture, des pansements propres, et ils seront rapidement sur pied.

— Aucune lésion interne ?

La médecin a répondu non de la tête.

— N'ayez aucune inquiétude, monsieur Bennett. Nous sommes très vigilants sur ce point. Une fois le patient stabilisé, nous lui faisons toujours passer un scanner afin de nous assurer que la balle n'a pas ricoché et ne s'est pas fragmentée. Ce n'est pas le cas de vos fils, heureusement. Aucun nerf, artère ou vaisseau majeur n'a été touché.

— Dieu soit loué ! a soufflé Mary Catherine en même temps que moi.

— Vos fils ont eu beaucoup de chance, a poursuivi le docteur Walker. Les blessures par balle nécessitent un traitement d'urgence. Il est impératif d'intervenir avant que la perte de sang ne place les patients en état de choc hypovolémique. Votre fils Brian a poussé des hurlements, et une dizaine de personnes ont contacté police secours. Vos fils sont entrés aux urgences moins de dix minutes plus tard. Newburgh est l'endroit idéal pour se faire tirer dessus. Nous comptons un nombre très élevé de blessés par balle. De la police aux chirurgiens en passant par les secouristes, toutes nos équipes sont aguerries. Le système a parfaitement fonctionné.

— Je vous remercie, docteur. Où sont mes garçons ?

— Nous venons de terminer de les recoudre. Ils se trouvent en réanimation.

— Est-on autorisés à les voir ? a demandé Mary Catherine.

— Ils ont été placés sous sédatifs. Ils dorment. Il serait préférable de revenir demain matin, madame Bennett.

Ni moi ni Mary Catherine n'avons cherché à la reprendre.

— Nous ne voulons pas les déranger, simplement les voir.

Le docteur Walker a laissé échapper un soupir. Elle a retiré son bonnet de chirurgien, libérant une masse de cheveux roux, avant de consulter l'heure sur sa Rolex en acier.

— Très bien. Je vais essayer de m'arranger.

46

Les garçons se trouvaient au deuxième étage, dans une chambre du service de réanimation. Le docteur Walker refusant de nous laisser entrer, nous nous sommes contentés de les regarder à travers le hublot.

Je me suis fait la réflexion que le métier de parent n'était pas de tout repos. Il est déjà suffisamment difficile de se protéger soi-même. Avec des enfants, on passe son temps à croiser les doigts. J'aurais volontiers démoli ce hublot à coups de poing.

Je devais me montrer fort, mais le souvenir de la mort de Maeve, ma femme, m'a brusquement submergé. Aujourd'hui encore, je continue à rêver d'hôpitaux et de salles d'attente. J'étais à la fois meurtri et furieux. Je trouvais la situation injuste, nous avions déjà suffisamment souffert. Pourquoi nous ?

— Vous ne trouvez pas qu'ils ont l'air pâle, Mary Catherine ? Surtout Eddie.

Elle m'a pris la main.

— Tout ira bien, Mike. Le médecin vient de nous l'assurer.

— Je ne sais pas, regardez-les. Les médecins passent leur temps à mentir. Regardez-les bien.

Quand Mary Catherine a vu que les larmes me montaient aux yeux, elle s'est mise à pleurer à son tour. Je ne sais pas combien de temps nous sommes restés là, main dans la main, tandis que les garçons dormaient.

Une heure plus tard, j'appelais Seamus.

— Ils vont s'en sortir ? m'a-t-il demandé. On leur a tiré dessus, nom d'un chien !

— Aucun os ni aucun organe n'a été touché. C'est du moins ce qu'affirme le médecin.

— Tu as tort d'écouter les charlatans de ce trou paumé, Michael, m'a rétorqué Seamus sur un ton agressif. Exige de savoir ce qu'il en retourne vraiment.

J'étais à bout de patience, tout en sachant que le vieil homme était mort d'inquiétude, comme moi.

— Que veux-tu que je fasse, Seamus ? Soumettre le personnel de l'hôpital à la question ?

— Ce ne serait pas une si mauvaise idée. À ce sujet, que dit la police ? Qui leur a tiré dessus ? Et que fabriquaient-ils à Newburgh, à des kilomètres du chalet ?

Au même moment, j'ai remarqué la présence dans le couloir d'un Afro-Américain d'âge moyen. Il portait un uniforme de la police de Newburgh.

— C'est bien ce que je compte découvrir, Seamus. Je te rappelle plus tard.

— Monsieur Bennett ? Inspecteur Moss, s'est présenté le flic d'un air amène en me serrant la main.

Il avait des airs de Willie Randolph, l'ancien champion de baseball des Yankees.

— Je suis sincèrement désolé de ce qui est arrivé à vos gosses. J'ai cru comprendre que vous étiez en vacances à Orange Lake. C'est exact ?

Je lui ai montré mon badge du NYPD.

— Je *croyais* être en vacances, inspecteur, mais tout semble indiquer que le boulot m'a rattrapé.

— Waouh. Vous êtes flic ? Je suis désolé de ce qui vous arrive. J'ai deux filles de l'âge de vos garçons. Appelez-moi Bill, je vous en prie. J'imagine que vous vivez un enfer, Mike. Pourriez-vous m'expliquer ce qui s'est passé ?

— J'allais vous poser la même question.

Moss a trituré son stylo en sortant ses notes.

— Vers 18 heures, on nous a signalé plusieurs coups de feu sur Lander Street. Ce genre d'incident n'est pas rare. On a enregistré tellement de règlements de comptes dans le coin que les riverains l'ont rebaptisé rue Coupe-Gorge. Plusieurs appels nous ont signalé la présence de victimes sur le trottoir. Nos hommes sont arrivés sur place une minute avant les secours. Vos deux garçons étaient allongés par terre dans une mare de sang.

Je n'arrivais pas à y croire. Une minute, je regarde mes gamins s'ébrouer dans le lac ; la suivante, ils se font tirer dessus. Comment était-ce possible ?

— J'imagine que c'est un quartier de dealers ?

— Oui. Crack, cocaïne, héroïne. Il s'agit d'une zone contrôlée par les gangs. Lander est le fief des Bloods.

— Les Bloods ? Les Bloods comme à Los Angeles ?

— Ceux-là mêmes, a répliqué Moss. Les Bloods tiennent le quartier ouest, et les Latin Kings contrôlent le quartier est. Ils sont actuellement en guerre.

— Une guerre de la drogue, à Newburgh ? Je viens de temps en temps en vacances dans le coin, je ne me doutais pas que la situation était aussi dramatique.

Moss a hoché la tête en se caressant la moustache.

— Newburgh a le taux de meurtres par habitant le plus élevé de l'État après New York. On nous surnomme déjà la Petite Pomme, du fait de ce triste record. Nous n'avons malheureusement pas trente mille hommes pour contenir toute cette violence. Pour en revenir à vos garçons, savez-vous pour quelle raison ils se trouvaient dans le coin ? J'hésite à vous poser la question, mais savez-vous si l'un ou l'autre se drogue ?

— S'ils se droguent ? J'aimerais mieux mourir !

Mary Catherine a fait la grimace. J'avoue que l'expression était mal choisie.

— Tout ce que je sais, c'est qu'ils ont rencontré des filles. En revanche, je ne sais pas comment ils ont atterri à Newburgh. J'imagine que tous les parents disent ça, mais ce sont vraiment des gamins super. Tout le monde se faisait un sang d'encre pour eux, on pensait qu'ils s'étaient perdus dans les bois.

— Bien, a réagi Moss en me tendant sa carte. Le toubib me dit que je pourrai les interroger demain matin. Je reviendrai à ce moment-là. Si jamais vous avez d'autres informations d'ici là, passez-moi un coup de fil. En attendant, allez retrouver les vôtres, Mike. J'ai la ferme intention de mettre la main sur les coupables.

47

Nous avons décidé de rester à l'hôpital, avec Mary Catherine. J'éviterai de dire que nous avons dormi sur place, pour la bonne raison que nous n'avons pas fermé l'œil de la nuit. Nous étions encore sous le choc. En dépit des assurances du docteur Walker, nous avions peur de voir survenir des complications. À l'époque où ma femme, Maeve, s'éteignait lentement d'un cancer, je me souviens d'avoir souffert physiquement, meurtri dans ma chair et mon âme, à mesure que le mal progressait. Je ressentais une souffrance comparable en allant et venant dans le couloir de l'hôpital plongé dans la pénombre. On ne se débarrasse pas aisément de ses vieilles habitudes. Comme le vélo, la douleur ne s'oublie pas.

J'ai attendu que l'infirmière du matin me confirme que les enfants se portaient bien, aux alentours de 6 heures, avant de sortir chercher du café et de quoi grignoter. Après avoir trouvé le nécessaire dans un snack de Broadway, j'ai parcouru les rues de la ville au volant du minibus au lieu de regagner directement l'hôpital.

Newburgh avait vraiment connu des jours plus glorieux. Je passais à côté de pâtés de maisons entièrement avachies. Des rues dans lesquelles les paraboles bricolées étaient le seul signe de vie.

Des bouteilles de rhum et des cierges montaient la garde au coin d'une intersection, à côté d'une statue de la Vierge Marie à laquelle était accroché un ballon. Ce mémorial avait été dressé en l'honneur d'une victime, un jeune Latino plutôt beau gosse dont la photo était scotchée sur un poteau téléphonique au-dessus d'un hippopotame en peluche et d'un Pokémon de Happy Meal.

Je me suis garé dans la rue où mes fils avaient été agressés. Une ruelle séparait de vieilles maisons victoriennes à moitié en ruine. Les bardeaux usés et délavés qui recouvraient la façade des deux bâtiments donnaient l'impression qu'on avait voulu les punir de quelque crime terrible. Les piquets métalliques tordus d'une clôture disparue émergeaient du trottoir devant les bâtisses, comme si le quartier avait été bombardé.

J'ai coupé le moteur avant de descendre du minibus. À reculons. L'endroit, désert à cette heure matinale, faisait peur. Sans la présence rassurante du Glock attaché à ma cheville, j'aurais hésité à m'enfoncer dans la ruelle.

Une dizaine de pas plus loin m'attendait une tache sur le sol de ciment. Le sang de mes fils. La peur a cédé la place à la colère.

Comment pouvait-on s'en prendre à deux gamins désarmés ?

En levant la tête, j'ai aperçu une silhouette sur le porche arrière de la maison de gauche. Un petit Black tout mignon de six ou sept ans. Torse nu, en slip, il m'observait en suçant son pouce.

Je lui ai adressé un sourire. Ses yeux bruns se sont éclairés et il a souri à son tour. J'ai beau être flic depuis longtemps, ça me fait toujours mal au cœur de constater la présence d'innocents au milieu de tant de misère.

Il a retiré son pouce de sa bouche.

— T'es pas d'ici, toi. T'es un policier ?

Je me suis approché et je lui ai montré mon badge.

— Exactement.

Il l'a examiné.

— Alors pourquoi tu conduis un bus ? s'est-il étonné en désignant la rue. Les policiers, ça conduit pas des bus.

— C'est ma voiture personnelle. J'ai beaucoup d'enfants. C'est pour ça que je suis là. Deux de mes garçons ont été blessés ici hier. Quelqu'un leur a tiré dessus avec un pistolet. Tu as vu ce qui s'est passé, fiston ?

Le petit garçon a écarquillé les yeux en hochant la tête. Un bruit s'est fait entendre derrière lui. La porte s'est ouverte et le gamin s'est précipité dans la maison avant que j'aie pu réagir. Le battant s'est refermé brutalement dans un grincement de verrou.

J'ai poussé un soupir. Personne ne voulait se mouiller.

Comment leur en vouloir ? Je me suis dépêché de remonter dans mon bus.

De retour à l'hôpital, Eddie dormait toujours, mais Brian était réveillé. Sachant qu'il est toujours plus facile de demander pardon plus tard, quand on n'est pas certain d'obtenir la permission, j'ai poussé la porte sans l'autorisation de l'infirmière et nous sommes entrés dans la chambre, Mary Catherine et moi.

Un énorme pansement blanc entourait le cou et le bras de Brian. Il aurait pu proposer ses services comme figurant dans un film de guerre. Il avait bien meilleure mine que la veille. Ses joues avaient repris un peu de couleurs.

— Alors, vieux ? Comment te sens-tu ?

Il a paru soulagé l'espace d'un instant, puis il a tourné son regard vers le mur.

Je n'ai pas compris tout de suite qu'il pleurait en silence.

— Qu'est-ce que tu as, mon fils ? Tu as mal ?

Mary Catherine lui a posé une main sur l'épaule.

— Que se passe-t-il, Brian ? Tu veux qu'on appelle le docteur ?

Brian regardait fixement le plafond.

— Tu passes ton temps à nous dire de veiller les uns sur les autres, a-t-il murmuré. Surtout moi, parce que je suis l'aîné. J'ai trahi ta confiance, papa. Eddie s'est fait tirer dessus à cause de moi. Il va mourir et ce sera ma faute.

— Bien sûr que non. Il dort, c'est tout. Il va s'en tirer. Comme toi.

D'un mouvement du pouce, j'ai essuyé ses larmes.

— Mais…

— Mais rien du tout, Brian. Vous allez bien tous les deux. C'est tout ce qui compte pour le moment. Si Eddie a été blessé, c'est la faute de celui qui lui a tiré dessus. Je peux même te dire que vous avez été sauvés tous les deux grâce à tes cris. Pour l'instant, j'ai surtout besoin que tu me racontes ce qui s'est passé. Depuis le début.

Il s'est exécuté, évoquant la rencontre avec les filles, le type à la Mustang qui lui avait demandé de surveiller ses arrières avant de s'enfuir, l'arrivée du dealer qui leur avait tiré dessus. Un membre des Bloods, d'après la description de Brian.

Cette affaire était pour le moins étrange. Pourquoi ces filles plus âgées s'étaient-elles intéressées à Eddie et à Brian ? Sans parler du conducteur de la Mustang. Et pourquoi le dealer avait-il tiré ? Comment avait-il pu se sentir menacé par un gamin de treize ans et un autre de seize ? Ça ne collait pas.

— Monsieur et madame Bennett ? Que faites-vous ici ? Je vous demanderai de sortir immédiatement.

Pris la main dans le sac par le docteur Walker.

— M. et Mme Bennett ? a répété Brian, tandis que la chirurgienne nous mettait à la porte. Vous avez décidé de vous marier ? C'est pas trop tôt !

Je lui ai adressé un clin d'œil. Quant à Mary Catherine, elle a rougi.

— Repose-toi bien, petit malin. On se reparle plus tard.

Une surprise plus merveilleuse encore nous attendait dans le couloir : le clan Bennett au grand complet, armé de ballons, de cartes improvisées souhaitant un prompt rétablissement aux deux garçons, et même d'un calicot sur lequel s'étalaient les mots « Soignez-vous bien ».

Pour quelqu'un qui avait besoin qu'on lui remonte le moral, j'étais servi.

— On n'en pouvait plus d'attendre, alors on a pris un taxi, m'a expliqué Seamus. Comment se portent Billy the Kid et Jesse James ? Quelles vacances ! On ne s'était jamais autant amusés.

— Les deux voyous vont bien, mon Père. Pour l'instant, en tout cas.

49

Platinum Ladies avait ses quartiers dans une vieille bâtisse en bois de New Windsor, au sud de Newburgh.

Dans le grenier de la boîte à strip-tease, qu'il qualifiait non sans humour de Centre de commandement, Ramon Puentes se leva de son fauteuil. Le géant musclé s'approcha de la baie vitrée dominant la scène et ferma brutalement les stores vénitiens de façon que son visiteur ne se laisse pas distraire par la nouvelle danseuse qui venait d'entamer son numéro.

Le surnommé Jay D ajusta sa casquette rouge aux armes des Yankees d'un air agacé.

— Putain, mec ! Je regardais, bordel ! s'énerva l'ado.

Ramon reprit place derrière son bureau en émettant un grognement. Ce n'était pas à lui de régler les conneries de ce genre. Ramon était le cerveau du gang. L'abruti qui lui faisait face relevait de la responsabilité de son jeune frère Miguel. Manque de pot, Miguel était en vacances à Hawaï avec sa fiancée du mois, et Ramon avait bien été obligé de prendre le relais. Comme d'habitude.

Ramon et Miguel étaient les responsables de l'antenne locale des Latin Kings. En termes clairs, ils s'occupaient de tout : la dope, les putes, les tripots. Dans le quartier est, en tout cas. Le secteur latino. En temps ordinaire, Ramon ne s'occupait pas des Bloods, qui avaient le contrôle des quartiers ouest.

Mais donner l'ordre de tirer sur des gosses de flic ne relevait pas de l'ordinaire.

— Regarde-moi quand je te parle, aboya Ramon. T'as du mal à te concentrer, ou quoi ? Tu crois qu'on est là pour rigoler ? Au cas où tu te poserais la question, la réponse est non.

— C'est toi qui me fais attendre, répondit le gamin avec insolence. Commence par me refiler mes thunes, Ramon. Faut que je me casse avant qu'un Blood me voie traîner dans le coin.

Ramon se massa la tempe du doigt. Il avait mal à la tête. Ce petit merdeux n'allait tout de même pas le prendre de haut ? Ramon n'avait qu'à siffler Bartolo et Cricket, ses videurs, pour qu'ils apprennent la politesse à ce trou du cul en trois coups de machette avant de jeter ses morceaux dans un marécage. C'était peut-être le meilleur moyen d'effacer l'ardoise. Ce ne serait pas la première fois.

— Ah ouais ? Je devais te verser l'autre moitié une fois le boulot *terminé*. J'ai cru comprendre que ça avait beaucoup crié après ton départ. Jusqu'à preuve du contraire, les morts ne crient pas.

L'ado agita la main d'un air désinvolte.

— Ça veut rien dire. Je les ai plombés avec mon .380. Ils sont morts, j'te dis.

Un grattement se fit entendre de l'autre côté de la porte placée derrière Ramon.

Ramon se baissa et fit tourner la molette du coffre posé à côté de son fauteuil. Il en sortit une épaisse enveloppe de papier kraft qu'il jeta à son visiteur. Le gamin sortit les vingt mille dollars en billets de cent qu'elle contenait. Il respira avidement l'argent avant de refermer l'enveloppe et de la ranger dans son sac à dos.

Jay D reparti, la porte arrière s'écarta et Marietta pénétra dans la pièce avec ses deux gardes du corps. La compagne de Manuel Perrine se planta devant Ramon, qui veilla soigneusement à ne jamais regarder en face son visage de déesse. Tout ce qui touchait à Perrine et à son empire était une bombe à retardement. Au moindre faux pas, *boum* !

— Je ne sais pas si la mission a pleinement réussi, s'excusa Ramon. Les deux… euh, gamins ont été blessés, mais je ne suis pas certain qu'ils soient morts. Je voudrais m'excuser d'avance auprès de vous et du grand Manuel qui…

Elle le fit taire d'un regard.

— Inutile d'insister, Ramon. Ça nous suffit pour le moment. Le flic aura compris le message. Tu as rempli ta mission. Manuel sera heureux d'apprendre qu'il peut compter sur la loyauté des Latin Kings, comme toujours.

Le trio quitta la pièce. Ramon se fit la réflexion que ces gens-là n'étaient pas normaux. Ils avaient beau vendre de la drogue de première qualité et posséder un réseau de distribution aussi fiable que celui de Walmart, ils croyaient dur comme fer à toutes ces conneries de *Santa Muerte*. Pas question de plaisanter avec ça. Il avait entendu les rumeurs qui circulaient à ce sujet. À la moindre erreur, on se retrouvait sur un autel, sous le poignard d'un cinglé qui débitait des formules rituelles.

Ramon sortit de son tiroir une bouteille de vin qu'il déboucha. Il aurait dû laisser le nectar s'aérer et respirer, mais il n'en avait rien à foutre. Il prit un verre ballon et se versa une généreuse rasade. Un château-d'yquem 1989 à quatre cents dollars la bouteille qu'il réservait pour une grande occasion. Traiter avec les gens du cartel de Perrine sans finir avec une balle dans la tête était une *très* grande occasion.

Il poussa un soupir, ferma les yeux et porta le verre à ses lèvres. Des arômes de miel, de tabac et de vanille lui envahirent la bouche.

Pour avoir survécu, trinqua-t-il intérieurement.

LIVRE 3

La province n'est plus ce qu'elle était

50

Je me suis réveillé en sursaut dans ma chambre du chalet, trempé de sueur. L'aube n'avait pas encore commencé à poindre.

Ce n'était pas la première fois. Pas une nuit ne s'était écoulée depuis l'agression de mes deux fils sans que je sois victime du même cauchemar.

Dans mon rêve, je cours à travers les rues sombres d'une ville inconnue, à la recherche de Brian et Eddie. À l'instant où je les trouve enfin, tout au bout d'une ruelle interminable, j'entends des coups de feu et je me réveille, un cri bloqué dans la gorge.

Pas besoin d'être Prix Nobel de psychologie pour interpréter ce cauchemar : je m'en voulais terriblement de n'avoir pas su les protéger au moment où ils en avaient le plus besoin. Mary Catherine et Seamus avaient beau me répéter que je n'avais aucune raison de battre ma coulpe, rien n'y faisait.

Seule consolation, les deux garçons étaient sortis de l'hôpital et se rétablissaient normalement. Le docteur Walker n'avait pas menti en affirmant qu'il n'y aurait pas de complications, Dieu merci, mais ce n'étaient pas les blessures physiques qui m'inquiétaient le plus.

Brian semblait avoir franchi le cap. Il plaisantait déjà en disant que sa balle dans le cou l'empêcherait à jamais de franchir les portiques de sécurité sans les déclencher. Eddie m'inquiétait bien davantage. Le boute-en-train de la famille semblait s'être rétracté dans sa coquille. Ses frères m'avaient signalé qu'il criait dans son sommeil, sans doute revivait-il l'horreur de l'épreuve qu'il avait traversée.

C'était un crève-cœur de le voir dans cet état. Les adolescents de treize ans ont suffisamment de problèmes sans avoir à souffrir du syndrome de stress post-traumatique.

Je me suis rendu à la police de Newburgh à plusieurs reprises. Bill Moss et son volumineux coéquipier, un inspecteur sympathique répondant au nom d'Edward Emmanuel Boyanoski, avaient fait preuve d'une tolérance exemplaire chaque fois que je revenais les harceler. Ils s'étaient montrés extrêmement compréhensifs, en tant que collègues et en tant que pères. Non contents de me laisser participer à l'enquête, ils avaient toléré ma présence lors de certains interrogatoires. Jusque-là, personne dans le petit monde de la drogue de Lander Street n'acceptait d'évoquer la fusillade, mais ces deux flics confirmés m'avaient assuré qu'ils ne lâcheraient pas l'affaire avant de l'avoir résolue.

Il restait à espérer que l'histoire leur donne raison. Pour le bien de mes garçons, comme pour celui de tous les autres.

Je me suis assis dans mon lit en bâillant. De l'autre côté de la vitre, une faible lueur teintait le ciel au-dessus des eaux dormantes du lac, bercées par les trilles des engoulevents.

Les oiseaux n'étaient pas les seuls à s'activer. J'étais censé rentrer à New York où le procès Perrine reprenait après le meurtre de la juge Baym. Je risquais fort d'être appelé à la barre. En mémoire de mon cher Hughie, j'avais le devoir de clouer le couvercle du cercueil qui emporterait ce monstre de Perrine.

Je venais tout juste de me lever quand on a toqué doucement à la porte de ma chambre. Mary Catherine est entrée, un café à la main.

— Vous êtes déjà debout ? Tant mieux, a-t-elle murmuré en me tendant le mug bleu ébréché. Vous préférez manger d'abord, ou bien prendre une douche ?

Si quelqu'un s'inquiétait pour ma smala autant que moi, c'était bien Mary. Elle relève de cette catégorie de personnes qui dissimulent leur nervosité derrière un trop-plein d'activité. De l'aube au crépuscule, elle tourbillonnait dans la cuisine, la buanderie et le jardin, quand elle n'organisait pas les activités des enfants. Un voisin qui la voyait repeindre la boîte aux lettres la veille m'avait demandé si nous remettions la maison en état avant de la vendre.

Tout en dégustant mon café, j'ai entendu la hotte ronronner dans la cuisine, d'où s'échappait un arôme divin.

— Vous avez préparé du bacon ? Je croyais vous avoir recommandé de ne pas vous compliquer la vie, Mary Catherine.

— Ce n'est pas moi qui me complique la vie. C'est Seamus qui est aux fourneaux. Il tenait absolument à ce que vous avaliez un repas chaud avant de repartir en ville, m'a-t-elle répondu en souriant.

— Je suis touché. Ce vieux grigou aurait donc un semblant d'affection pour moi ?

— Pourquoi dites-vous ça ? Parce qu'il s'est levé tôt ?

La question méritait une explication.

— Pas du tout. Parce que faire frire du bacon est une façon stoïque de dire je t'aime entre hommes, chez les Irlandais.

51

Trois quarts d'heure plus tard, rasé de près et vêtu de mon plus beau costume, j'adressais un signe de la main à Mary Catherine qui venait de me déposer à la gare, de l'autre côté du pont reliant Newburgh à Beacon.

Un détail m'a intrigué alors que je montais dans le train de 7 h 21 à destination de Grand Central quelques minutes plus tard : plusieurs des banlieusards installés dans la voiture m'observaient à la dérobée par-dessus leur smartphone ou leur exemplaire du *Wall Street Journal*.

Leurs regards n'avaient rien d'amical. Ils me lançaient des coups d'œil soupçonneux, malgré ma tenue, comme si j'étais sur le point de provoquer une bagarre.

J'ai tout d'abord pensé que ma photo avait été publiée dans le journal pour illustrer un article consacré au procès Perrine, ou bien alors que j'avais un lambeau de bacon irlandais coincé entre les dents. J'ai fini par comprendre. L'univers des banlieusards new-yorkais est très particulier. Les habitués se voient matin et soir depuis des années. Des amitiés se nouent, certains passent le temps en jouant aux cartes, d'autres ont des aventures.

On m'observait tout simplement parce que j'étais nouveau. Ma présence dérangeait leurs petites habitudes.

Vous êtes à l'affût d'émotions faciles, les amis ? Que diriez-vous de changer les pansements de vos ados blessés par balle ?

J'ai préféré oublier en m'installant près d'une fenêtre avant de fermer les yeux.

Le train a parcouru les cent kilomètres séparant Beacon de Grand Central en une heure vingt. J'ai suivi la foule des voyageurs dans l'un des couloirs crasseux de la gare jusqu'au métro.

J'avais prévu de relire le dossier avec Tara McLellan avant de me rendre au palais de justice. Elle m'avait envoyé un SMS, me demandant de la retrouver dans l'immeuble de bureaux de Broadway que le bureau du procureur fédéral avait été contraint de louer pour des raisons de sécurité.

Profitant du fait que j'étais en avance, j'ai voulu combler le manque de lumière et d'oxygène en descendant à Canal afin d'achever le trajet à pied. J'ai rejoint Broadway, puis j'ai bifurqué à gauche dans le Canyon des héros.

New York est une ville de fous, je vous l'accorde, mais ses habitants ont la chance de vivre dans l'un des plus beaux décors créés par la main de l'homme. Washington abrite la Maison Blanche, mais c'est le Canyon des héros, avec ses légendaires lâchers de confettis les jours de défilé, qui évoque chez moi la gloire de ce pays : le clou en or scellant l'achèvement du chemin de fer transcontinental, l'ampoule électrique d'Edison, le vol des frères Wright, le pas-si-petit pas d'Armstrong sur la Lune. En avançant entre les impressionnantes façades de ces gratte-ciel majestueux, un souvenir plus personnel m'est revenu. J'ai brusquement repensé à la première fois où mon père m'a emmené dans le bas de Manhattan pour assister au défilé organisé en l'honneur des Yankees, champions du monde 1977.

Fier de son équipe, et réchauffé par les trois ou quatre pintes de Guinness ingurgitées dans un pub de quartier au milieu d'une atmosphère délirante, mon père m'a hissé sur ses épaules. Nous avons remonté Broadway dans cet équipage, mon père me désignant tous les monuments au fur et à mesure : l'église Trinity, où George Washington avait assisté à l'office après son investiture à Federal Hall, ou encore le Standard Oil Building de John D. Rockefeller.

— Regarde bien, Michael, m'a-t-il recommandé, la larme à l'œil, alors qu'une pluie de confettis s'abattait sur Reggie Jackson, Ron Guidry et George Steinbrenner qui remontaient l'avenue à bord d'une décapotable. N'oublie jamais que les bons, c'est nous. Les bons gagnent et les méchants perdent. Un point c'est tout.

J'avoue avoir senti mon regard se voiler en repensant à ce jour. En repensant à ma vie, à l'état du pays, à celui du monde. Le petit garçon était devenu grand, mon tour était venu d'incarner les bons en étant un bon père, un bon flic, un bon être humain. Je pense me battre pour ce qui est juste dans l'existence, mais j'en arrivais à me demander si les bons n'étaient pas sur le point de devenir une espèce en voie de disparition. Si les méchants n'étaient pas en train de nous déborder en nombre et en armes.

Comment s'étonner que les banlieusards du train s'émeuvent de découvrir un nouveau visage parmi eux ?

J'ai frissonné dans l'air du matin. J'avais peur, moi aussi. La peur était sans doute la seule réaction saine possible à la vue d'un monde en train d'imploser.

52

Les bâtiments du terminal Maher d'Elizabeth, dans le New Jersey, se dressent à une quinzaine de kilomètres au sud-ouest des gratte-ciel de verre et d'acier de la pointe de Manhattan. Maher est le plus grand port de conteneurs d'Amérique du Nord.

À 8 h 30 ce matin-là, la sirène de la grue du quai sud retentit et la colonne des camions qui attendaient au pied de l'engin se mit en position.

Le conducteur du véhicule de tête, Norman O'Neill, un camionneur au visage encore jeune couronné de cheveux blancs, écrasa sa dixième Marlboro de la journée et engagea son Volvo VN630 sous les jambes métalliques de la grue gigantesque. Il hésita à allumer une nouvelle cigarette en entendant grincer le câble au-dessus de sa tête. Tout se passait normalement, ses papiers étaient en ordre, mais le plus dur l'attendait. O'Neill ne pourrait respirer qu'une fois sorti du port.

Il lança un coup d'œil à la coque rouillée du petit porte-conteneurs que la grue délestait de son chargement. Un navire du Costa Rica, l'*Estivado*, battant pavillon panaméen et manœuvré par un équipage français. Pour avoir participé au déchargement de l'*Estivado* à plusieurs reprises par le passé, O'Neill savait que le contenu du bateau n'avait aucune raison d'inquiéter les types de la Sécurité nationale. La majorité des neuf cents boîtes métalliques que transportait le navire contenaient des oranges et des *tangelos* en provenance de Toluca, au Mexique.

La majorité des conteneurs, pensa O'Neill en sentant tanguer sa remorque au moment où la grue y déposait l'une des boîtes. *Mais pas tous.*

Il enclencha une vitesse, le 500 CV Volvo rugit, et le semi-remorque s'éloigna de la grue en direction d'un entrepôt de brique rouge derrière lequel d'autres camions faisaient la queue. Il tambourina nerveusement des doigts sur son paquet de Marlboro en attendant son tour.

Il arrivait à l'étape la plus délicate. Il lui restait à franchir la Sécurité nationale, dont le scanner inspectait aux rayons X l'intérieur de tous les conteneurs. Fidèle aux instructions qu'on lui avait données, O'Neill attendit que son tour arrive avant d'envoyer un SMS vide à un numéro préenregistré dans la mémoire de son téléphone.

Très probablement un signal à un employé de la Sécurité nationale. Après tout, il n'en savait rien et n'avait aucune envie de le savoir. Il retint son souffle en avançant son camion entre les montants de l'appareil à rayons X à travers lequel passaient les semi-remorques en attente.

À l'extrémité du tunnel l'attendait un feu équipé d'une barrière automatique. O'Neill, les yeux rivés sur la lumière rouge, guettait avec anxiété le moment de redémarrer. À combien d'années de prison le condamnerait-on pour avoir introduit plusieurs tonnes de coke sur le sol américain ? Que penseraient sa femme et ses filles, au courant de rien ? Comment faisait-on pour se pendre en prison ? En passant au vert, le feu mit un terme à ses interrogations morbides et la barrière se leva.

O'Neill alluma la cigarette de la victoire en enclenchant une vitesse et redémarra.

53

Une heure plus tard, O'Neill quittait la I-95 afin de rejoindre la première aire de repos au sud de la frontière de l'État de New York. Il immobilisa son camion et détacha la remorque. Il était à peine reparti qu'un Peterbilt 388 rouge pétard se rangeait à l'avant du conteneur. Trois Latinos en jean et chemise de chantier en descendirent. Le plus baraqué examina longuement les scellés et les cadenas du conteneur avant de signaler à ses compagnons d'attacher la remorque au tracteur.

La destination finale de la marchandise était un entrepôt du quartier de Greenpoint, à Brooklyn, au bord de l'East River. Une Mercedes S600 aux vitres teintées était garée à l'intérieur du bâtiment, à côté d'une grande camionnette Ford gris métallisé. La porte de l'entrepôt refermée, un Latino efféminé vêtu d'un short et d'un polo couleur crème descendit de la Ford et vérifia à son tour les scellés et les cadenas. D'un mouvement de tête approbateur, le petit homme donna son feu vert au conducteur du camion qui attendait, une pince coupe-boulons à la main. Le camionneur fit sauter les cadenas et ouvrit les portes du conteneur.

— *Vámonos !* déclara le camionneur.

Un groupe de très jeunes filles émergea du conteneur. Sales et couvertes de sueur, elles aspirèrent l'air libre à pleins poumons, heureuses de retrouver la lumière du jour après trois jours dans cette drôle de boîte. Des paysannes mexicaines auxquelles on avait promis un emploi dans les ateliers de confection américains. La plus âgée n'avait pas quatorze ans, la benjamine en avait onze.

Les Latinos les aidaient à descendre lorsque la porte avant de la Mercedes blanche s'ouvrit. Marietta, la compagne de Manuel Perrine, descendit du véhicule. Malgré la fatigue, les filles ouvrirent des yeux émerveillés en voyant sa robe Chanel blanche, le sac Chanel blanc accroché à son bras caramel, sa montre Chanel blanche. Tout sourire, belle comme un charme, elle virevoltait avec désinvolture au milieu des gamines épuisées, une liste et un appareil numérique à la main, prenant notes et photos tout en inspectant soigneusement la peau, les cheveux et les dents de ses proies.

Elle sépara très vite les filles en plusieurs catégories. Le convoi précédent était trop chargé et une partie de la marchandise s'était gâtée. L'une des filles était morte le deuxième jour et plusieurs autres, tombées malades, avaient dû être éliminées.

Quel était le terme employé par Manuel, déjà ?

Ah oui ! Le dégazage.

Aucun dégazage ne serait nécessaire cette fois. L'esclavage sexuel était une nouvelle filière pour le cartel, mais Marietta avait rapidement pris le pli, comme toujours. Elle s'approcha de la camionnette en faisant claquer ses hauts talons et tendit la liste au proxénète en polo. Ils discutèrent à voix basse pendant quelques minutes. Le beau Dominicain à la peau sombre hochait la tête à mesure qu'elle lui faisait ses recommandations, puis il posa son regard avide sur le groupe des filles hirsutes.

— Qui a faim ? demanda Marietta en espagnol en sortant de son sac immaculé un sachet rempli de barres chocolatées Milky Way qu'elle jeta à l'arrière de la camionnette.

Les gamines affamées se ruèrent sur les friandises en riant. Quelques instants plus tard, elles prenaient place sur les banquettes et bouclaient leurs ceintures en mâchant ardemment, des marbrures de chocolat plein les joues et le menton. Le proxénète, installé au volant, leur lança un regard par-dessus son épaule en affichant le sourire satisfait d'un bon père de famille.

— Je vous présente Mateo, reprit Marietta d'une voix douce en espagnol. Il va vous conduire jusqu'à votre nouveau refuge. Il vous permettra d'appeler vos parents pour que vous les rassuriez. D'accord ?

Les filles remercièrent Marietta d'une seule voix.

La jeune femme enfila une paire de lunettes de soleil Chanel et leur tira la langue amicalement.

— Au revoir, les filles. Je suis fière de vous, leur dit-elle en leur envoyant un baiser de la main au moment de remonter dans sa Mercedes. Bienvenue en Amérique !

54

En arrivant dans les bureaux secrets du procureur fédéral, j'ai pu constater que l'agent de sécurité posté à l'accueil prenait son boulot à cœur. Même après lui avoir montré mon badge et mon permis de conduire, il a passé pas moins de trois coups de fil avant de m'autoriser à monter. Tara m'attendait dans le couloir lorsque les portes de l'ascenseur se sont écartées au seizième étage. Elle était toujours aussi belle, avec sa jupe couleur tabac et un chemisier turquoise qui mettait en valeur ses cheveux noirs.

Elle m'a pris de court en me serrant affectueusement dans ses bras tout en m'embrassant sur la joue. Je crois avoir légèrement rougi tandis qu'elle me guidait dans le dédale des bureaux ouverts jusqu'à une salle de réunion.

Bon, soyons tout à fait honnête : j'ai beaucoup rougi.

Nous nous sommes installés autour d'une table débordant de livres de droit. Pendant une demi-heure, entre deux cafés noirs, elle m'a détaillé la stratégie de l'accusation. Elle ne semblait pas être au courant de ce qui était arrivé à mes garçons et j'ai préféré n'en rien dire. Dans la mesure du possible, j'essaie de ne pas mélanger mon métier et mes problèmes familiaux.

— Comme tu le sais, Mike, a-t-elle insisté en chaussant des lunettes, l'acte d'accusation à la main, nous avons mis de côté le mandat d'arrêt lancé contre Perrine à la suite du meurtre des gardes-frontières afin de nous recentrer sur celui de Scott Melekian, le serveur de chez Macy's que Perrine a tué en tentant de t'échapper.

Elle a laissé échapper un bâillement.

— Désolée, a-t-elle soupiré. Je travaille jour et nuit depuis l'assassinat de la juge Baym.

J'ai moi-même étouffé un bâillement.

— C'est compréhensible.

— Quoi qu'il en soit, nous avons tout d'abord cru que l'affaire était dans le sac. Nous disposions de quinze témoins directs, tous prêts à déclarer sous serment qu'ils avaient vu Melekian se retourner et bousculer Perrine au moment où celui-ci pénétrait dans le restaurant. Ils ont alors vu Perrine attraper la tête de Melekian et lui briser la nuque à mains nues, le tuant instantanément.

Nouveau soupir.

— À l'heure qu'il est, nous n'avons plus que sept témoins. Seuls trois serveurs et quatre clients acceptent encore de raconter ce qu'ils ont vu. Nous ne savons pas si les autres ont pris peur suite à la tuerie survenue en salle d'audience, ou bien si Perrine les influence par ailleurs. Toujours est-il qu'ils refusent de se mouiller. Je compte donc sur ton témoignage dès que la sélection des jurés sera terminée. Il nous faut passer en force pour gagner du temps. Plus on attend, plus on risque de perdre les derniers témoins.

J'ai secoué la tête d'un air las.

— Tu as raison. Avec les moyens dont il dispose, Perrine a déjà commencé à s'attaquer à l'accusation en usant de violence. C'est incroyable.

— À qui le dis-tu, a approuvé Tara. La Mafia agissait de même à son époque la plus glorieuse, dans les années 1930. Ils retrouvaient les témoins et les tuaient. Le plus déprimant, c'est que ce genre de tactique a prouvé son efficacité.

Elle s'est levée en regardant sa montre.

— L'heure tourne. Il est temps de rejoindre le palais de justice. Je veux bien que tu portes l'un de ces dossiers.

Nous avions pris place dans l'ascenseur quand Tara m'a adressé un sourire gentiment canaille. C'était la première fois que nous nous retrouvions dans cette situation depuis l'épisode de l'hôtel St. Regis.

J'ai repensé à cette soirée étrange. Tara me conduisant dans sa chambre avant d'enfiler son peignoir transparent. En dépit de tout, c'était un bon souvenir. On s'habituerait vite à border le soir une substitut du procureur aussi avenante. En théorie, bien sûr.

La porte de l'ascenseur s'est ouverte.

— Après vous, je vous en prie.

Elle m'a souri en obéissant à mon invitation.

— Sir Michael Bennett, le dernier des chevaliers servants new-yorkais.

55

Moi qui trouvais que Foley Square, en face du palais de justice fédéral, avait des allures de zoo lorsque le procès avait débuté !

En montant les marches de marbre du bâtiment, j'ai constaté que le zoo était toujours là, à ceci près que quelqu'un en avait ouvert les cages.

Des journalistes, des manifestants, des flics et des barrières de sécurité à perte de vue. Les visages des badauds paraissaient plus anxieux encore que ceux des habitués du train de 7 h 21. Comment leur donner tort ?

Le palais de justice fédéral de New York a été érigé à l'époque d'Alexander Hamilton, au tournant du XIXe siècle. De toute son histoire, c'était la première fois que l'un de ses magistrats était assassiné en pleine audience !

J'ai donné un coup de coude discret à Tara en lui montrant du menton l'hélicoptère qui survolait le bâtiment.

— Une couverture aérienne ? Je n'ai jamais vu ça lors d'un procès, ai-je crié dans le brouhaha ambiant alors que nous tentions de nous frayer un passage au milieu des photographes et des scribouillards.

— Comment, Mike ! Tu n'as donc pas lu le journal ? Le maire insiste pour que le procès de Perrine se déroule au plus vite. La Ville de New York n'a pas l'intention de se laisser intimider par le patron d'un cartel de la drogue !

— Ne pas se laisser intimider. Mais c'est bien sûr ! ai-je répliqué dans le vacarme provoqué par le rotor. Cela dit, tu ne trouves pas curieux qu'on nous demande, à *nous*, de ne pas nous laisser intimider ici, c'est-à-dire sur le front, tandis que notre milliardaire de maire résiste à toute forme d'intimidation depuis sa luxueuse maison de l'Upper East Side pendant toute la durée des débats, solidement gardé par quelques dizaines d'agents de sécurité ?

De peur que les traces de balle sur les murs ne refroidissent l'ardeur des jurés, le procès avait été déplacé de la grande salle d'audience à une autre, nettement plus modeste, au treizième étage.

Perrine avait déjà pris place sur le banc des accusés lorsque nous sommes arrivés. J'avais vu par le passé des salles d'audience sévèrement gardées, mais je crois que les mesures prises cette fois dépassaient les bornes. J'ai dénombré pas moins de huit agents de sécurité en uniforme, ainsi qu'une demi-douzaine de marshals fédéraux disposés en arc de cercle autour de lui. Avec leurs carrures imposantes, on aurait dit un pack de défenseurs dans une équipe de football américain.

Si Perrine était impressionné par ce dispositif, il ne le montrait pas. Le menton en avant comme à son habitude, toujours aussi altier dans sa combinaison de détenu impeccable qu'il portait avec une raideur presque militaire, il avait plus d'allure que jamais.

Il a souri, une lueur amusée dans ses yeux bleus, lorsque son avocat à mille dollars de l'heure lui a glissé quelques mots à l'oreille. Ce salaud était visiblement ravi de la façon dont il nous manipulait.

56

La nouvelle juge, Mary Elizabeth Fleming, était une Afro-Américaine mince et jolie ressemblant à Condoleezza Rice. Elle entrait dans la salle en compagnie d'un greffier lorsqu'une explosion dans la rue a fait trembler les fenêtres.

La panique la plus folle s'est emparée des présents. Les spectateurs se sont jetés au sol derrière moi tandis que la sténographe qui officiait ce jour-là poussait un hurlement. Sa machine est tombée par terre avec fracas et la malheureuse a littéralement plongé derrière la barre des témoins en abandonnant une chaussure derrière elle.

Les agents de sécurité ont sorti leurs armes à la vitesse de l'éclair en mettant Perrine en joue. On se serait cru dans un western.

— Haut les mains ! ont-ils aboyé.

Un flic roux d'un mètre quatre-vingt-quinze s'est planté devant Perrine en pointant un gros appareil à vingt centimètres de sa poitrine.

— T'es sourd ? Mains en l'air ou je t'envoie une décharge de Taser, espèce de salopard !

L'ombre d'un sourire a étiré les lèvres de Perrine, parfaitement immobile sur sa chaise. Il a fini par lever lentement les mains d'un mouvement gracieux.

— Comment dit-on, déjà ? «L'atmosphère est électrique», c'est ça ? a-t-il plaisanté dans un épais silence.

Puis il s'est tourné vers la juge en riant doucement.

La radio du géant roux a émis un bip strident, suivi d'un long message nasillard.

— C'est bon. Tout va bien, madame la juge, a fait le flic, la radio collée à l'oreille. C'est un camion qui déchargeait un échafaudage dans un chantier de Center Street.

— Moi qui échafaudais toutes sortes d'hypothèses au sujet de ce bruit, a ricané Perrine en laissant échapper un rire de fille.

— On se passera de votre petit numéro, Perrine, l'a apostrophé la juge. Je ne plaisante pas. Encore un mot, et je vous bâillonne moi-même, à défaut de Taser. Et je peux vous assurer que l'atmosphère sera vraiment… *électrique*.

J'ai aidé la sténographe à se relever, avant d'échanger un grand sourire avec Perrine en remettant en place la machine de la pauvre femme. Je me suis approché avec plaisir en le voyant m'adresser un signe de ses mains menottées.

— On ne vous fait pas peur facilement, Michael Bennett. Pas vrai ? m'a-t-il glissé dans un murmure. Moi non plus. Que vous me croyiez ou pas, je vous apprécie beaucoup. Je vous trouve très drôle, avec tout votre cinéma. Ce cirque a besoin d'un clown et vous êtes épatant dans ce rôle. Malgré votre attitude de la dernière fois, sachez que mon offre tient toujours.

Vous pourriez oublier tout ce stress et prendre de longues vacances. Et même ne jamais revenir travailler. On prétend que les Maldives ont beaucoup de charme en cette saison.

J'ai haussé un sourcil, l'air de réfléchir.

— Les Maldives ? C'est vrai, ça doit être pas mal. Le tout est de savoir si ce sera aussi bien que de voir votre tête quand tombera le verdict.

Une veine s'est mise à battre sur le cou de Perrine. Je me suis approché de son oreille.

— Mille excuses. Je suis sincèrement désolé, mais le clown que je suis ne manquerait pas ça pour un empire.

57

Le train qui me ramenait à Newburgh était à moitié vide ce soir-là. Il faut dire qu'il était 21 heures passées. Je n'ai ni lu le journal ni expédié d'e-mails, me contentant de siroter la cannette de Budweiser achetée à Grand Central, bercé par le mouvement du train. Si j'avais emporté un harmonica, je crois bien que j'aurais interprété le blues le plus triste de l'histoire de la note bleue, les yeux perdus dans les eaux de l'Hudson, de l'autre côté de la vitre.

Mes états d'âme résumaient fort bien la façon dont se déroulait le procès. Je n'avais jamais pu approcher la barre des témoins, les avocats de l'accusé multipliant les contretemps. C'est tout juste si la juge avait pu boucler la sélection des jurés en fin de journée.

Nous avions passé des heures à ronger notre frein. Je parle bien évidemment de ceux qui se trouvaient du bon côté de la barrière. Le pire était de voir Perrine boire tranquillement du Perrier, entouré de sa *dream team*. Il se retournait régulièrement vers moi pour m'adresser un clin d'œil avec son sourire arrogant de chat du Cheshire.

J'avais hésité à rentrer dormir à l'appartement, après la fin des débats et une discussion rapide avec Tara et ses collègues de l'accusation, avant de changer d'avis. C'est vrai, tout le monde dormirait sans doute lorsque j'arriverais au chalet, mais tant pis. J'éprouvais le besoin de retrouver les miens, en particulier Eddie et Brian.

Je continuais d'être rongé par la culpabilité.

C'était un miracle qu'ils aient survécu, que nous ne soyons pas en train de les pleurer à cet instant précis, au lieu de poursuivre nos vacances.

Je venais de voir défiler sur ma gauche les lumières du pont Tappan Zee quand m'est parvenu un texto de Mary Catherine. Elle voulait savoir si elle devait passer me chercher à Beacon. Je lui ai répondu de ne pas se déranger, que je prendrais un taxi.

Découvrir son joli minois à l'arrivée aurait fait le plus grand bien à mes yeux fatigués, mais il me restait une mission à accomplir avant de rentrer dormir.

J'avais rendez-vous avec les inspecteurs Moss et Boyanoski, qui m'avaient signalé des progrès dans leur enquête. Quarante minutes plus tard, je descendais du train et hélais le vieux taxi pirate qui attendait dans le parking désert de la gare de Beacon. À ma grande surprise, j'ai découvert derrière le volant une jeune Latino aux cheveux bleus, la lèvre inférieure percée de plusieurs anneaux. Elle avait un bras couvert de tatouages colorés, donnant l'impression d'avoir été agressée par un gang de tagueurs. Derrière tout ce cinéma se dissimulait une jeune fille de dix-sept ou dix-huit ans au regard doux, qui aurait été mieux inspirée de préparer tranquillement ses affaires de classe avant la rentrée au lieu de gagner un peu d'argent en s'improvisant taxi.

— Où ça ? m'a-t-elle demandé avant que j'aie pu m'inquiéter de savoir si ses parents étaient au courant de ses activités.

J'ai secoué la tête. J'avais suffisamment de soucis comme ça, inutile d'en rajouter.

— Commissariat de Newburgh.

Alors, je me suis laissé aller sur la banquette arrière.

58

Nous avons franchi le pont de Beacon en direction de Newburgh, la ville à l'abandon dans laquelle mes deux fils avaient failli perdre la vie.

Je ne revenais toujours pas du fossé séparant la cité en décomposition d'aujourd'hui du Newburgh de l'âge d'or, avec son architecture majestueuse. Une maison sur deux était de style gothique, ou grec, ou Queen Anne. Ces honorables «vieilles dames» avaient toutefois connu des heures meilleures. On ne comptait plus les fenêtres condamnées, ou béantes, et les motifs décoratifs des façades pourrissaient sur place.

J'ai secoué la tête d'un air navré en découvrant Broadway, l'artère à quatre voies qui traverse la ville. Avec ses parkings en pente et ses bâtisses de trois étages, elle figurait la quintessence de l'Amérique profonde. On aurait pu la croire tout droit tirée d'un tableau d'Edward Hopper. On s'attendait à tout instant à voir un tramway débouler d'un coin de rue, ou un vendeur de sodas sortir d'un drugstore, un nœud papillon autour du cou et un calot en papier sur la tête. À l'image de bien d'autres cités industrielles en déclin du Nord-Est, Newburgh évoquait pour moi la scène de *La vie est belle* de Capra où le héros voit sa ville telle qu'elle serait s'il n'avait pas existé. Quel gâchis. Comment avait-on pu laisser mourir un si bel endroit ? C'était à se demander si George Bailey, le héros de Capra, n'avait pas été victime d'une fusillade de rue perpétrée par un gang.

— J'aurais dû prendre Water Street, a murmuré ma conductrice avant de laisser échapper un hoquet affolé.

Le faux taxi était arrêté à un feu près de Lutheran Street. En me penchant, j'ai vu une bande d'ados blacks traverser devant l'auto. Tous portaient un bandana rouge, attaché au poignet ou dépassant de leurs casquettes et autres sweats à capuche. Leur démarche arrogante m'a instantanément rappelé l'attitude de Perrine dans la salle d'audience. Comme lui, ces gamins étaient habitués à instiller la peur chez les gens. Ils y prenaient même un malin plaisir.

Je me suis senti bouillir intérieurement. Mes collègues de Newburgh m'avaient bien prévenu que le trafic de drogue était dominé localement par les Bloods et les Latin Kings, et que mes fils avaient été victimes d'un affidé des premiers.

Je les ai regardés traverser, incapable de détacher mon regard de leurs signes de reconnaissance rouges. Je voyais rouge, moi aussi, en repensant au traumatisme subi par Eddie, que ces salopards avaient peut-être privé à jamais de sa joie de vivre.

Lorsque le feu est passé au vert, j'étais mûr. Je n'en pouvais plus.

— Attendez ! Arrêtez-moi là.

Ma chauffeuse de taxi aux cheveux bleus a ouvert de grands yeux.

— C'est quoi, c't'histoire ? Vous pouvez pas descendre ici. Z'êtes en plein quartier chaud, mec. Le commissariat est juste à deux ou trois rues d'ici.

J'ai déposé un billet de vingt sur le siège passager en guise de réponse, puis j'ai ouvert ma portière de la main qui ne tenait pas mon Glock.

J'avais quelques questions à poser, et j'entendais obtenir des réponses.

59

— Tiens, c'est quoi ce machin ? a ricané l'un des membres du gang en voyant le taxi s'éloigner. Avec un costume de merde pareil, on voit tout de suite que t'es pas un maquereau. T'appartiendrais pas à la maison poulaga de Newburgh ? À moins que tu sois Bill O'Reilly, le type de la télé ?

Ses copains ont éclaté de rire. Tous les commerces de cette portion de Broadway étaient fermés. Une forêt de grilles descendues à perte de vue. Les gens avaient préféré abandonner le terrain aux trafiquants de drogue. C'était aussi bien, sachant que les gangs comme les Bloods ont l'habitude de défendre leur territoire à coups de poing, de couteau, ou de feu.

Le petit plaisantin qui m'avait apostrophé était un gamin d'un mètre quatre-vingt-dix. Il devait avoir dans les dix-neuf ans. Souriant, très à l'aise, il s'amusait visiblement de la situation. L'ado adossé à la boîte aux lettres du coin de la rue a tiré une taf de son pétard avant de recracher un nuage âcre dans ma direction.

En m'approchant, j'ai senti un éclair de peur me traverser pour la première fois, la partie la plus rationnelle de mon cerveau prenant la mesure du pétrin dans lequel je m'étais fourré. Ils étaient six : deux d'entre eux étaient des avortons encore en âge d'aller à l'école, mais les autres étaient des racailles confirmées, tatouées et musclées par la prison sous leurs immenses T-shirts blancs. À sa posture, légèrement penché de côté, l'un d'entre eux au moins portait une arme à la ceinture.

Flic ou non, j'étais tout seul et je ne connaissais pas le quartier. Quelle mouche m'avait piqué ? On ne s'aventure jamais dans une zone comme celle-là sans renfort. Une unité d'élite, de préférence.

J'ai repris mes esprits, laissant Mr. Hyde prendre le dessus sur le bon docteur Jekyll.

— Non, non. Je ne suis pas Bill O'Reilly, ai-je ri.

Ils ont tous reculé, les mains en avant, en apercevant le gros Glock noir que je leur fourrais sous le nez. Les six racailles me regardaient avec des yeux écarquillés, pétrifiées sur place, comme si j'avais fait apparaître par magie un éléphant ou un bateau de croisière.

— J'ai besoin d'informations. Vous avez sûrement entendu parler des deux gamins abattus sur Lander Street la semaine dernière. Je vous écoute, les gars. Allez, plus fort. J'ai cru comprendre que celui qui a tiré portait une casquette rouge des Yankees. Vous aimez visiblement le rouge, comme lui, alors je me suis dit que vous fréquentiez peut-être le même magasin de fringues. Je ne répéterai pas la question : qui a tiré sur ces gamins ?

Ils me regardaient toujours, muets de saisissement.

J'étais prêt à tirer, et ils le sentaient. Ils lisaient clairement dans mes yeux que j'avais largement dépassé le stade de la plaisanterie.

Quand vous êtes flic, vous dégainez pour une seule raison : tuer. Il ne s'agit pas de tirer des coups de semonce ou de blesser l'adversaire au bras. Quand vous sortez votre arme, c'est avec l'intention de mettre une balle dans la tête ou la poitrine de l'adversaire, avant qu'il ait pu vous montrer l'exemple. Si vous n'êtes pas prêt à aller jusque-là, autant laisser votre arme dans son étui.

— Hé, doucement, le keuf, m'a tempéré le fumeur de pétard. On n'a rien fait. On n'est pas à Lander Street, on est dans les quartiers est. Doucement. On a rien contre toi, mec.

Mes doigts se sont crispés autour de la crosse du pistolet.

— Oh si, cousin. Ce que t'as pas compris, c'est que les gamins sur lesquels on a tiré, c'est les miens. C'est pas le flic qui te parle. C'est le père. Maintenant, vous allez me dire lequel des connards en rouge a tiré sur mes gosses, sinon vos mères et vos copines déposeront tellement de bougies sur ce trottoir qu'on se croira à Times Square.

Un crissement de pneus s'est élevé dans mon dos. L'espace d'un instant, j'ai paniqué, persuadé qu'on allait me renverser, ou me tirer dessus d'une voiture.

Le hululement réconfortant d'une sirène a brusquement couvert le grondement du moteur. Les pinceaux bleu et rouge d'un gyrophare ont transformé ce coin sinistre de Broadway en fête foraine. L'auto s'est arrêtée derrière moi.

Les Bloods se sont égaillés dans la nature en me voyant rengainer mon arme et me retourner.

Deux flics sont descendus d'une voiture banalisée.

— Salut, Mike. Tu prenais l'air ? m'a demandé Bill Moss en levant les yeux au ciel.

Son équipier, Ed Boyanoski, a secoué la tête en affichant une expression à mi-chemin de la déception et de l'admiration.

— La cavalerie. Juste à temps.

— Laisse-moi deviner, Mike. La journée a été rude ? s'est enquis Bill en m'invitant à monter à l'arrière.

J'ai souri en me frottant les mains.

— Je l'avoue, mais cette rencontre amicale m'a aidé à recharger les batteries.

60

Au lieu de me conduire au commissariat, les deux inspecteurs m'ont emmené dans un snack de nuit au nord de la ville, près de l'autoroute. Nous y avons retrouvé leurs collègues, installés autour d'un box semi-circulaire en skaï rouge, au fond de l'établissement au décor chromé.

J'ai ainsi fait la connaissance du sergent Grant Walrond et de l'agent Timothy Groover. Le premier, un jeune Black musclé à la Mike Tyson, était doté d'un solide humour pince-sans-rire. Le second était blanc et grand avec une coupe longue au niveau de la nuque qui le faisait ressembler à un agriculteur plus qu'à un flic. Tous les deux épris de leur boulot, ils constituaient l'âme de l'unité locale spécialisée dans les gangs.

Bill Moss est entré dans le vif du sujet.

— Walrond a appris cet après-midi que le tireur était un membre des Bloods, mais qu'il n'appartenait pas à la bande de Lander Street.

— Le jeune dont on nous a fourni l'identité est connu chez nous, a poursuivi le sergent. Il s'appelle

James Glaser, mais tout le monde le surnomme Jay D. C'est un Blood des quartiers est, une racaille de bas étage qui passe d'une bande à l'autre parce qu'il est incontrôlable. À dix-huit ans, il a été blessé par balle à deux reprises, rien que l'an dernier.

— Il est plus troué qu'une passoire, a marmonné Groover au-dessus de sa tasse de café.

— Vous dites qu'il passe d'une bande à l'autre. Combien comptez-vous de Bloods dans le coin ?

— À peu près cent cinquante en tout, m'a renseigné Walrond.

J'étais stupéfait.

— Dans une ville de trente mille habitants ? Depuis combien de temps ça dure ? Je croyais que les Bloods se limitaient à Los Angeles ?

— C'est vrai, m'a expliqué Groover. La plupart des gangs, comme les Bloods ou les Latin Kings, sont originaires de Los Angeles ou de Chicago. Le marché de la drogue est si juteux qu'ils ont commencé à essaimer pour élargir leur zone de chalandise. La plupart des types affiliés aux gangs de Newburgh viennent de New York. Plus particulièrement de la prison de Rikers Island, qui se trouve essentiellement sous la coupe des Bloods et des Latin Kings.

— En général, les gangs recrutent localement et passent des contrats avec les dealers au niveau de la rue, a précisé Walrond. Les racailles du cru sont enrôlées par les gangs qui leur apprennent leur culture et leurs lois. En très peu de temps, on se retrouve avec un gros problème sur les bras. Les ados de Newburgh ne sont pas différents des autres. Ils s'ennuient et cherchent à donner un sens à leur existence. Le premier chef de gang qui pointe le nez, c'est comme si on approchait une allumette d'un jerrycan d'essence.

— Pour donner un sens à leur existence, tu parles, est intervenu Bill Moss. Ils leur indiquent le moyen le plus rapide de se retrouver au cimetière, oui. On a comptabilisé sept meurtres l'an dernier. Six des victimes étaient des membres de gang de moins de vingt-cinq ans. La septième était une écolière fauchée par une balle.

Et moi qui me plaignais de la violence à New York !

Walrond s'est excusé car il venait de recevoir un texto.

— Quand on parle du loup, a-t-il expliqué après l'avoir lu. Un texto de Pops, un de mes indics. Pourquoi ne pas nous accompagner, Mike ? Il a grandi dans la rue, mais il ne supporte pas de voir ce qu'est devenu Newburgh. Surtout après ce qui est arrivé à vos gamins.

Walrond n'a pas eu besoin de me le demander deux fois.

Nous avons retrouvé Pops à une rue de là, dans le parking désert d'un cabinet médical. Un Black enrobé et bavard doté d'une voix grave qui rappelait celle de ce rappeur et amuseur des années 1980, Biz Markie.

— Comme je le disais au sergent, nous a expliqué Pops, c'est pas les Bloods qui ont buté ces gamins. C'est mauvais pour le business de tirer sur les clients, surtout les Blancs qui sont déjà pas très rassurés à l'idée de traîner dans ce coin pourri.

— Jay D fait pourtant partie des Bloods, l'a repris Walrond.

— Lui ? C'est trop un bouffon ! a répliqué Pops d'un air méprisant. Il est complètement ouf, ce raclo.

236

Il paraît même qu'il bosse pour les Kings. Y lui filent de la thune pour faire leur taf.

Mon sang n'a fait qu'un tour, pour la deuxième fois de la soirée.

— Leur *taf*? Abattre des gamins?

Walrond a posé une main sur mon épaule. Je me suis obligé à ravaler ma colère. Le mieux était encore de le laisser interroger lui-même son indic.

— Pourquoi les Kings engageraient-ils un Blood, Pops?

— Va savoir. Tout ce que j'sais, c'est que les Bloods sont vénères à cause des problèmes entre gangs, ces derniers temps. On dit que c'est à cause de ce Mexicain qu'on est en train de juger. Comment y s'appelle, déjà? Perrine. Eh ben, Perrine refile de la poudre mexicaine de première bourre pour pas cher aux Latin Kings, de South Beach jusqu'à Boston. Les Kings cassent les prix et les Bloods kiffent pas vraiment de se faire pécho leur bizness.

Perrine? Perrine aurait entretenu des rapports avec les Latin Kings qui avaient payé un Blood pour abattre mes garçons? Impossible. Ça ne tenait pas debout.

Walrond a senti que j'étais prêt à exploser.

— Merci, Pops, a-t-il remercié l'indic en le congédiant. On reste en contact.

61

Je ne savais plus quoi penser quand Walrond et Groover m'ont finalement raccompagné jusqu'au chalet du lac. Mary Catherine avait eu la bonne idée de me laisser de quoi manger. Un bon gros sandwich italien avec de la salade de pommes de terre que j'ai trouvés tout au fond de l'antique frigo, à l'abri des ados affamés. J'ai complété mon tour du monde culinaire en arrosant le tout d'une Pilsner Urquell glacée, une bière d'origine tchèque.

Qui a dit que la mondialisation était une calamité ?

Mon dîner improvisé terminé, je suis allé dans le salon et j'ai allumé la télé. Je suis tombé sur l'émission de Jay Leno. Une boîte de bonbons Lemonhead & Friends était posée sur la table basse. Je n'en avais pas mangé depuis une éternité, mais je me suis rué sur ces boules de gomme acidulées, allez savoir pourquoi.

Tout en engloutissant ces horreurs sucrées, j'ai regardé Leno interviewer un chef anglais insupportable que j'aurais volontiers fait taire à coups de poing. Les révélations de Pops tournaient en boucle

dans ma tête. Perrine et les Latin Kings, l'implica-
tion de ceux-ci dans le drame survenu à mes enfants.
Simple rumeur ? Pure invention de la part de Pops ?
Ce type-là n'avait pas vraiment une tête de témoin
fiable.

J'étais tellement sur les nerfs que j'ai sorti mon
portable et passé un coup de fil à Patrick Zaretski,
le responsable de l'unité d'intervention des Stups.
Il avait formé Hughie à son arrivée au sein de l'agence.
Depuis le meurtre de mon copain d'enfance, Zaretski
essayait de pénétrer les ramifications au sein du cartel
de Perrine, à la recherche des responsables. Si la fable
de Pops était fondée, il serait au courant. Il a décroché
à la quatrième sonnerie.

— Salut, Patrick. Mike Bennett à l'appareil. Désolé
de t'appeler aussi tard, mais j'ai besoin d'un petit service. Je suis tombé sur un indic à Newburgh. Il prétend
que Perrine fournit de la dope à tous les Latin Kings
de la côte Est. J'aurais voulu savoir si ça te semblait
crédible.

— Aucune idée, Mike, m'a-t-il répondu. Je me ren-
seigne et je te rappelle dans une heure.

En réalité, il lui a fallu moins d'une demi-heure.

— Tu as mis dans le mille, Mike. Nos renseignements confirment que les deux organisations
travaillent ensemble depuis la fin de l'année dernière.
Apparemment, la moitié de l'héroïne des Kings et
l'essentiel de leur coke proviennent des équipes de
Perrine. Son cartel fournit également le gang MS-13
et la grande majorité des dealers latinos du pays.
C'est bien la preuve que les cartels mexicains tiennent
le haut du pavé aux États-Unis. Excuse-moi de te poser

la question, Mike, mais cela a-t-il un rapport avec ce qui est arrivé à tes gamins ?

Tout en veillant à ce que l'information ne filtre pas dans la presse, j'en avais parlé à Patrick et quelques autres collègues.

— C'est précisément ce que j'aimerais vérifier. Je croyais à une mauvaise coïncidence, jusqu'à ce que l'indic dont je te parlais me raconte que le type qui a tiré sur Eddie et Brian avait été payé par les Latin Kings. Perrine pourrait-il savoir que je passe mes vacances dans le coin ? Aurait-il pu vouloir s'en prendre à mes enfants ?

— Malheureusement oui, Mike. Tu as vu son dossier, tu connais ses méthodes au Mexique. Tu ne serais pas le premier flic qu'il aurait pris pour cible. Ce type-là est un tueur, Mike. Et c'est toi qui l'as mis en cage. Je te laisse imaginer ce qu'il aimerait infliger aux tiens pour se venger.

Je suis resté sans voix, le portable collé à l'oreille. Mes enfants dormaient paisiblement dans leurs lits, à quelques mètres de moi. Mais pour combien de temps ? Comment les protéger avec un tel monstre à mes trousses ?

Mon téléphone a sonné très tôt le lendemain matin. Avant l'aube.

De toute façon, j'étais réveillé. Je m'étais levé en même temps que Seamus. Je lui montrais comment charger le fusil Remington de calibre 18 déniché dans le garage quelques jours plus tôt, dissimulé derrière des pagaies de canoë. L'idée de devoir enseigner à ce vieil homme paisible, prêtre de surcroît, le manie-ment d'une arme à feu me révoltait. C'était pourtant le meilleur moyen d'assurer sa sécurité et celle des enfants.

Suite à ma conversation de la veille avec Patrick Zaretski, tout indiquait que Perrine avait décidé de s'en prendre aux miens. L'heure n'était plus aux atermoiements.

J'ai reconnu la voix de l'inspecteur Ed Boyanoski en décrochant.

— Désolé de t'appeler si tôt, Mike. Je voulais te pré-venir qu'un témoin vient d'identifier l'agresseur de tes enfants. Le procureur nous a donné son feu vert, on s'apprête à aller le cueillir et j'ai pensé que tu voudrais être présent.

— Et comment !

— Dans ce cas, on passe te prendre dans dix minutes.

Mary Catherine est entrée dans la cuisine au moment où je raccrochais. Elle a ouvert des yeux comme des balles de tennis en découvrant Seamus dans son pyjama du Manhattan College, un fusil à pompe à la main.

— Au nom du ciel, que se passe-t-il ? a-t-elle demandé.

Seamus lui a retourné un sourire canaille.

— Trois fois rien. Notre jeune Michael m'expliquait comment charger ce fusil.

— Donnez-le-moi, a-t-elle répliqué.

Elle lui a gentiment pris l'arme des mains. L'instant d'après, elle insérait quatre cartouches dans le magasin.

— De quel modèle s'agit-il ? C'est un Remington 870, non ? s'est-elle enquise en chassant une mèche blonde de ses yeux.

J'ai hoché machinalement la tête, éberlué.

Elle a mis le cran de sûreté avant de manœuvrer la culasse, puis elle a épaulé le fusil et visé le mur avec un hochement de tête approbateur. Elle a conclu son examen en éjectant les cartouches sur la table de la cuisine en un tournemain, saisissant la dernière au vol.

Elle m'a tendu le Remington.

— Où avez-vous appris ça ? lui ai-je demandé en réprimant un sourire.

— J'ai grandi dans une ferme, Mike. Tipperary n'est peut-être pas le Far West, mais il y avait parfois des disputes dans le coin. Jamais chez nous, pourtant.

J'ai éclaté de rire. Je n'étais pas au bout de mes surprises avec cette séduisante jeune femme.

Elle a mis les mains sur les hanches, dans une position à la Wonder Woman.

— Maintenant, le jour où il faudra préparer une arme ici en l'absence de Mike, c'est moi qui m'en charge. Compris, messieurs ?

— D'accord, Calamity Jane.

Le surnom a fait naître un sourire sur son visage. Seamus nous a observés longuement en croisant les bras, sourcils froncés.

— Dans ce cas, je retourne me coucher, a-t-il laissé tomber avant de s'éloigner en marmonnant : On ne me laisse jamais m'amuser, dans cette famille.

63

Un léger coup de klaxon a retenti quelques minutes plus tard.

— Où partez-vous à une heure pareille ? s'est étonnée Mary Catherine en me voyant accrocher à ma ceinture l'étui de mon arme.

J'ai failli lui expliquer, avant de changer d'avis. Autant ne rien dire tant que nous n'aurions pas coincé le salopard qui avait blessé Eddie et Brian.

J'ai rabattu ma chemise au-dessus du Glock.

— Nulle part. Je dois passer voir un type au sujet d'un chien enragé.

— Alors évitez les morsures, Michael. J'ai assez de Bennett abîmés sur les bras.

— Pas de souci, j'ai pensé à prendre une laisse.

J'ai brandi la paire de menottes dissimulée dans la poche de mon blouson.

Deux voitures de patrouille s'étaient jointes au véhicule banalisé à l'arrière duquel j'avais pris place. Ed et Bill avaient pensé à m'apporter un café, et un gilet pare-balles m'attendait sur la banquette arrière.

Je l'ai enfilé aussitôt.

— À ma taille, en plus ? Les gars, vous êtes les meilleurs.

Nous avons mis vingt bonnes minutes à rejoindre Bay View Terrace. La rue où vivait le suspect était plutôt agréable. Les maisons disposaient d'une vue spectaculaire sur l'Hudson. À moins d'une heure et demie de Manhattan ? L'immobilier à Newburgh aurait été hors de prix sans l'explosion de la délinquance. Les premières lueurs du jour apparaissaient au-dessus de Beacon lorsque nous nous sommes rangés le long du trottoir.

— C'est là que vit sa tante, m'a expliqué Bill. Il se cache chez elle depuis qu'il a su qu'on le recherchait.

Un chien du voisinage s'est mis à aboyer. L'une des voitures de patrouille s'était postée dans la rue de derrière, au cas où il prendrait à Jay D l'idée de s'enfuir par le jardin. La radio de Boyanoski s'est animée.

— Attention, a grésillé la voix de l'un des occupants de la voiture de patrouille garée derrière nous. J'aperçois quelqu'un dans la maison d'en face avec un objet de forme allongée entre les mains.

La tension est montée d'un cran. La police locale croyait savoir que les Bloods disposaient d'armes automatiques, notamment des AK-47.

Une vieille femme en survêtement a poussé la porte de la maison concernée, un balai à la main. Elle a entamé le nettoyage du porche en marmonnant.

— Fausse alerte. Une mamie qui fait du zèle, a nasillé la voix du flic dans la radio.

— À moins qu'il ne s'agisse de la méchante sorcière de West Newburgh, a grommelé l'inspecteur Moss en soupirant.

64

— C'est bon, nous sommes en position, a signalé par radio le flic de l'autre voiture de patrouille.

— Compris, mon kiki, a commenté Ed Boyanoski en attrapant un bélier. On y va.

Le bélier ne nous a finalement pas été utile. Au moment où nous mettions le pied sur le porche, la porte s'est ouverte et un grand Afro-Américain en combinaison de chantier bleue est apparu sur le seuil. Il agitait les mains au-dessus de sa tête.

— Du calme, du calme ! Inutile de bousiller ma belle porte toute neuve. Je suppose que vous venez chercher James ?

— Vous supposez bien, a répondu Moss.

— Dieu soit loué, a soupiré le type en nous invitant à entrer à sa suite. Alléluia.

Il a mis la main en porte-voix.

— Femme ? Va chercher cet enfant !

Une vieille dame noire toute menue est entrée dans la pièce quelques instants plus tard, un bras passé autour des épaules d'un ado trapu à l'air mauvais. Vêtu d'un short et d'un marcel blancs, des tongs aux pieds, il était coiffé d'une casquette des Yankees rouge sang.

— C'est pas normal. Pas normal, a déclaré la tante en voyant Ed et Bill passer les menottes à Jay D après l'avoir palpé. James est un bon gamin.

— Je n'en doute pas, madame, lui a répondu Moss. En attendant, nous aimerions voir sa chambre, si c'est possible.

— Ne vous gênez surtout pas, est intervenu l'oncle. La chambre du bon gamin est à droite, en haut de l'escalier. Évitez de vous prendre les pieds dans son stock de bibles et de tenues d'enfant de chœur.

— J'ai rien fait, s'est défendu Jay D, une fois informé de ses droits et installé à l'arrière de la voiture.

Ed s'est installé à côté de lui, préférant me voir monter à l'avant où je ne risquais pas d'étrangler son prisonnier.

— Tout ça, c'est des conneries, mec, s'est écrié le jeune voyou en se débattant sur la banquette. Vous feriez pas tant de cinéma si les gamins qui se sont pris une balle à Lander Street avaient pas été blancs.

— Je constate qu'on n'a pas encore démarré et que tu nous sors déjà la carte du racisme, a remarqué Boyanoski en prenant un air navré. On a pourtant mené une enquête, l'an dernier, quand tu t'es fait tirer dessus. Non ? Pardon, *deux* enquêtes.

— C'est des conneries, mec, a répété Jay D en tapant du pied. Vous croyez que je suis pas au courant ? Vous emmerdez le monde parce que les deux mômes blancs étaient des fils de flic.

Nous avons échangé un regard surpris, Bill Moss et moi. Je me suis retourné en regardant le voyou droit dans les yeux, mon badge à la main.

— Tu as tout à fait raison. Nous autres flics, ça nous met gentiment en pétard quand des gens comme toi tirent sur nos enfants. Moi aussi, j'appartiens à un gang. Le NYPD. On ne nous distribue pas de torchons minables comme vous, mais on nous refile des casquettes plutôt cools.

Le gamin a ricané en m'observant du coin de l'œil.

— C'est toi, pas vrai ?

Il a hoché la tête, un grand sourire aux lèvres.

— Bennett ? J'en étais sûr. C'est pas seulement des conneries racistes, c'est des conneries de flic raciste.

— Une petite question en passant, James, s'est interposé Ed. Comment étais-tu au courant ? On a délibérément oublié de préciser aux journaux qu'il s'agissait des enfants d'un flic.

J'ai haussé le ton :

— Combien t'ont payé les Latin Kings ? J'espère que ça valait le coup, au moins. Parce que si tu penses que j'ai fait intervenir mes relations pour accélérer l'enquête, je peux t'assurer que je vais secouer le cocotier quand il s'agira de te présenter l'addition.

Jay nous a dévisagés l'un après l'autre. Il se mordillait la langue à la façon d'un chiot s'acharnant sur un os en caoutchouc. Et puis il s'est ratatiné dans un coin, comme si la banquette était pourvue d'une trappe de secours.

— C'est bon. Je veux mon avocat, a-t-il grommelé. Je dis plus rien.

— Tu as décidé de te taire ? a réagi Bill Moss en enclenchant une vitesse. Promis juré, James ? Alléluia, Dieu soit loué !

65

Nous avons organisé ce soir-là le barbecue de l'année. Le gril à trois feux installé sur le ponton débordait de hamburgers, de hot-dogs, d'épis de maïs, de poivrons, de kebabs. J'avais même trouvé un chapelet de saucisses italiennes dans une épicerie, en même temps que du vrai pain italien façon New York dans lequel glisser saucisses et poivrons. Tony Soprano m'aurait tiré son chapeau.

Je me suis tourné vers Seamus, à peine visible à travers le nuage de fumée.

— Alors, mon Père ? Comment dit-on «l'honorable société» en gaélique ?

Comment ne pas se réjouir ? La bête enfin prise au piège, il ne restait plus qu'à mettre le barbecue en route et à rompre le pain, comme Beowulf et les siens après avoir vaincu Grendel.

Cela dit, Beowulf n'en avait pas terminé pour autant. Ne s'attaquait-il pas ensuite à la mère de Grendel ? La leçon valait pour moi, car Perrine n'avait toujours pas été éliminé. J'ai avalé une gorgée de ma bière glacée en essuyant mon front moite à l'aide du gant réservé au barbecue. Le tout était de les coincer contre un mur et de les abattre l'un après l'autre. En y repensant, c'était la technique de Hughie. Elle avait montré ses failles. Pauvre Hughie. C'est fou ce qu'il me manquait.

La moitié de la police de Newburgh nous a rendu visite ce soir-là. Ed Boyanoski est venu en compagnie de sa femme Celia et de leurs trois gamins ; Bill Moss était là aussi, avec son épouse Cordelia et leurs deux filles. Walrond et Groover avaient fait le déplacement avec leurs smalas respectives. Notamment la toute jeune Mme Walrond et sa ravissante petite Iris de quatre mois. Mes filles se sont attroupées autour du siège bébé, près duquel elles sont restées scotchées toute la soirée. Mary Catherine aussi, pour une raison qui m'échappe.

Tout était bien qui finissait bien. Pour l'heure, en tout cas. Même la chirurgienne qui avait opéré les garçons, Mary Ann Walker, est passée rapidement, le temps d'une bière. Elle connaissait déjà Ed, qui faisait partie comme elle du conseil d'administration de la Société d'histoire de Newburgh. J'ai également appris qu'Ed, un ancien Marine, occupait les fonctions de diacre à l'église Saint-Patrick, en centre-ville, et consacrait une bonne partie de ses loisirs à entraîner les équipes de basket masculine et féminine de la paroisse.

— Tu sais, Mike, les gens sont persuadés que la guerre avec les gangs est perdue d'avance, m'a-t-il expliqué. Je ne suis pas d'accord. Je reste persuadé qu'on peut très bien regagner le terrain perdu. Je suis de Newburgh et je compte bien y rester.

Ed était un type formidable. Comme tous les autres. Des gens dévoués à leur communauté qui tentaient d'agir au mieux étant donné les circonstances.

— Décidément, Mike, tu es le roi de la fête, m'a félicité un Groover en maillot de bain, allongé sur une chambre à air au bord du ponton.

Il tenait un sandwich saucisse-poivron d'une main et une bière de l'autre.

— Je n'ai pas tellement eu l'occasion de m'amuser ces derniers temps, alors je mets les bouchées doubles. Grâce à vous, toute ma petite famille s'apprête à laisser ses soucis derrière elle.

— Combien de gosses as-tu, en tout ? m'a demandé Groover.

J'ai secoué la tête.

— Mon pauvre vieux ! Ça fait longtemps que j'ai perdu le compte !

Groover a regardé sa bière d'un air songeur avant de la lever.

— Plus on est de fous, plus on rit.

J'ai imité son geste, après avoir jeté un regard en coin du côté de mon fils Eddie, en train de discuter et de rire avec l'un des enfants Boyanoski.

— Plus on est de fous, plus on rit.

J'étais trop heureux de répéter la devise du clan Bennett.

La fête s'est achevée aux alentours de 21 heures, comme la plupart des fêtes entre flics, sur des poignées de main gentiment éméchées et la promesse de recommencer bientôt.

Tout le monde s'était vraiment amusé, à commencer par nos gosses qui avaient fini par former des équipes en fin de soirée, histoire de se lancer dans une partie de ringolevio[1] épique. Eddie s'est fait prendre le dernier alors qu'il tentait de libérer ses coéquipiers dans un sursaut d'héroïsme. Entendre à nouveau son rire en cascade au moment où l'adversaire lui mettait le grappin dessus resterait pour moi le plus beau moment de cette soirée. Et même le plus beau moment du mois.

Je me suis penché vers Mary Catherine à l'instant où les derniers phares s'éloignaient.

---

1. Le ringolevio, ou ring-a-levio, est une forme de jeu de gendarmes et voleurs née dans les rues de New York. *(N.d.T.)*

— Ces types de Newburgh sont décidément des gens bien.

— C'est la bière qui vous rend sentimental, Mike ? a répliqué Mary Catherine en lançant un coup d'œil à la Heineken à moitié pleine que je tenais à la main.

J'ai pris un air coupable.

— Euh… pas uniquement.

Le chalet, le jardin, le ponton surtout ressemblaient à un champ de bataille après le passage d'une armée de pillards. Avec Mary Catherine, nous avons résolument tourné le dos aux assiettes en carton sales et préféré partir en exploration autour du lac en laissant les enfants, abrutis de fatigue et de coups de soleil, à la charge de Seamus. Nous avons rejoint le petit sentier forestier que j'avais écumé une semaine plus tôt, à la recherche de Brian et Eddie. Nous arrivions en haut d'une butte quand Mary Catherine s'est brusquement retournée.

— Regardez comme c'est beau, s'est-elle extasiée.

J'ai suivi des yeux la direction de son doigt. Un quartier de lune teinté de rose arrosait les arbres de sa lumière argentée. Dans son sillage, des myriades d'étoiles dessinaient une traîne magique dans l'immensité du ciel bleu nuit. À cet instant précis, nous étions seuls au monde.

Nous nous sommes assis et j'ai improvisé un pique-nique à la belle étoile en étalant sur une vieille couverture en laine le cheddar et le raisin que j'avais pensé à emporter, arrosés par une bouteille de sauvignon frais que j'ai débouchée à grand-peine avec mon porte-clés Leatherman, faute d'avoir pensé à me munir d'un tire-bouchon.

J'ai rempli deux gobelets en plastique.

— Je croyais qu'on n'était pas censé mélanger le vin et la bière, m'a fait remarquer Mary Catherine en s'allongeant sur le ventre, hypnotisée par la nuit.

— Sauf lors des pique-niques à la belle étoile, ai-je répondu, assis en tailleur en face d'elle.

Mary Catherine a fermé les yeux en bâillant.

— Vous savez ce qui serait super, Mike ?

— Dites-moi.

— Prendre de vraies vacances. Avec vous, sans que vous alliez constamment travailler.

La remarque m'a fait rire.

— Des vacances sans travailler ? Vous devriez déposer un brevet.

Elle a soupiré.

— Alors, pourquoi ne pas s'accorder une vraie soirée tous les deux, Mike ? Trois ou quatre heures rien que pour nous. Sans enfants, sans téléphone. Tous seuls, portés par le plaisir d'être ensemble. J'aimerais tellement. Pas vous ?

Une vague de remords m'a envahi.

— Vous avez raison.

Comment pouvais-je me montrer aussi rustre avec elle ? Il était temps que j'arrête de profiter de sa générosité, ou je pourrais bien m'en repentir un jour ou l'autre.

— Vous avez tout à fait raison. Je vous promets de me rattraper. Je demanderai à Seamus de prendre le relais et nous irons où vous voulez. Une sortie en ville à tout casser. Où aimeriez-vous aller ?

Une minute s'est écoulée dans le silence. Comme je m'étonnais de ne pas la voir réagir, j'ai posé les yeux

254

sur elle. J'ai ri intérieurement : elle dormait à poings fermés.

J'en ai profité pour ramasser les restes de notre pique-nique improvisé.

— Hé, la Belle au Bois dormant ? Qu'ai-je fait pour mériter une fille aussi ravissante que vous ?

67

Le lendemain matin, le jour n'était pas encore levé quand on a sonné à la porte. Les tempes vrillées par la gueule de bois, les yeux mal en face des trous, je me suis étalé dans un pouf à billes en me prenant les pieds dans une bouée au moment où je traversais le living plongé dans l'obscurité. Vêtu de mon seul caleçon, je me suis approché de la fenêtre. Une voiture de patrouille de la police de Newburgh était garée devant le chalet. Une silhouette en uniforme se tenait sur le porche.

Je lui ai ouvert la porte.

— Bonjour.

Le sourire de la jolie flic black s'est figé. Elle a rougi en voyant ma tenue pour le moins spartiate.

— Désolée de vous déranger aussi tôt, inspecteur Bennett, s'est-elle reprise. Je suis ici à la demande de l'inspecteur Boyanoski. Il a essayé de vous appeler, mais ça ne répondait pas. C'est au sujet de l'agresseur de vos fils. Jay D, le membre des Bloods. James Glaser. Il a été assassiné la nuit dernière dans sa cellule.

Elle n'a pas eu besoin de me le dire deux fois. Je me suis jeté dans un jean, j'ai enfilé un polo à la hâte, attrapé mon Glock au vol et suivi ma charmante messagère, une jeune recrue du nom de Belinda Jackson. Bill et Ed m'attendaient sur le parking du commissariat de Newburgh. Derrière eux, les premiers rayons du soleil venaient d'apparaître au-dessus de l'Hudson.

Je suis descendu de la voiture de patrouille.

— Laissez-moi deviner : la fête est terminée, c'est ça ?

— Notre ami James Glaser a été terminé, lui aussi, m'a répondu Bill Moss en ouvrant la portière arrière de sa Ford banalisée, avec la classe d'un chauffeur stylé.

Le temps d'avaler un café et un petit déjeuner éclair au snack qui leur servait de QG, nous avons rallié le centre pénitentiaire de Shawangunk dans la ville voisine de Wallkill, où Glaser avait été transféré. Dans les prés inondés de soleil, des chevaux côtoyaient des rangées de maïs. J'ai secoué la tête en repensant au gamin de dix-huit ans que nous avions arrêté la veille. Comment la mort avait-elle trouvé le moyen de gâcher une aussi belle journée ? Comment un paradis tel que celui-ci avait-il pu se laisser infester par les gangs ?

Après avoir montré patte blanche et franchi les portes de cet établissement de haute sécurité, nous avons été conduits dans la forteresse où nous attendait le directeur adjoint dans son bureau du rez-de-chaussée.

Kenneth Bozman était un fonctionnaire bien mis au visage tout en rondeur.

— Vingt détenus du bâtiment B ont été autorisés à se rendre dans la cour intérieure vers 19 heures, comme tous les soirs, nous a expliqué notre interlocuteur en tambourinant de ses doigts aux ongles rongés sur un classeur métallique. À 19 h 30, James Glaser a été pris à partie par un autre détenu noir. Glaser était mort de chez mort quand nos équipes sont intervenues. Son agresseur se trouvait toujours là. Gary McKay, un détenu condamné à perpétuité. Nous l'avons mis à l'isolement depuis l'incident.

— Comment l'a-t-il tué ? a demandé Boyanoski.

Bozman a cessé son manège en pointant du doigt un creux du cou, au-dessus de son col de chemise.

— Il a inséré l'extrémité acérée d'un manche à balai au niveau de la clavicule de Glaser, et l'a enfoncé jusqu'au cœur. Incroyable. Nous sommes à la tête d'un établissement difficile, mais nous faisons régner une discipline de fer. C'est notre premier meurtre depuis 2003.

— Que raconte McKay ? s'est enquis Bill.

— Je suis surpris que son nom ne vous dise rien. Un vieux de la vieille qui dirigeait le trafic de drogue sur Newburgh dans les années 1980. Il a été condamné pour triple meurtre et tentative de meurtre sur la personne d'un flic. Il dirige les Bloods au sein de l'établissement. J'imagine qu'il s'agit d'un règlement de comptes entre Bloods ?

— Vous imaginez bien, a approuvé Ed.

— C'est bien ce que je pensais. McKay est une brute sanguinaire, mais de là à embrocher un petit nouveau au prétexte qu'il ne l'a pas regardé comme il faut…

— Nous aimerions nous entretenir avec lui, si c'est possible, a suggéré Bill Moss.

— Attendez-moi ici, a répondu Bozman. J'en parle au directeur.

Il était de retour moins d'une minute plus tard.

— Désolé, les gars. Vous tombez mal. McKay a été conduit au palais de justice de Shawangunk pour y être inculpé. Vous devriez pouvoir l'interroger là-bas.

68

À peine sortis de la prison, nous avons rejoint Shawangunk. On m'a expliqué que les autochtones prononçaient le nom de leur ville « Shawngum ». Allez comprendre.

Une petite bourgade proprette, essentiellement constituée de fermes entourées de haies ou de clôtures en bois peintes en blanc. Le centre, d'après ce que j'ai pu en voir, se limitait à un marchand de pizzas, une petite usine, un château d'eau et le bâtiment en moellons abritant la bibliothèque. Le palais de justice se trouvait dans la nouvelle mairie, en périphérie de la ville. Un bel édifice en brique précédé d'une pelouse impeccable, fraîchement tondue.

McKay se trouvait déjà dans la salle d'audience, en compagnie d'un aréopage de gardiens de prison et de flics. L'air mauvais, son énorme corps couvert de tatouages et une barbe qui lui mangeait le visage, il faisait un peu penser à Rasheed Wallace à l'époque où celui-ci jouait avec les Detroit Pistons. Nous avons demandé à ses anges gardiens l'autorisation de lui parler, en attendant l'arrivée du juge et de l'avocat commis d'office par l'État.

Ils ont accepté sans une hésitation.

Nous avons emmené McKay dans une grande salle de réunion voisine de la salle d'audience. La pièce sentait encore la peinture. Elle était meublée de chaises pliantes face à une estrade qu'encadraient le drapeau des États-Unis et celui de New York. McKay, gêné par les chaînes qui lui entravaient chevilles et poignets, nous a suivis en traînant des pieds sous bonne escorte. Il s'est assis sur l'une des chaises pliantes dans un cliquetis de chaînes en fermant les yeux, le front barré d'un pli. Sans se laisser impressionner, Bill Moss a déplié un siège qu'il a installé face au géant. Une fois assis, son carnet ouvert à la main, il touchait presque les genoux de McKay avec les siens.

Le contraste entre les deux hommes était frappant. Autant Bill était un gros nounours, l'un des types les plus avenants et amicaux qu'il m'avait été donné de rencontrer, autant McKay évoquait un grizzly affamé. Même assis, il dépassait Bill d'une bonne tête.

J'avais le cœur serré en voyant l'air fatigué, presque déprimé de Bill. Ce dernier avait grandi à Lander Street, avant que le quartier bascule dans la violence, et le déclin récent de sa ville affectait clairement ce flic confirmé qui avait trente ans de carrière au compteur.

— C'est quoi, ce bordel ? a grondé McKay en ouvrant un œil sur Bill. Encore des flics ? Putain, combien de fois faudra vous le répéter ? J'en ai ras le cul de vos conneries.

— Je suis l'inspecteur Moss, s'est présenté Bill comme si de rien n'était.

Il a sorti de sa poche un stylo dont il a actionné le mécanisme machinalement à plusieurs reprises avant de poursuivre :

— Nous faisons partie de la police de Newburgh et nous aurions quelques questions à vous poser.

— Pas de souci. J'ai déjà répondu aux autres et j'ai rien à cacher. J'ai tué Jay D parce qu'il avait trahi la nation des Bloods. Il a accepté de travailler pour les Sud-Américains en faisant passer la nation des Bloods pour des bouffons. On m'a appelé pour me le signaler, j'ai fait ce qui fallait. Maintenant, collez-moi perpète une deuxième fois si ça vous chante, mais foutez-moi la paix. Putain de merde.

J'ai croisé le regard de Boyanoski. Il était aussi stupéfait que moi. L'arrogance et l'absence de respect pour la vie humaine qu'affichait McKay étaient surprenantes, même de la part d'un membre de gang aussi endurci.

Bill n'a pas eu l'air de s'en émouvoir, se contentant de hocher la tête en prenant des notes.

— Vous dites qu'on vous a appelé. Pouvez-vous m'en dire davantage sur votre correspondant ? Vous pourriez m'éclairer ?

— T'éclairer avec quoi ? Attends, mec, a rétorqué McKay en refermant les yeux. Ton enquête est finie avant même de commencer. T'as plus qu'à rédiger ton rapport. Il fallait buter Jay D, je l'ai buté. Je te signe ce que tu veux et je retrouve ma cellule avant l'heure du déjeuner. Il y a des sandwichs au fromage fondu, c'est mon plat préféré. Fin de la discussion. J'ai plus rien à dire.

Nous nous sommes à nouveau regardés, Ed et moi. Bozman avait raison d'affirmer que ce type était un psychopathe. Comment pouvait-on se montrer aussi insensible ?

— Très bien. C'est parfait. Merci d'avoir accepté de nous parler, monsieur McKay, a conclu Bill en refermant son carnet et en rangeant son stylo dans la poche de sa veste.

Il se dirigeait vers la porte quand il s'est retourné.

— À vrai dire, il reste un dernier petit détail, monsieur McKay.

Il est revenu sur ses pas avant de s'asseoir à nouveau en face du détenu.

McKay a émis un bruit de bouche agacé en voyant Bill ressortir fastidieusement son carnet et son stylo.

— Quoi encore, mec ?

— Je souffle mes cinquante bougies ce soir, a répondu Bill en tournant et retournant le stylo entre ses doigts. Je vais dîner au Peter Luger Steak House à Brooklyn. Vous connaissez ? Le meilleur restaurant de viande de New York. Peut-être même de la planète.

— Ouais, j'me réjouis d'avance pour toi, mon frère. Au cas où t'aurais pas remarqué, j'essaye de dormir, a grommelé McKay.

— J'ai invité ma famille et mes amis, y compris mon frère jumeau. Normal, c'est aussi son anniversaire. Il y aura aussi ma mère de quatre-vingts ans, mes enfants. Après s'être embrassés en se montrant les dernières photos de famille sur nos téléphones portables, j'ai l'intention de commander un steak épais comme un annuaire que j'arroserai d'un pinot noir à cent dollars la bouteille. En rentrant chez moi, j'ouvrirai une bouteille de veuve clicquot glacée que je dégusterai dans mon jacuzzi avant de faire l'amour avec ma femme dans le super lit Bob-O-Pedic qu'on vient de s'acheter.

McKay a soulevé les paupières et posé un regard perplexe sur son interlocuteur.

— Après ça, savez-vous ce que je ferai, monsieur McKay ? Je m'agenouillerai et j'implorerai le bon Dieu que l'État de New York vous condamne à la peine de mort de façon à réparer une grossière erreur de la nature. La société a fait preuve de beaucoup de clémence en ne vous exécutant pas pour les trois premiers meurtres que vous avez commis, que lui avez-vous donné en échange ? Vous en avez profité pour assassiner un quatrième être humain à l'aide d'un morceau de bois taillé en pointe.

— C'est quoi votre question ? a fini par réagir McKay au terme d'un long silence.

Bill l'a pointé avec son stylo.

— Ce n'est pas une question, mais plutôt une morale. Il y a quelques minutes, vous vous en souvenez probablement, vous m'avez appelé « mon frère ». Eh bien, la morale de l'histoire est que je ne suis pas votre frère et que je ne le serai jamais, car vous n'êtes qu'un vulgaire sac à merde. Mon frère, comme moi, a une vie, une famille, des enfants, des collègues, toutes sortes de gens qu'il aime et qui l'aiment de retour. Vous ? Vous n'avez que des victimes. Avant de m'en aller, je souhaitais vous signaler que si le destin m'avait infligé la honte d'avoir un frère comme vous, je chercherais un gratte-ciel et j'en sauterais sans hésiter.

Bill Moss a fermé son stylo dans un ultime cliquetis.

— J'en ai terminé, a-t-il déclaré en quittant la pièce.

69

Un peu après minuit, le sergent Dermot McDonald, de la police de Newburgh, descendait River Road au volant de sa voiture lorsqu'il bifurqua sur la petite route conduisant à la vieille raffinerie surplombant les eaux de l'Hudson.

Le complexe était fermé, son aire de parking déserte. Quelques camions-citernes derrière un haut grillage, les voies de chemin de fer, le fleuve que le courant faisait scintiller, et lui. L'endroit idéal pour s'accorder une petite sieste.

Ou m'amuser un peu, pensa McDonald en fouillant dans le sac à dos posé au pied du siège passager.

Le sac contenait trois paquets blanchâtres gros comme des pains de savon, enveloppés dans du papier cellophane. Trois kilos de cocaïne pure, dérobés aux Latin Kings lors d'une descente la semaine précédente, qu'il comptait refiler à Dave Crider, l'un des leaders des Bloods, un vieux copain qui appartenait à la même équipe de basket que lui au lycée.

Le flic, un fier quarantenaire avec des cheveux argentés et des lunettes aux verres non cerclés, referma le sac. Il tira de la poche de sa chemise d'uniforme un chewing-gum Nicorette qu'il glissa dans sa bouche avec un large sourire. C'est tout juste s'il ne sentait pas déjà le doux parfum des soixante-quinze mille dollars en beaux billets bien gras de dix et de vingt, nets d'impôts, que son pote dealer devait lui apporter.

En guise de cadeau d'anniversaire, il comptait emmener sa nouvelle petite amie Amelia à Ibiza le week-end de la fête du Travail, histoire de profiter un peu de l'un de ces groupes de techno dont elle raffolait. Amelia avait vingt-huit ans, des cheveux bruns, des yeux sombres et des tatouages sur les deux jambes, de la taille aux doigts de pied. Il avait parfois l'impression de se faire un monstre de foire, genre siamoises ou femme à barbe, mais qu'en avait-il à foutre qu'elle se peigne de la tête aux pieds, tant qu'elle était jeune et active au lit ?

La vie était décidément un drôle de truc. Jusqu'à l'année précédente, il était ce qu'on appelle couramment un mari heureux. Il avait demandé le divorce le jour où il avait découvert que sa femme le trompait avec un voisin, le propriétaire du pavillon situé tout au bout de sa rue en cul-de-sac.

L'amant en question, d'origine turque, était prof de physique au Mount Saint Mary College. Un petit bonhomme chauve, la cinquantaine, qui ressemblait au comte dans la série télévisée *1, rue Sésame*. Il arrivait encore à McDonald d'entendre ce gnome se moquer de lui quand il fermait les yeux. « J'ai couché avec ta femme une fois, deux fois, trois fois, quatre fois. Ha, ha, ha ! »

En fin de compte, il n'y avait pas perdu au change. Le divorce avait fait de lui un homme neuf en le poussant à revoir ses priorités. Il avait retrouvé sa silhouette de vingt ans, mangeait sain, courait, faisait de la musculation et du VTT, rencontrait des gens plus jeunes. C'est ainsi qu'il avait fait la connaissance d'Amelia. Il avait surtout franchi un cap en trouvant une place à sa mesure sur le marché de la drogue local, ce qui lui permettait de toucher enfin un peu de fric au lieu des cacahuètes que lui refilait la Ville.

Finis les problèmes de pension, sourit-il intérieurement en tapotant le sac plein de coke.

Il avait renoué avec Dave pour cette raison. Au lieu de l'aider à marquer des paniers comme autrefois, il lui refilait des tuyaux tout en assurant sa protection, en échange de quoi Dave lui donnait deux mille dollars par semaine, sans passer par la case impôts. Il utilisait également les infos que lui fournissait Dave pour opérer des descentes chez les Latin Kings et leur piquer de la dope. Un deal gagnant-gagnant absolument imparable.

Il avait encore gagné cinq plaques la veille en travaillant pour Dave. Grâce aux contacts qu'il possédait dans l'univers pénitentiaire, il avait contribué à signer l'arrêt de mort d'un petit renégat au sein des Bloods, une racaille du nom de Jay D. C'est dingue le nombre de plans lucratifs qui traînaient dans la nature, une fois qu'on y prêtait un minimum d'attention.

Rien à foutre de la planète, pensa McDonald. Sa femme, le service, les habitants de Newburgh. Il avait mis le temps, mais il avait fini par comprendre.

Il roulait désormais pour lui-même. Son unique regret était de ne pas avoir pensé à devenir un ripou plus tôt.

Il consulta à nouveau sa montre. Bizarre. Dave n'était pas du genre à arriver en retard.

Le sergent McDonald fronça les sourcils et décida d'exécuter un demi-tour de façon à se présenter face à l'avenue, protégé sur ses arrières par l'Hudson.

Dave avait beau être un pote, le monde n'était pas peuplé d'enfants de chœur et on ne se montrait jamais trop prudent.

Tout en mâchant son chewing-gum, il vit briller dans sa tête les yeux magnifiques de sa petite amie à la lueur des stroboscopes.

70

À un kilomètre de la raffinerie le long de laquelle stationnait la voiture de patrouille du sergent McDonald, un yacht flambant neuf de quinze mètres de long se balançait lentement sur l'Hudson.

Au même rythme que le fusil à lunette infrarouge dirigé sur la tempe droite du policier.

Le fusil était un CheyTac M200, un engin de fabrication américaine dont la portée utile approchait les deux kilomètres. Ce monstre de près de quinze kilos se trouvait entre les mains expertes d'un autre monstre, un mercenaire d'origine écossaise de cinquante-sept ans formé par les services spéciaux, un certain Gabler.

Vêtu d'une tenue de combat noire, ce dernier occupait un siège pliant sur le pont avant du yacht de luxe. Son arme reposait sur un banc de tir, comme ceux que l'on voit dans les concours. Il avait mesuré la distance précise qui le séparait de sa cible – 755,50 mètres – à l'aide d'un télémètre, avant d'opérer les corrections nécessaires en tenant compte de la direction du vent. Il avait même vérifié la pression barométrique,

1 011 millibars par hectopascal, bien que ce genre de détail n'ait quasiment aucune incidence à une telle distance. Sans les mouvements du bateau, l'opération aurait été un jeu d'enfant.

Même un homme de Neandertal ne raterait pas un coup pareil, pensa Gabler en glissant son doigt à l'intérieur du pontet.

Il retourna vers l'arrière la casquette qui ne le quittait jamais, puis il procéda aux ultimes réglages. Avec son teint pâle de quinquagénaire celtique, on aurait aisément pu le prendre pour un commentateur de foot ou un éleveur de moutons écossais. Cette apparence inoffensive constituait un atout considérable pour l'un des assassins les plus recherchés et les plus redoutés de la planète.

Gabler savait qu'il travaillait pour le compte de narcotrafiquants mexicains de première bourre. Pas besoin d'être Prix Nobel pour le deviner. Les dames patronnesses n'ont pas l'habitude de faire venir des tueurs en jet privé depuis leur maison de campagne du Portugal et de leur verser quatre cent mille dollars.

Aucune importance. À l'instar du type qu'il allait rayer de la liste des vivants, Gabler travaillait pour le fric. En outre, le client a toujours raison.

— Prêt ? demanda-t-il d'une voix colorée par un fort accent de Glasgow.

Son client, en l'occurrence une cliente latino sexy en tailleur-pantalon noir moulant, se tenait à ses côtés. Gabler évitait de la regarder. Ses yeux clairs magnifiques étaient non seulement inquiétants, mais encore donnaient l'impression que leur propriétaire n'était pas tout à fait nette. Elle s'était mordillé la lèvre inférieure machinalement tout au long de ses préparatifs, comme excitée par l'odeur du sang.

La belle cinglée l'arrêta d'un geste tout en manipulant un smartphone.

— La cible est au rendez-vous prévu, déclara Marietta dans l'appareil. On l'a en ligne de mire. On l'abat ?

— Oui, approuva Perrine à l'autre bout du fil, de sa cellule de Manhattan. Absolument. Tue-moi ce salopard.

Marietta saisit des jumelles à infrarouge qu'elle dirigea sur la rive de Newburgh, puis elle tapota doucement l'épaule du mercenaire.

— Maintenant ! lui ordonna-t-elle avec enthousiasme. Faites-moi sauter la cervelle de ce putain de flic !

Gabler attendit que le bateau se stabilise en haut d'une vague et pressa sur la détente. L'énorme fusil tressauta sur le banc de tir en laissant échapper un craquement sec.

Grâce à la lunette, Gabler vit le projectile de calibre 408 atteindre sa cible dans une explosion de sang. Bingo. La balle avait traversé la tête du flic de part en part en soulevant la calotte crânienne.

Gabler soupira d'aise en éjectant la cartouche encore chaude.

C'était un beau coup, étant donné les circonstances. Un coup propre et net. Les connards de commandos de la Navy qui avaient abattu à distance ces pirates somaliens auraient été les premiers à applaudir.

— Je regrette que tu n'aies pas pu assister à ce spectacle, chéri, murmura Marietta dans son téléphone.

Elle observait toujours le carnage à travers ses jumelles lorsque Gabler descendit dans la cabine ranger son matériel.

— Je suis là par la pensée, Marietta, répondit Perrine au moment où le moteur du yacht s'allumait en ronronnant.

71

La nuit était tombée ce dimanche-là lorsque je me suis garé dans le parking quasiment plein de l'église Saint-Patrick, sur Grand Street à Newburgh, en compagnie de Seamus.

Pas de soirée romantique au clair de lune en perspective, me suis-je dit en descendant de voiture. Bien au contraire.

Un flic avait été tué la veille alors qu'il effectuait une ronde à bord de sa voiture de patrouille. J'aurais été mieux inspiré d'utiliser le mot « assassiné », puisqu'on l'avait abattu avec un fusil à longue portée. Pour ne rien arranger, on avait découvert dans sa voiture un sac contenant trois kilos de cocaïne. Ed Boyanoski m'avait expliqué que plusieurs flics organisaient une réunion avec des associations et divers groupes citoyens afin de discuter des horreurs survenues récemment, dans l'espoir de trouver des solutions. Seamus et moi avions décidé d'y participer.

En traversant le parking éclairé par les lumières de Newburgh, j'ai repensé à la théorie du Big Rip.

On sait que l'univers est en constante expansion. Certains scientifiques estiment qu'en atteignant le stade où la gravitation n'est plus en mesure de maintenir ensemble tous les éléments de l'univers, celui-ci finira par se désintégrer.

Nous étions peut-être en train d'assister au même phénomène. Ce nouvel assassinat n'était pas seulement un coup terrible porté à une communauté déjà très affectée par le trafic de drogue, les gangs et les règlements de comptes entre jeunes gens. C'était peut-être le K-O final.

Après avoir franchi des portes usées, nous avons descendu les marches conduisant au sous-sol humide de l'église où se tenait la réunion. Il y avait là un mélange de professions libérales et de travailleurs hispanophones, de mères et de grands-mères blacks inquiètes, de cols blancs et d'ouvriers euro-américains. La police de Newburgh était venue en force. Ed et Bill s'étaient installés au premier rang, en compagnie de Walrond, de Groover et de la plupart des autres flics de la brigade de lutte contre les gangs. Mary Ann Walker, la chirurgienne de l'hôpital, avait répondu à l'appel, elle aussi. Tête baissée, elle émiettait nerveusement un mouchoir en papier entre ses doigts.

Tous étaient unis dans un même désarroi, auquel s'ajoutaient l'hébétement chez certains, la peur chez beaucoup. Je me suis approché d'Ed, qui s'était levé pour aller vers la table où étaient disposés dans une assiette des *churros* à la cannelle.

— J'imagine que c'est là que j'arrive en disant : « Bonjour, je m'appelle Mike et je suis alcoolique » ? ai-je plaisanté en prenant un gobelet de café.

— Au train où évolue la situation, je me demande si je ne devrais pas me réfugier dans l'alcool, a répondu Ed d'une voix amère.

L'heure n'est plus à la rigolade, ai-je pensé en m'installant sur une chaise pliante en fer.

Une blonde décolorée latino d'un certain âge a ouvert la séance.

— Mon neveu de dix-sept ans est en prison pour meurtre, a-t-elle expliqué. Mon fils n'appartient à aucun gang, mais il a été blessé par balle. On se croirait au Far West, ou en Irak. Je vous en prie, faites quelque chose !

Elle s'est rassise et une jeune femme noire très classe en tailleur, un enfant de quelques mois sur son ventre dans un porte-bébé, s'est avancée.

— Bonsoir à tous. Je m'appelle Tasha Jennings. Je suis une simple citoyenne de Newburgh, comme vous. Je suis venue vous dire ce soir que la situation n'était pas désespérée. J'ai connu ça à Brooklyn, au début des années 1990. Je crois même que c'était pire. Dans mon quartier, on déplorait une centaine de meurtres chaque année. Et puis la vapeur s'est inversée. Je ne sais pas comment les gens s'y sont pris, mais ils ont réussi. Il faudrait s'intéresser aux recettes qu'ils ont imaginées à l'époque. Il faudrait demander aux flics de là-bas comment ils ont procédé pour imiter leur exemple. Je vous remercie.

Un Blanc à moustache, vêtu d'un jean sale et d'un T-shirt aux armes de l'association des motards du comté d'Orange, s'est levé.

— Elle a raison, a-t-il déclaré sur un ton agressif. C'est exactement ça. On a besoin d'un Giuliani.

Un dur capable d'obliger les flics à mettre les mains dans le cambouis au lieu de voler de la drogue !

Il a récolté les applaudissements de tous ceux qui croient que les flics passent leur temps à se tourner les pouces. J'ai lancé un coup d'œil en coin à Bill et Ed. Des types qui payaient les indics de leur poche, avaient des valises sous les yeux à force de ne pas dormir, et ne prenaient jamais de vacances.

— Giuliani ? s'est exclamé quelqu'un. Ce type-là était un vrai nazi !

— Et comment, que c'était un nazi, a répliqué Moustache. Un nazi qu'a sauvé New York.

La réunion a rapidement tourné à la foire d'empoigne. Les gens criaient en affichant leurs frustrations. Comment leur en vouloir ? Les habitants de Newburgh avaient envie de retrouver une existence normale. Ils auraient voulu agir au mieux des intérêts de leur ville et de leurs proches.

Oui, mais de quelle façon ?

72

Seamus a attendu que nous soyons remontés dans le minibus avant de s'exprimer.

— Je repense aux propos de cette gentille jeune femme, a-t-il déclaré en bouclant sa ceinture. Quand elle a dit qu'il était possible d'inverser la situation. Savais-tu que Giuliani n'était pas le premier à se lancer dans une grande opération de nettoyage à New York ?

— De quoi veux-tu parler ?

— La première croisade de ce genre a eu lieu à la fin du XIXᵉ siècle. Les Irlandais installés à New York à la suite de la grande famine de la pomme de terre de 1849 se trouvaient dans une situation bien plus catastrophique que celle des pauvres de Newburgh. Les Irlandais étaient considérés comme une menace pour la société de l'époque, les quartiers sordides dans lesquels ils vivaient étaient infestés par le crime, la drogue, la prostitution et les gangs. Les gens vivaient dans des conditions déplorables.

Je lui ai adressé un clin d'œil.

— À t'entendre, c'est nous qui avons lancé la mode des gangs dans ce pays. C'est ça ?

— Tu ne crois pas si bien dire, m'a répondu Seamus avec son accent inénarrable. La situation a changé du tout au tout à la suite d'une véritable révolution morale et culturelle. Un évêque du nom de John Hughes est allé trouver les gens dans leurs taudis. Il dénonçait avec virulence toute forme de criminalité tout en inculquant aux populations le sens de Dieu, de l'espoir et du respect de soi. C'est Hughes qui a créé le système scolaire catholique de la ville. En l'espace d'une génération, grâce à ses efforts, les criminels ont intégré les rangs de la police et les Irlandais sont devenus de bons citoyens américains.

— Tu crois que ça pourrait fonctionner, mon Père ? J'avoue que j'étais sceptique.

— Tu crois vraiment qu'il nous suffirait d'arpenter Lander Street, une bible à la main ? Tu m'autoriserais à cacher un Glock dans la mienne, au moins ?

Mon grand-père a haussé les épaules en regardant à travers la vitre de sa portière. Il paraissait très vieux, tout à coup.

— Les garçons adorent jouer les voyous, a-t-il remarqué. C'est dans leur ADN, chacun le sait. Nous n'y pouvons rien. La seule parade contre ce genre de comportement inacceptable est la présence d'un mâle dominateur capable de botter l'arrière-train des gamins qui se comportent mal. Normalement, on appelle ça un père. Où ont donc bien pu passer les pères ?

— L'absence de pères serait à l'origine des gangs, à ton avis ?

— Ça ne relève pas de la physique nucléaire, Mick, a rétorqué Seamus. Faut-il vraiment te rappeler l'aide

dont a besoin un ado pour devenir un citoyen auto-
nome et respectueux des lois ?

— Tu n'as pas tort.

— Je ne te le fais pas dire. Une mère de famille n'a
pas les moyens à elle seule de contrôler les pulsions
d'un gamin de quinze ans. L'école non plus. Ces gamins
poussent le bouchon de plus en plus loin jusqu'à ce
qu'ils se fassent tuer ou prendre par la police.

— Ce sont des sauvages.

— Quand l'Église insiste sur les valeurs de la
famille et se pince le nez dès qu'on parle de sexe avant
le mariage et de divorce, les gens rigolent, nous accusent
d'être des rabat-joie, et se bouchent les oreilles. Il existe
bien des façons d'élever des enfants. Aucune n'est
parfaite, mais tous ceux qui affirment que la famille tra-
ditionnelle n'est pas la meilleure recette se fourrent le
doigt dans l'œil.

Il a poussé un soupir.

— On accuse la société, et on a raison. La société
actuelle considère l'absence de père comme un choix
de vie. C'est faux. Avoir un enfant dont on ne s'occupe
pas est une forme d'abandon répréhensible. Autant
abandonner son bébé dans une poussette au coin de
la rue et se sauver en courant. C'est à ça que revient
l'attitude actuelle. Sans père, ces enfants n'ont plus
que la rue. On voit le résultat à Newburgh. *Sa Majesté
des mouches* sur fond de drogue et d'armes à feu.

J'ai voulu réagir.

— Tu t'imagines peut-être que tous ces gamins
affiliés à des gangs vont se débarrasser spontanément
de leurs 9 mm et de leurs seringues pour changer des
couches ? Comment s'y prendre ? Et pourquoi n'avoir

rien dit pendant la réunion ? Pourquoi n'avoir pas propagé la bonne parole ?

— Personne n'a envie d'écouter les divagations d'un vieux curé irlandais. Ils m'auraient viré comme un malpropre avant que j'aie eu le temps de grimper sur l'estrade.

— Dans ce cas, qui a suffisamment de poids pour transmettre le message ?

— Je ne sais pas. Peut-être Jay-Z pour commencer. Ou bien alors ce P. Diddy. Le message doit impérativement émaner d'un personnage connu, qui a su gagner leur respect. Bill Cosby a bien tenté de dire des trucs censés il y a quelques années, mais les champions de la laïcité l'ont obligé à se taire. Il faut que ce soit quelqu'un qu'on ne pourra pas museler. Quelqu'un qui a le feu sacré.

— Tu dis Jay-Z, Seamus ? Tu rêves !

— Dans ce cas, autant construire de nouvelles prisons et de nouveaux cimetières. Parce que si personne ne se montre capable de convaincre ces jeunes gens de changer de vie, ils continueront à s'entretuer. De génération en génération.

— Ça m'ennuie de le reconnaître, cher vieil homme, mais je crois malheureusement que tu as raison.

Sur ces mots, j'ai démarré.

LIVRE 4

Les fous du roi

73

Une fois n'est pas coutume, j'ai été réveillé en sursaut par une bonne nouvelle lorsque Patrick Zaretski, le responsable des Stups, m'a appelé lundi à 3 heures du matin. Une excellente nouvelle, même.

Le service de Patrick avait obtenu un tuyau relatif à un groupe lié à Manuel Perrine. Une équipe de tueurs s'était réunie dans une maison de Staten Island. Les assassins avaient apparemment choisi ce refuge pour mettre au point un nouvel attentat lors du procès du narcotrafiquant. Cette planque se trouvait sous surveillance en attendant la mise sur pied d'une équipe d'assaut.

— On signale la présence d'une jolie brune parmi les tueurs, m'a expliqué Patrick. Nous pensons qu'il s'agit de cette salope de Marietta, Mike. Celle qui a abattu Hughie. La chance est peut-être enfin en train de tourner.

À 4 heures, je filais à plus de cent cinquante à l'heure sur l'autoroute en compagnie de Jimmy Sanchez, un agent des Stups vivant dans le comté d'Orange.

Il tenait le volant d'une voiture banalisée, une Dodge Charger dont il avait gonflé le moteur. Mon impatience et mon excitation montaient en rythme avec le rugissement de son V8 Hemi 6,4 litres. Une seule pensée m'obsédait alors que nous roulions vers New York à un train d'enfer : démonter à coups de pied la porte d'entrée de la maison des tueurs avant de démonter à coups de pied ces salopards.

Nous avons fini par nous calmer en arrivant au point de ralliement. Jimmy s'est glissé au milieu de la caravane de véhicules banalisés du NYPD et des Stups qui stationnaient dans le parking désert d'un restaurant Chili's de Richmond Avenue, près de la fac de Staten Island.

L'unité d'intervention n'avait pas lésiné sur les moyens. Nous étions plus de trente : des inspecteurs, des agents des Stups, des flics des unités d'élite en train d'enfiler leurs gilets pare-balles et de vérifier le bon fonctionnement de leur arsenal. On aurait dit le pack de défense d'une équipe de football américain en train d'ajuster les visières grillagées de leurs casques, fermement décidé à en découdre. Pour ma part, ça ne m'aurait nullement dérangé d'érafler mon casque contre ceux des gars de Perrine. J'étais gonflé à bloc.

Se préparer avec tous ces types était à la fois étrange et grandiose. Personne ne disait mot, mais nous avions tous conscience de participer à un événement majeur, autrement plus important qu'une descente ordinaire. La brutalité et l'audace dont avaient fait preuve les hommes de Perrine avaient attiré sur son procès l'attention des médias du monde entier. Ce type-là ne s'était pas contenté de bafouer les lois des États-Unis ;

il avait foulé aux pieds toutes nos valeurs, et le reste de la planète attendait notre réaction avec curiosité.

L'ensemble des flics qui m'entouraient ne demandaient qu'à montrer au monde de quoi nous étions capables. Ils en avaient tous assez de cette spirale infernale de souffrance et de drogue, de la façon dont les narcoterroristes s'attaquaient à la fibre même de notre pays. Nous en avions tous ras la casquette.

Une fois le rôle de chacun établi, nous avons partagé une courte prière alors que le soleil se levait au-dessus de l'énorme sigle en forme de piment rouge du restaurant. Je ne sais pas qui en a eu l'idée, mais tout le monde ou presque s'y est joint. Nous avons probablement bafoué un paquet de décisions de la Cour suprême en mêlant Dieu aux affaires de l'État, mais rien n'aurait pu nous arrêter. Un vent de folie soufflait sur nous ce matin-là, à l'heure de regarder en face la sale gueule de la mort.

Jimmy démarrait le moteur de son bolide, faisant trembler l'air de toute l'énergie de ses pistons, lorsque je suis monté à bord. Mieux que du café.

— Allons casser du dealer, a annoncé Jimmy en enclenchant une vitesse.

— Amen, vieux frère, lui ai-je répondu en armant mon fusil d'assaut.

74

La cible était un double pavillon pitoyable de Hillman Avenue. Seul le Chevy Tahoe tout neuf garé sur l'allée en béton le distinguait des maisons voisines. La bâtisse disposait de cinq entrées au total, en comptant celle de l'appartement en sous-sol. Nous avions décidé de les investir simultanément en usant de tout notre arsenal : béliers, grenades aveuglantes, boucliers balistiques.

Nos informateurs nous avaient précisé que nous n'aurions pas affaire à des trafiquants de base, mais à une bande d'assassins et de mercenaires surentraînés. Il n'était pas question de prendre des risques inutiles. Nous nous sommes garés une rue plus loin et, le temps de dire ouf, trente flics armés jusqu'aux dents remontaient silencieusement la petite rue au pas de course dans l'aube naissante.

Une fois devant le pavillon, l'équipe de cinq hommes dont je faisais partie avec Jimmy s'est dirigée vers le jardin. Une chaude journée d'été s'annonçait, je transpirais abondamment sous ma tenue de protection. J'ai mis un genou à terre dans le petit potager dans lequel on accédait, de la maison, par une porte-fenêtre coulissante. J'ai dû m'essuyer les doigts à plusieurs reprises sur mon pantalon pour que le fusil ne m'échappe pas des mains.

Le son d'une radio d'information s'est échappé d'une maison voisine, le volume croissant à mesure qu'un radio-réveil se mettait en route. Pas la peine ce matin, mon pote. Le quartier tout entier va avoir droit à un réveil en fanfare.

Tout a basculé avant même que nous recevions le feu vert du responsable de l'unité. Nous étions accroupis le long du mur, sur les starting-blocks, quand nous est parvenu l'aboiement staccato d'une mitraillette. *Tac-atac-atac.* Nous avons échangé un regard surpris. Le bruit venait du devant de la maison, accompagné par un tonnerre de cris dans nos oreillettes.

— Que fait-on ? s'est inquiété Jimmy. On entre par ici, ou bien on fait le tour ?

En guise de réponse, j'ai fait voler en éclats la vitre de la porte-fenêtre avec la crosse de mon Mossberg avant de jeter une grenade aveuglante à travers l'ouverture. Elle a explosé avec un bruit de fin du monde et nous nous sommes rués à l'intérieur.

— Ne bougez pas ! Police ! Police !

Au milieu de la fumée qui se dissipait, j'ai aperçu un Latino d'à peu près dix-huit ans, torse nu, les yeux écarquillés, devant l'un des placards de la cuisine. Il a fait mine de lever les mains en l'air, puis il a plongé la main dans le placard à la vitesse de l'éclair. Jimmy et moi l'avons abattu avant qu'il ait trouvé le temps d'épauler son AK-47. Nos Mossberg de calibre 12 étaient chargés de chevrotine double zéro et le gamin est tombé comme s'il avait été aspiré par un trou dans le sol.

En pénétrant dans le salon, nous avons entendu des échanges de coups de feu à l'étage. Des rafales de mitraillette ont éclaté dans la rue, plusieurs projectiles ont fait trembler la maison. Nous avons tout juste eu le temps de nous jeter à terre avant qu'une volée de balles fasse exploser les carreaux : nos collègues, maintenus en respect par les truands, répondaient à leurs tirs.

— Halte au feu au rez-de-chaussée ! Flics en poste au rez-de-chaussée ! ai-je crié dans mon micro.

Les tirs se sont tus instantanément. J'ai rechargé, imité par Jimmy. Nous nous dirigions vers l'escalier quand une explosion assourdissante a retenti au-dessus de nos têtes. Le souffle m'a littéralement soulevé de terre. C'était à la fois étrange et agréable, j'aurais pu me croire dans un manège de fête foraine.

L'espace d'une seconde, je ne savais plus qui j'étais, jusqu'à ce que j'atterrisse sur le dos dans la cuisine. Quand j'ai repris mes esprits, j'ai remarqué que j'avais perdu mon arme, ainsi que mes chaussures. La pièce et tout ce qu'elle contenait, moi y compris, étaient couverts de poussière de plâtre et de débris. J'avais l'impression d'avoir reçu une raclée gigantesque. Mes oreilles bourdonnaient et du sang s'écoulait de mon nez.

Jimmy s'est relevé à côté de moi en toussant. Il m'a fallu une bonne minute avant d'être en mesure de l'imiter, le temps de m'orienter. Le toit de la maison s'était envolé au-dessus du premier étage totalement éventré.

J'ai attrapé Jimmy par le bras en sentant une forte odeur de fumée et nous nous sommes rués dans le jardin.

Vous l'aurez deviné, il s'agissait d'une bombe. Un engin pas suffisamment puissant pour me tuer, mais presque. Une fois l'incendie éteint par les pompiers, nous avons retrouvé deux corps calcinés dans les ruines du pavillon : un autre jeune Latino armé d'un AK-47, ainsi qu'un Blanc plus âgé qui tenait encore entre les mains un énorme fusil de sniper.

En revanche, aucun signe de Marietta. La porte de la cave était ouverte, elle avait certainement profité du chaos pour s'échapper. Selon toute probabilité, ses complices disposaient des matériaux nécessaires à la confection d'engins explosifs à l'étage. Les autres pensaient que l'un des nôtres les avait atteints pendant l'assaut ; personnellement je n'aurais pas été surpris que Marietta ait provoqué l'explosion à distance afin de créer une diversion lui permettant de s'échapper.

Cette fille-là était parfaitement capable de sacrifier des sous-fifres, ou n'importe qui d'autre, dans le seul but de protéger sa fuite.

75

J'avais pris une branlée, mais je n'étais pas ébranlé. Jusqu'à preuve du contraire, tout du moins.

J'étais même surpris de ne pas me sentir plus mal, surtout après avoir frôlé d'aussi près la faux de la Mort. Le sentiment d'ivresse lié à l'explosion avait curieusement décuplé mon entrain et mon énergie. L'espace de quelques heures, je me suis senti aussi invincible qu'un champion de motocross de seize ans, ce qui n'est pas peu dire.

Pourquoi n'aurais-je pas été joyeux, après tout ? Qui pouvait s'enorgueillir, comme moi, d'inscrire au palmarès de ses expériences limites une « explosion majeure » ? On n'attribue pas pour rien de la chance aux Irlandais. Une fois passé entre les mains des secouristes, j'ai quitté la scène de crime qu'écumaient les spécialistes de l'identité judiciaire de Staten Island pour regagner mon appartement de Manhattan. Le temps de prendre une douche et de me changer, j'ai constaté avec surprise qu'il était seulement 11 heures en m'effondrant sur mon canapé. Quelle matinée !

J'ai téléphoné à Seamus pour lui dire que j'allais bien. J'allais lui annoncer mon intention de rester dormir à New York quand il m'a prévenu de la tenue d'une autre réunion des habitants de Newburgh ce soir-là.

J'ai aussitôt modifié mon programme. Je me devais d'être présent. Malgré le sentiment d'insatisfaction qui les étreignait, il ne faisait aucun doute que ces gens-là étaient disposés à déplacer des montagnes. Sans nécessairement se lancer dans la croisade morale dont parlait Seamus, ils entendaient changer la donne dans leur ville. Ils en avaient assez et comptaient bien imaginer les solutions qui s'imposaient.

Et puis, j'avais une idée qui pourrait bien les aider dans leur entreprise.

Un taxi m'a conduit en ville où m'attendait un long déjeuner avec ma petite camarade substitut du procureur, Tara McLellan. Je m'étais souvenu qu'elle avait fait partie d'une commission de réflexion sur la violence à Boston. La police locale, en collaboration avec les autorités fédérales, avait aidé certains quartiers infestés de gangs à sortir de la nasse. L'avis de Tara m'intéressait au plus haut point.

— Qu'en penses-tu ? lui ai-je demandé en écartant l'assiette sur laquelle reposaient les restes du gros cheeseburger au bacon bien gras que je venais de dévorer. Je sais bien que tu as plutôt l'expérience des grandes villes, mais les habitants de Newburgh sont au bord du désespoir. Tu crois qu'il serait possible de leur fournir l'aide des autorités fédérales ?

Tara a bu une gorgée de sa bière légère.

— À vrai dire, Mike, Newburgh relève de la région Sud, dont j'ai la charge. Je ne sais que trop bien les ravages que provoquent les gangs dans les quartiers. La peur permanente, les personnes âgées qui n'osent plus mettre le nez dehors. Je vais faire de mon mieux.

Il ne s'agissait pas d'une formule en l'air. Je suis retourné avec elle jusqu'à son bureau et elle a passé l'après-midi à donner des coups de fil à d'anciens collègues en requérant leur aide. Elle a même voulu m'accompagner à la réunion, de sorte que nous avons effectué le trajet dans sa vieille Jeep.

Elle a froncé les sourcils quand je lui ai demandé de s'arrêter devant un Starbucks de Yonkers vers 18 heures.

— Tu bois du café ? s'est-elle étonnée. Après la journée que tu viens de passer, je me disais que tu profiterais du trajet pour t'autoriser une petite sieste.

— Je me sens très bien. Juste besoin de recharger les batteries.

— Voyageur infatigable, comme toujours, a-t-elle répondu avec un sourire en enclenchant son clignotant.

— Un flic accro au boulot que rien n'atteint plus, ni la fatigue ni les bombes, ai-je rétorqué.

76

Il était 19 h 30 quand nous avons poussé les portes fatiguées de l'église Saint-Patrick et descendu les marches conduisant au sous-sol. Plusieurs des personnes contactées par Tara se trouvaient déjà là. C'était notamment le cas d'Ann Macaulay, la chargée de liaison de l'antenne locale de l'ATF[1], et de Larry Brown, de l'antenne du FBI à New York.

Les fonctionnaires fédéraux ont rejoint les policiers de Newburgh au fond de la salle. Je me suis chargé des présentations, puis Tara nous a expliqué brièvement comment la politique de réduction de la violence avait porté ses fruits à Boston.

— Nous avons commencé par réunir l'ensemble des acteurs locaux, des procureurs aux flics en passant par les services de probation et d'insertion, ou encore les agents de sécurité en milieu scolaire. Nous avons ensuite tenté d'identifier l'ensemble des gangs

---

1. Le Bureau of Alcohol, Tobacco, Firearms and Explosives est le service fédéral chargé de la mise en application des lois relatives aux explosifs, au tabac, à l'alcool et aux armes à feu. *(N.d.T.)*

en délimitant sur un plan leurs territoires respectifs avant de dresser la liste des griefs qui les opposaient entre eux. Enfin, nous sommes passés à l'étape la plus difficile : établir une hiérarchie entre les individus, des plus dangereux aux plus inoffensifs.

— Ce ne sera pas le plus dur à Newburgh, madame, est intervenu Groover. Nous connaissons très bien nos adversaires, et je peux vous dire qu'ils sont nombreux.

— C'est déjà ça. L'étape suivante consiste à agir sur le terrain en infiltrant les réseaux de dealers.

— On passe notre temps à les infiltrer pour mieux les arrêter, a réagi Walrond sur un ton sceptique. Résultat des courses, ils ressortent au bout de six mois avec de nouveaux petits copains recrutés en prison.

— Notre système était légèrement différent, lui a expliqué Tara. On infiltrait les réseaux sans procéder à la moindre arrestation. Dans un premier temps, en tout cas. On commençait par emmagasiner patiemment un maximum de munitions sur les différentes organisations concernées, en attendant de pouvoir prouver qu'il s'agissait bien d'organisations criminelles. Conformément à la législation fédérale sur le racket et la corruption, cette technique permet de poursuivre les principaux responsables. On se débarrasse prioritairement des pommes pourries, si vous voulez.

— Quel pied ! s'est enthousiasmé Groover.

— Tous ceux que nous arrêtons reçoivent au minimum une peine de cinq ans, ce qui signifie quatre ans sans libération conditionnelle dans les établissements pénitentiaires fédéraux.

— Pour ne rien gâter, a précisé Larry Brown du FBI, ils se retrouvent enfermés loin de leurs petits copains, ce qui les empêche de s'organiser entre eux pendant qu'ils purgent leur peine. C'est le meilleur moyen de leur scier les pattes.

— Je ne sais pas si vous êtes au courant, est intervenu Bill Moss, mais la police de Newburgh ne compte que quatre-vingt-dix personnes. Les opérations que vous décrivez impliquent des effectifs nettement plus étoffés.

— C'est là que nous intervenons, a répondu Brown. Nous vous fournissons des hommes, des moyens financiers, des véhicules et du matériel. Tout le saint-frusquin.

— Un fonds de soutien fédéral ! Enfin ! a soupiré Groover.

— Sauf que nous avons approximativement deux cents membres de gangs ici, a tempéré Ed Boyanoski.

— Ce n'est pas un problème, a réagi l'agent Macaulay sur un ton rassurant. Nous vous fournirons autant de gens que nécessaire.

— Tout ça est bien joli, mais comment empêcher les seconds couteaux de prendre la place de ceux qu'on aura arrêtés ? s'est enquis Walrond. Newburgh constitue la plaque tournante de la drogue dans le comté d'Orange. Quand bien même on mettrait le pied dans la fourmilière, ça ne réduirait pas la demande.

— C'est à ce besoin que répond la phase trois, a repris Tara. Une fois éliminés les éléments les plus dangereux, on réunit ensemble les travailleurs sociaux, les membres des gangs et les habitants des quartiers concernés, le tout en présence des flics. On réunit les membres de gangs par petits groupes, en leur expliquant ce qui les attend si jamais la violence reprend. On insiste sur les dispositions de la loi, les peines qu'ils encourent et les conséquences sur leur vie future. On leur précise d'emblée qu'au premier meurtre, l'État frappera sans pitié. En général, ça suffit.

— Et ça marche vraiment ? a demandé Bill Moss.

— La méthode n'est pas infaillible, mais ça fonctionne plutôt bien, a répliqué Tara. Le nombre de meurtres diminue partout de façon radicale. Il faut s'occuper des gangs les uns après les autres en se concentrant sur chaque problème particulier. À commencer par les règlements de comptes. Mais il ne faut pas hésiter. Au moindre coup de feu, la sanction doit être immédiate. Les gangs ne sont pas constitués d'imbéciles. Ils comprennent très vite que c'est terminé, surtout après avoir vu ce qu'il est advenu des anciens leaders. Le trafic de drogue ne s'arrêtera pas complètement, mais il cessera d'être pratiqué à la vue de tout le monde. Le principal est de les obliger à renoncer aux armes.

Ed Boyanoski m'a donné une grande claque dans le dos.

— Bon sang, Mike ! Tu aurais pu nous prévenir plus tôt que tu avais des amis aussi haut placés ! s'est-il exclamé, un large sourire aux lèvres.

Il avait perdu sa mine sombre, et il n'était pas le seul. Une lueur d'espoir venait de s'allumer dans les yeux des flics de Newburgh.

Je lui ai répondu sur le même mode :

— Tu sais bien que je suis d'un naturel modeste. Contrairement à vous autres péquenauds, on n'aime pas trop se vanter, au NYPD.

L'humeur était toujours au beau fixe lorsque nous avons rejoint le parking de Saint-Patrick peu avant 22 heures.

Les participants étaient plus nombreux que la veille. Les représentants du FBI et de l'ATF étaient restés discrets dans l'explication de leur stratégie, mais leur simple présence rassurait les habitants des quartiers concernés. Même les plus sceptiques pouvaient constater que leurs problèmes attiraient enfin l'attention des autorités.

Je saluais mes collègues quand j'ai aperçu Tara près de sa Jeep, le portable à l'oreille. Elle a raccroché, ravie. Je me suis approché.

— Que se passe-t-il ?

— J'ai réservé une table pour deux.

— Où ça ? Tu ne connais même pas ce trou perdu !

— C'est mon secret, a-t-elle répondu mystérieusement. Dis-moi que tu as faim, Mike.

— D'accord. Je suis Mike et j'ai faim.

Elle m'a pris la main en déverrouillant sa Jeep.

— Super ! Tu vas voir, je vais t'étonner.

Elle ne plaisantait pas. Au terme d'un quart d'heure de route sur la I-84, elle garait la Jeep devant le Back Yard Bistro, à Montgomery.

Le hasard a voulu que je lui réserve à mon tour une surprise.

J'ai éclaté de rire en ouvrant ma portière.

— Qu'y a-t-il de si drôle ? s'est-elle étonnée.

— Excuse-moi, je ne sais pas mentir. Tu as très bon goût, mais figure-toi que je connais cet endroit. Et pour cause. Le patron est un de mes cousins.

— Et moi qui comptais te surprendre, a-t-elle réagi d'un air désenchanté.

— Ne te fais pas de bile, on ne risque pas d'être déçus.

Le Back Yard est un petit restau intime. Si intime que les genoux de Tara, assise en face de moi, touchaient quasiment les miens sous la table. La serveuse était adorable et la nourriture étourdissante.

Les plats nous arrivaient à une cadence infernale. Tartare de thon, foie gras, longe de porc en croûte, magret de canard, le tout arrosé d'excellents vins. J'en avais le tournis, et les papilles gustatives affolées.

Tout en mangeant, Tara m'a raconté des histoires de famille impliquant son cousin Hughie. La plus cocasse avait pour cadre la ferme d'un cousin, lors de vacances en Irlande. Hughie et les autres ados américains de son clan s'amusaient à lancer des cailloux dans les vitres d'une maison qu'ils croyaient abandonnée lorsque le vieillard en retraite qui vivait là est sorti avec un fusil, son béret irlandais à pompon sur la tête.

298

Marlena, la serveuse, a déposé une énorme part de cheesecake au mascarpone et à l'ananas devant moi, après avoir servi une crème brûlée à Tara.

— C'est royal ! J'espère que tu ne m'en veux pas d'avoir gâché ta surprise.

— Si quelqu'un a besoin de s'excuser, c'est moi, a-t-elle répondu. Je me suis comportée d'une façon tellement ridicule au St. Regis. En parlant de « cule », je crois bien que le mien était à l'air, ce soir-là.

— Ah bon ? Je n'en ai conservé aucun souvenir.

— Très drôle, Mike. Moi, je n'ai pas oublié. Je ne risque pas. Même si je ne suis pas certaine de me souvenir de tout. Je sais que tu m'as mise au lit. C'était d'une grande délicatesse. Cary Grant n'aurait pas agi avec davantage de classe. Cela dit, ça ne m'empêche pas de regretter quelque part que tu te sois comporté en gentleman. Je ne sais pas si j'ai le droit de le dire, mais j'aurais aimé que tu restes.

J'ai avalé une gorgée de champagne. Les haut-parleurs de la salle diffusaient une aria d'opéra.

La femme qui me faisait face était la personnification de la perfection. Une brune voluptueuse, d'une intelligence aiguë, dure avec ses ennemis, douce avec ses proches. Il arrive qu'on croise dans la vie des femmes dont on pourrait facilement tomber amoureux. Dont on devrait tomber amoureux, probablement. Tara en faisait partie. Il m'aurait suffi de tendre la main et de prendre la sienne.

Mais je ne l'ai pas fait. Je n'en étais pas capable. Mes doigts sont restés serrés autour de ma flûte de champagne, et puis la chanteuse d'opéra s'est tue.

— Ah, Mike ! Je ne sais pas de qui il s'agit, mais elle a de la chance, a murmuré Tara, tête baissée, en attaquant bruyamment son dessert. Une chance dont elle n'a probablement pas conscience.

Tara m'a déposé devant le chalet une demi-heure plus tard. Le retour a été silencieux. On aurait entendu une mouche voler. J'aurais aimé lui expliquer que ce n'était pas à cause d'elle, que l'attirance était là. Je savais d'avance que mes excuses sonneraient faux, aussi ai-je préféré la boucler, pour une fois.

J'ai attendu qu'elle ait immobilisé la Jeep sur l'allée avant d'ouvrir la bouche.

— Merci de ce dîner.

Entre colère et envie de pleurer, Tara regardait droit devant elle, les mains crispées autour du volant de la Jeep dont le moteur ronronnait doucement. Trente secondes de ce régime m'ont fait comprendre qu'il était temps de descendre. Elle a démarré brutalement dans un nuage de gravillons. L'un d'eux est même venu se ficher dans mon œil droit. Je suis longtemps resté là, dans l'obscurité, avec les grillons pour toute compagnie.

— Bien joué, Mike, ai-je grommelé dans ma barbe en montant à l'aveugle les marches usées de l'entrée. Tu es doué avec les femmes.

Je posais la main sur la poignée quand la lumière du porche s'est allumée. Je me suis protégé l'œil gauche d'une main tout en massant de l'autre mon œil droit égratigné.

Cette journée de dingue n'était pas encore terminée. Et de loin.

La silhouette de Mary Catherine s'est encadrée sur le seuil, les bras croisés sur la poitrine. Même borgne, j'ai grimacé en voyant son expression. La même dont venait de me gratifier Tara avant de m'envoyer à la figure une pluie de gravier.

Shakespeare a tort d'affirmer que l'enfer ne connaît pas de pire furie qu'une femme dédaignée[1], ai-je pensé en continuant de me frotter l'œil, entouré d'un nuage de papillons de nuit attirés par la lumière. Le barde aurait été mieux inspiré de dire que l'enfer ne connaît pas de pire furie que *deux* femmes dédaignées.

Une expression idiote de mon enfance m'est soudainement revenue. Un message subliminal envoyé par le Mike Bennett de 1978.

T'es dans la merde.

— Quelle surprise ! Monsieur Bennett en personne, emporté par l'ivresse au retour de ses longues pérégrinations, a grincé Mary Catherine sur un ton sarcastique en applaudissant.

---

1. Contrairement à une idée reçue, il ne s'agit pas d'une citation de Shakespeare, mais du dramaturge William Congreve (1670-1729), tirée de sa pièce *L'Épouse en deuil*. (N.d.T.)

Pris la main dans le sac. Même en cas d'extrême urgence, je trouve toujours le moyen de l'avertir de mes absences, de prendre des nouvelles des enfants. Pas ce soir. Cela faisait quasiment vingt-quatre heures que j'avais quitté la maison, et je n'avais pas appelé une seule fois. En outre, je savais en quelle haute estime Mary Catherine tenait mon amie et collègue Tara McLellan.

Faute de mieux, j'ai joué les charmeurs éméchés en gratifiant Mary Catherine d'une courbette.

— Bonsoir. Ça fait longtemps. Comment se porte la maisonnée ?

— Mal, monsieur Bennett, a-t-elle répliqué en me fixant de ses yeux bleus remplis de larmes. Très mal, et je sens que ça sera bientôt pire.

— Allons, Mary Catherine. Je vais tout vous expliquer.

Raide comme la justice, elle me fusillait de son regard humide. J'ai compris que le temps des faux-fuyants était révolu.

— Je sais, j'ai merdé dans les grandes largeurs. J'aurais dû vous téléphoner.

— Pour m'annoncer quoi ? Que vous rentreriez tard parce que vous invitiez quelqu'un à sortir ce soir ?

J'ai grimacé en me souvenant des paroles de Mary Catherine lors de notre promenade autour du lac. Son envie d'une soirée en tête à tête.

— Ce n'est pas ce que vous croyez. J'étais avec Tara McLellan, la substitut du procureur chargée de l'affaire Perrine. C'était un dîner de boulot, Mary Catherine. Elle était venue apporter l'aide des instances fédérales aux habitants de Newburgh.

Mon cœur s'est serré en lisant un monde de détresse dans les yeux bleus de Mary Catherine.

— Vous voulez sans doute parler de la réunion qui se terminait à 10 heures du soir ?

79

— C'est vrai. Nous sommes allés dîner ensuite.

— Et quel dîner ! a réagi Mary Catherine. Un dîner de plus de trois heures. J'imagine que je peux jeter à la poubelle l'assiette de pâtes que nous vous avions gardée, avec les enfants. De même que la part du gâteau d'anniversaire de Jane.

J'ai fermé mon œil valide.

— Et merde. J'avais complètement oublié, Mary Catherine. Je suis désolé. Laissez-moi rentrer, que nous puissions discuter.

— Mais je vous en prie, entrez !

La porte moustiquaire s'est ouverte avec un grincement assourdissant. J'ai découvert, surpris, qu'elle portait un jean et un T-shirt. Elle avait surtout un sac sur le dos. Un sac ? Seigneur ! Pas ça !

— Je vous laisse la maison avec grand plaisir, car je m'en vais. Je m'en vais, Michael Bennett. Et je n'ai pas l'intention de revenir.

— Enfin, Mary Catherine ! Je sais bien que vous êtes en colère, mais ce n'est pas sérieux. Il est… il est 1 heure du matin.

— Pas du tout, a-t-elle répliqué en fondant en larmes. Il est *2 heures* du matin et je suis tout ce qu'il y a de plus sérieuse.

Elle s'est avancée. L'espace d'un instant, j'ai bien cru qu'elle allait me gifler. Elle s'est reprise juste à temps, puis elle m'a frôlé avant de descendre les marches.

J'ai ouvert la bouche, prêt à tout pour l'arrêter, mais je me suis trouvé à court. L'instant d'après, elle disparaissait dans la nuit tiède.

Je me serais lancé à sa poursuite sans ce satané œil droit qui me brûlait. Le temps de l'asperger d'eau froide et de me débarrasser de la poussière de gravier qui m'empêchait de voir normalement, je me suis précipité dehors.

J'étais persuadé de trouver Mary Catherine sur le porche, son sac à ses pieds après avoir renoncé à son projet d'évasion, prête à m'adresser les reproches que je méritais. Ce n'était pas le cas. Elle n'était nulle part. Je me suis élancé au pas de course sur le petit chemin, explorant les alentours tant bien que mal dans l'obscurité.

C'est dingue, cette histoire !

Mary Catherine avait bel et bien disparu.

J'ai rebroussé chemin et je suis monté dans le minibus. Conduire n'était pas recommandé, après tout ce que j'avais bu, mais je m'en fichais. J'étais gagné par la panique à ce stade. La panique pure du sale con qui a poussé le bouchon un peu trop loin avec la femme qu'il néglige.

J'ai bien failli arracher le piquet de la boîte aux lettres en exécutant un demi-tour périlleux. Les arbres ont tourbillonné à toute allure dans le faisceau des phares tandis que je rejoignais la route avec mon vieux bus ridicule, le pied au plancher.

La petite route serpente au milieu des bois et j'étais certain de découvrir Mary Catherine à chaque virage. Je m'attendais à des pleurs et des grincements de dents, mais tout finirait par s'arranger. Je trouverais bien le moyen de régler le problème. Encore aurait-il fallu que je la retrouve. J'ai parcouru dix kilomètres dans un sens, puis dans l'autre, en vain. En désespoir de cause, je me suis engagé sur le parking de la station-service, près du bowling et du marchand de pizzas. J'ai demandé à l'employé de nuit, un type coiffé d'un turban, s'il n'avait pas aperçu Mary Catherine. Il s'est contenté de secouer la tête avant de retourner au match de cricket qu'il regardait sur son ordinateur portable.

J'ai alors arpenté la I-84 dans les deux sens pendant plus d'une heure, sans succès.

Je l'ai perdue, ai-je pensé, au bord des larmes, en scrutant désespérément la nuit. J'avais réussi l'exploit de tout foutre en l'air.

80

L'aube ne pointait pas encore quand je me suis réveillé le lendemain matin sur le porche. Je me suis redressé, le dos et le cou raides d'avoir dormi sur le vieux canapé en rotin. La tête en bouillie à cause de tout l'alcool ingurgité la veille, j'ai contemplé mes bras dévorés par les moustiques.

Et puis le souvenir des événements de la nuit m'est revenu, accompagné d'un profond sentiment de culpabilité. J'ai regagné l'intérieur de la maison en titubant, dans l'espoir que Mary Catherine soit rentrée pendant mon sommeil. J'ai croisé les doigts en traversant le salon, prononcé une courte prière en m'arrêtant devant la porte de sa chambre. L'une de ces invocations enfantines du type : « Si tu exauces mon souhait, Seigneur, je te promets d'arrêter les bêtises. » J'ai entrebâillé le battant.

Dieu devait se reposer ce matin-là, car le lit de Mary Catherine n'était pas défait.

— Que se passe-t-il ? a chuchoté Seamus qui venait d'apparaître dans le couloir, en robe de chambre et pantoufles.

Un prêtre ! C'était le ciel qui me l'envoyait. Il me faudrait au moins recevoir l'extrême-onction quand les enfants apprendraient que j'avais fait fuir Mary Catherine.

J'ai regardé le lit désespérément vide de Mary Catherine avant de me retourner, incapable de prononcer une parole.

— J'ai entendu des éclats de voix cette nuit, Mike. Que s'est-il passé avec MC ? Je t'écoute.

— Eh bien… euh, elle est partie.

— Quoi ? a bredouillé Seamus, sous le choc.

J'ai secoué la tête d'un air las.

En attendant que je me décide à lui répondre, Seamus a mis le café en route.

Il m'en a fallu deux tasses, accompagnées d'œufs sur le plat, pour trouver la force de me confesser auprès de mon vieux curé de grand-père.

— Bref, tu ne l'as pas volé, est tombée la sentence tandis qu'il beurrait son toast de pain aux céréales. J'avais déjà remarqué que traîner avec des filles déchaînait la mauvaise humeur de la maîtresse de maison.

— Le pire, c'est que je ne traînais pas du tout avec une fille. J'en ai eu la tentation, mon Père, c'est vrai. Mais j'ai résisté. Je ne pouvais pas infliger ça à Mary Catherine.

— Michael Sean Aloysius Bennett, tu es un imbécile, a jugé Seamus. Combien de Mary Catherine crois-tu qu'il y ait sur terre ? Combien de filles jolies, dévouées et énergiques sont-elles suffisamment bêtes pour tomber raides amoureuses d'un type comme toi ? À force de tirer sur la corde, elle finit par casser.

— Ne dis pas ça. Je t'en prie, Seamus, ne dis pas ça. Je dois absolument la ramener ici. Comment dois-je m'y prendre ?

— Commence par ingurgiter une solide dose de glucides, fiston. Tu en auras besoin si tu souhaites trouver une solution.

J'étais dans la salle de bains, occupé à enduire de pommade mes piqûres de moustique au sortir de la douche, quand mon portable a sonné. Je me suis précipité dans la chambre, persuadé qu'il s'agissait de Mary Catherine. Ce n'était pas le cas, évidemment. Un numéro inconnu s'affichait sur l'écran. L'appel venait de Manhattan, à en juger par le préfixe 212. J'ai décroché à tout hasard.

— Allô ?

— Patricia Reese à l'appareil. L'assistante de Tara McLellan. Vous êtes bien l'inspecteur Michael Bennett ?

J'ai pris ma voix la plus enjouée.

— Lui-même.

— Inspecteur, Mme McLellan souhaitait vous prévenir qu'elle compte recueillir votre témoignage aujourd'hui même. Nous aurions besoin de votre présence au palais de justice.

Il fallait que ça me tombe dessus aujourd'hui. Comment avais-je pu m'imaginer un seul instant qu'on me laisserait tranquille vingt-quatre heures, le temps de régler mes problèmes domestiques ? Où avais-je la tête ?

— Vous êtes attendu à Foley Square à 10 heures. Nous pouvons compter sur vous ?

— Mais enfin, chère madame, comment pourrait-il en être autrement ?

Le temps d'enfiler un costume, j'ai rejoint Seamus dans la salle de bains, où il se rasait.

— Du nouveau. Je dois repartir à New York.

— À New York ? Et Mary Catherine ?

— Je suis censé témoigner aujourd'hui dans le procès Perrine. Tu vas devoir t'occuper de la marmaille en attendant.

— Comment ça ! s'est écrié Seamus en reposant son rasoir. Et moi, alors ? Qui va s'occuper de moi ? Tu oublies que je suis une personne âgée.

— Arrête, je t'en prie. Juliana et Jane sont au courant de tout ici, vois avec elles. Je le fais bien quand Mary Catherine n'est pas là. À propos de Mary Catherine, guette son retour et envoie-moi un texto à l'instant où elle rentre. Si elle rentre.

— Ne t'inquiète pas pour ça, a grommelé Seamus en trempant son rasoir dans l'eau avant de le passer sur sa joue blême. Je suis persuadé qu'elle n'est pas loin. Je serais surpris qu'elle ait abandonné les enfants. Toi, peut-être, mais pas eux. Jamais de la vie. On se charge de la retrouver, mais je te conseille d'éviter de la perdre à l'avenir.

81

Je n'aurais jamais dû me presser, car j'ai longuement attendu mon tour après avoir rejoint la pièce du
tribunal réservée aux témoins. J'ai trompé mon impatience en discutant avec les parents de Scott Melekian,
le jeune serveur assassiné par Perrine, croisés dans
la cafétéria du palais de justice lors de l'interruption
de séance de la mi-journée.

Les Melekian étaient des restaurateurs en retraite
de Bethesda, dans le Maryland. Scott, leur fils unique,
avait initialement suivi les cours de l'Académie navale
avant de s'installer à New York afin de réaliser son rêve
de jeunesse : devenir saxophoniste professionnel.

— Il a participé à plusieurs croisières comme musi-
cien d'orchestre, vendu quelques morceaux sur iTunes,
et puis il a définitivement trouvé sa voie en rempla-
çant un ami dans *Le Fantôme de l'Opéra*, m'a expliqué
Albert, son père. La fosse d'orchestre, les lumières et
l'excitation du spectacle, il nous a avoué avoir rencontré son destin. Il venait de recevoir le feu vert du
syndicat des musiciens pour une nouvelle comédie

musicale quand il a été tué. Il avait donné son préavis à Macy's, et voilà qu'il croise la route de ce salaud.

Allie Melekian, la maman au visage tout rond, a fondu en larmes.

— À Noël, il jouait devant toute la famille réunie, m'a-t-elle raconté. « Minuit, chrétiens » et « Douce nuit ». Assis autour de lui, on pleurait tous tellement c'était beau. Et chaque fois qu'il rentrait à la maison, il se précipitait dans la cuisine et me jouait « You Are So Beautiful ». Ça peut paraître ridicule, mais il était sincère.

La pauvre femme a posé sur moi des yeux rougis. Elle a tenté de retenir ses larmes sans y parvenir.

— Avez-vous jamais pensé que vous auriez envie de mourir un jour, inspecteur ? Que la vie vous serait insupportable ?

J'ai serré sa main entre mes doigts.

— Je suis certain d'une chose, madame. Je sais que votre fils nous observe à l'instant où je vous parle, et qu'il est fier de constater que vous avez fait le déplacement pour être sûrs que son meurtrier ne fera plus jamais de mal à quiconque.

À la reprise des débats en début d'après-midi, le juriste trapu chargé de la lutte contre le trafic de stupéfiants au sein du bureau du procureur fédéral s'est levé. Ivan Vogel est un ancien champion universitaire de catch.

— L'accusation souhaite entendre le premier témoin, a-t-il déclaré d'une voix forte. J'appelle à la barre l'inspecteur Michael Bennett.

La voix de Mme Melekian résonnait toujours dans ma tête quand le greffier m'a fait jurer de dire la vérité, toute la vérité et rien que la vérité. J'ai retiré ma main de la bible sur laquelle j'avais prêté serment et je me suis tourné vers Manuel Perrine en le regardant droit dans ses yeux bleu clair d'assassin.

— Vos nom, prénom et profession, s'il vous plaît, m'a demandé Vogel.

— Je m'appelle Michael Bennett. Je travaille en qualité d'inspecteur au sein de la police de la Ville de New York, à laquelle j'appartiens depuis vingt ans.

— Dites-nous à quel titre vous êtes intervenu au matin du 3 juin de l'année dernière.

— Je travaillais au sein d'une unité d'intervention composée de policiers municipaux et d'agents fédéraux. Cette unité était chargée de procéder à l'arrestation de l'inculpé, Manuel Perrine, pour meurtre et trafic international de stupéfiants.

— Je me vois contraint de lever une objection, madame le juge, s'est interposé le richissime avocat de Perrine, Arthur Boehme, en se levant, un sourire onctueux aux lèvres. Le mandat d'arrêt fédéral en question précise que M. Perrine était recherché pour le meurtre de deux gardes-frontières. Il n'y est nullement fait mention de trafic de drogue. En outre, mon client n'a jamais été jugé, encore moins condamné, pour ces crimes.

— Objection retenue, a déclaré la juge tandis que le James Stewart de carnaval qui lui faisait face retombait sur sa chaise en lissant le pantalon de son superbe costume.

J'ai observé la juge Mary Elizabeth Fleming. L'une de ses collègues avait été assassinée sur ordre du psychopathe assis à quelques mètres d'elle, et voilà qu'elle acceptait de couper les cheveux en quatre sur les injonctions du porte-parole de Perrine ?

La procédure judiciaire est parfois un gros ramassis de merde. Objection retenue, mon cul. C'est Perrine, qu'il fallait retenir. Et à vie, encore.

Vogel a froncé les sourcils en faisant les cent pas.

— Inspecteur Bennett, comment étiez-vous au courant que Manuel Perrine se trouverait à New York ce jour-là ?

— Nous avons reçu des informations crédibles de la part d'un informateur. Nous avons placé sous surveillance le lieu où Perrine était censé se rendre. Lorsque nous ne l'avons pas vu, nous avons procédé à une réévaluation de nos informations et en avons déduit qu'il se trouvait à New York afin d'assister à la cérémonie de remise de diplôme de sa fille. Au moment de procéder à son arrestation, les complices de Perrine ont ouvert le feu, provoquant la mort de l'agent Hughie McDonough, du service de lutte contre le trafic de stupéfiants, et de l'inspectrice Alicia Martinez, de la police de New York.

L'avocat de Perrine a bondi de son siège comme un diable d'une boîte.

— Je me vois contraint de déposer une nouvelle objection, madame le juge. Mon client est jugé ici pour le meurtre d'un certain Scott Melekian, serveur du restaurant Macy's. Il n'est en aucun cas accusé d'avoir tué des agents de la force publique.

Je me suis approché du micro réservé aux témoins.

— J'ai bien conscience qu'il faudrait évoquer dans l'ordre les meurtres de votre client, maître Boehme.

Mais votre client a tué tellement de gens, il y a de quoi s'y perdre.

Des rires nerveux ont fusé dans la salle, ce qui ne m'aurait pas dérangé si mes propos n'avaient pas été le reflet de la triste vérité.

— Madame le juge ! s'est exclamé Boehme.

— Le greffier ne tiendra pas compte de la dernière déclaration du témoin. À l'avenir, inspecteur, je vous demanderai de vous contenter de répondre aux questions qui vous sont posées. Nous ne sommes pas au music-hall.

T'as raison, aurais-je aimé crier. Ce n'est pas du music-hall, c'est du grand guignol.

Vogel s'est approché de l'estrade.

— S'il vous plaît, madame le juge. Le témoin évoque les circonstances entourant la mort de Scott Melekian. Il le ferait, tout du moins, si l'avocat de la défense ne s'évertuait pas à l'en empêcher.

— L'accusation a raison, a tranché la juge Fleming. Puis-je rappeler au prestigieux défenseur de l'accusé qu'il aura bientôt toute latitude de procéder au contre-interrogatoire du témoin ?

Perrine s'est levé à son tour.

— Conneries ! a-t-il éructé en donnant un grand coup de genou dans la table réservée à la défense.

Boehme a levé vers lui un regard trahissant son inquiétude. Il a aussitôt baissé la tête, apparemment fasciné par le motif de la moquette.

— Conneries ! a répété Perrine. Ces accusations sont fausses, espèce de sale menteur ! C'est du har-cèlement ! Toute cette procédure est illégale ! J'exige d'être entendu par le consul du Mexique. Je ne suis pas citoyen américain. J'ai un passeport mexicain. Vous n'avez aucun droit sur moi !

En quelques secondes, plus d'une dizaine d'agents de sécurité, d'auxiliaires de justice et de policiers fédéraux se jetaient sur lui. Perrine a feint de se calmer, puis il leur a glissé entre les doigts en se ruant vers moi. Je me suis levé précipitamment, prêt à me défendre avec la chaise en fer réservée aux témoins. Je lui aurais défoncé le crâne avec un plaisir non dissimulé, mettant un terme une bonne fois pour toutes à ce cinéma.

Les agents de sécurité du tribunal ne m'en ont pas laissé le loisir. Le narcotrafiquant a disparu sous la masse de ses agresseurs, c'est tout juste si l'on entendait encore ses grognements, ponctués par le cliquetis des menottes qu'on lui plaçait autour des chevilles.

— Tu regretteras ça, Bennett ! a hurlé Perrine en se débattant comme une bête féroce. Quand j'en aurai terminé avec toi et les tiens, tu regretteras de ne pas avoir fini en fausse couche !

Il hurlait toujours quand les agents de sécurité l'ont emporté en lui emprisonnant bras et jambes. Dans la salle d'audience, tout le monde s'observait dans un silence de mort, sous le coup de l'incident.

— Les débats sont clos pour aujourd'hui, a déclaré la juge. Je signale à la défense que l'accusé, à ma demande, sera entravé et portera une muselière lors de la séance de demain. Je ne tolérerai aucune remarque de votre part à ce sujet. Au premier incident, je le fais mettre en cage.

Elle a ponctué sa menace d'un coup de maillet digne d'un forgeron.

— Je demande votre pleine et entière collaboration, maître. Sachez que ce procès aura lieu, quoi qu'il m'en coûte !

82

Peu avant 20 heures, le responsable des patrouilles du soir au 5ᵉ District, le sergent Wayne Lozada, et son coéquipier, l'agent Michael Morelli, garaient leur voiture dans leur planque préférée, au coin de Canal et du Bowery.

Morelli coupa le moteur et récupéra sur la banquette arrière l'épais classeur contenant le *Guide de patrouille* du NYPD. Il chercha la section consacrée à l'utilisation du Taser. Morelli, passé maître dans l'utilisation de cet engin à force de croiser des cinglés dans le quartier, connaissait bien le sujet. Il préférait néanmoins potasser la question en prévision du concours de sergent qu'il passait à la fin du mois.

Tandis que Morelli relisait son manuel, Lozada écoutait la radio d'une oreille distraite en contemplant l'arche monumentale du pont de Manhattan. Il ne se lassait jamais de ce spectacle. Dans le décor des publicités en chinois, des boutiques crasseuses et des vendeurs à la sauvette proposant de faux sacs à main de luxe sur le trottoir constellé de pisse du Bowery, la majestueuse structure de pierre avait tout d'une erreur de casting. Un peu comme un Rembrandt dépassant d'une benne à ordures.

Lozada, qui avait brièvement enseigné l'histoire dans un lycée avant d'entrer dans la police, se passionnait pour l'architecture. Il envisageait même de proposer des visites de New York une fois venue l'heure de la retraite, à la fin de l'année.

— Tu as vu ça, Morelli ? dit-il. Ce truc a été construit par les architectes de la Bibliothèque de New York. On appelle ça un arc de triomphe. Celui-ci est inspiré de la porte Saint-Denis à Paris, et de l'arc de Titus à Rome, qui date du Ier siècle. Il a été érigé à l'époque du mouvement City Beautiful, lancé par de riches citoyens de la fin du XIXe qui entendaient promouvoir le civisme et l'harmonie sociale par la grandeur architecturale et l'aménagement de beaux espaces publics.

— Super, sergent. La classe, marmonna Morelli qui attendait avec impatience la retraite d'un supérieur pontifiant.

— Il y a un siècle, on construisait des chefs-d'œuvre classiques quand on avait besoin d'un nouveau pont, soupira Lozada. De nos jours, dix ans après le 11 Septembre, les gens sont infoutus de reconstruire deux horribles gratte-ciel.

— Ouais, c'est fou. C'est exactement ce que je pense, répondit Morelli en tournant une page de son énorme classeur.

Lozada laissait échapper un nouveau soupir lorsqu'un bruit lui fit tourner la tête.

— Non ! J'y crois pas ! s'exclama-t-il en entendant le *ka-clic ka-clic ka-clic* se rapprocher.

Il vit apparaître dans son rétroviseur de porte un jeune Latino agitant une bombe de peinture.

Le type s'arrêta trois mètres derrière la voiture de patrouille et entreprit tranquillement de taguer le mur de pierre de l'immeuble au pied duquel ils étaient garés. Morelli et Lozada se regardèrent en silence, puis éclatèrent d'un rire sonore.

— Ton iPhone est chargé, Morelli ? demanda Lozada en posant la main sur la poignée de sa portière. À mon avis, soit on a affaire à un vandale malvoyant, soit ce type-là veut remporter le titre de délinquant le plus con de la planète.

Lozada ouvrit sa portière et posa un pied sur le trottoir. Il se levait de son siège lorsqu'il entendit rugir un moteur dans un long crissement de pneus.

Une vieille camionnette Dodge blanche apparut au coin du Bowery et s'immobilisa à côté de la voiture de patrouille. Trois énormes Latinos en combinaison et bottes de chantier, le visage dissimulé derrière un bandana, jaillirent du véhicule et se plantèrent devant lui. Tous étaient armés de battes de baseball et de fusils.

Lozada reconnut des M4. Il était bien placé pour le savoir, il en avait un dans le coffre de la voiture de patrouille.

Ce fut sa dernière pensée.

Les assassins ouvrirent le feu, le canon des fusils crachant des éclairs à peine visibles à la lueur du crépuscule. Lozada s'effondra, touché à la gorge et au visage par une dizaine de projectiles. Morelli, qui tentait de regagner précipitamment la voiture de patrouille dont il était descendu, parvint tout juste à dégainer son Glock avant d'être fauché par une rafale. Il avait cessé de vivre avant même de toucher le sol, son arme au poing.

Les tueurs s'acharnèrent sur les deux policiers morts. Leurs munitions épuisées, ils rechargèrent tranquillement et vidèrent leurs chargeurs dans la voiture de patrouille.

Le tagueur enjamba le cadavre de Lozada et tira de son sac à dos un bidon rouge rempli d'essence qu'il vida sur la carrosserie et les banquettes du véhicule. Il se débarrassa du bidon et alluma un Zippo d'un pouce rugueux. Il avait déjà sauté à l'intérieur de la camionnette lorsque la flamme du briquet atterrit sur le siège avant, enflammant brutalement l'auto.

La Dodge démarra sur les chapeaux de roues, laissant les flammes éclairer d'une lueur sinistre les deux cadavres couverts de sang, au pied du mur sur lequel avait été tracée une inscription à la bombe :

DOS POR DÍA HASTA QUE SE LIBERA !
LIBERTAD ! LIBERTAD !
LIBÉREZ MANUEL PERRINE !
DEUX PAR JOUR TANT QU'IL NE SERA PAS
LIBRE !

83

En sortant du palais de justice, j'ai emprunté la ligne 7 en direction de Queens où j'espérais retrouver Mary Catherine. Seamus m'avait laissé un message afin de m'avertir qu'elle avait téléphoné au chalet. Son coup de fil n'était pas clair. Elle s'était réfugiée chez des amis, le temps de réfléchir, et promettait de rappeler dans quelques jours. Me souvenant qu'elle avait vécu chez des proches à Woodside à son arrivée aux États-Unis, j'avais décidé de me rendre dans ce quartier de Queens, avec l'espoir de croiser sa route.

Mon projet était insensé. Quand on sait qu'il y a plus de huit millions d'habitants à New York, les chances de tomber sur quelqu'un par hasard sont minces. Je n'étais même pas sûr qu'elle se trouve à Woodside. Elle avait très bien pu aller dans les Hamptons, ou même repartir en Irlande. Inutile de le préciser, je ne l'ai pas trouvée. En revanche, à force d'arpenter Queens Boulevard et d'en écumer les bars, j'ai compris à quel point je me sentais coupable. Et seul.

Williams, le flic plein de bonne volonté chargé de surveiller mon immeuble, est sorti de sa voiture de patrouille, sa torche à la main, en me voyant regagner mon appartement de West End Avenue vers 22 heures. J'ai tiqué en remarquant la présence de deux autres voitures de patrouille.

— Vous êtes là ! La terre entière vous cherche ! m'a apostrophé Williams. Vous n'allumez jamais votre téléphone ?

— Je n'avais plus de batterie. Que se passe-t-il de dramatique, encore ?

Je ne croyais pas si bien dire. Assis sur le capot de la voiture, tête baissée, j'ai écouté Williams me fournir les détails de la double exécution de Canal Street. J'ai serré les paupières quand il a évoqué l'inscription taguée sur le mur. Le sergent assassiné était père de quatre enfants, son aînée étudiait à l'université Loyola.

L'horreur de la situation m'a fait l'effet d'un coup de poignard entre les omoplates. Nous en étions donc arrivés là. Ils assassinaient les flics du NYPD. Ils les trouaient comme des passoires à coups d'armes automatiques. J'ai senti la terre basculer autour de moi. Au nom du ciel, comment reprendre la main ?

Je suis remonté chez moi en laissant Williams à sa garde. L'appartement était plus vide et silencieux que jamais. Jamais je ne m'étais senti aussi perdu. En fouillant un peu, j'ai fini par dénicher une bouteille de Smirnoff Lemon Twist au fond d'un placard. Un cadeau de Noël oublié. Je l'ai débouchée et j'ai avalé une gorgée de vodka, assis sur mon lit.

Je me suis allongé sans même prendre la peine d'enlever mon costume et mes chaussures. Normal. Quand on se bourre le pif à la vodka bon marché, autant soigner les apparences. J'ai fait tournoyer le ruban de Noël de la bouteille autour de mon doigt en pensant à ma femme disparue, Maeve. J'avais beau essayer, impossible de voir son visage dans ma tête. Et puis j'ai pleuré. En pensant à Maeve, à Mary Catherine, aux deux flics abattus. Quand la bouteille a refusé de se briser contre la table de nuit, je me suis consolé en avalant une nouvelle gorgée.

Rien de tout ça n'aurait dû arriver. Ce n'était pas prévu dans le scénario.

Après tout, qu'avais-je osé demander à l'existence ? Le droit d'être un type bien. À l'instar de mon père, j'étais devenu flic pour débarrasser la société de ses scories. Nettoyer les rues de façon que les honnêtes gens puissent vivre en paix avec leur conjoint et leurs enfants. Et tout ça pour quoi ? Les gens ne se mariaient même plus et, quand ils avaient des enfants, c'était pour mieux les abandonner dans la rue ou les vendre sur Internet. À quoi bon accuser l'époque à laquelle nous vivions ? L'humanité tout entière avait basculé. Les gens ne se comportaient plus comme des êtres humains.

Eh, Mike ! Pour qui tu te prends ? ai-je pensé en savourant la Smirnoff tiède et citronnée qui m'arrachait le gosier. Quand on n'est pas foutu de retenir sa nounou, on la ferme.

Je suis allé à la fenêtre, histoire de contempler les lumières de la ville dans la nuit.

— Où es-tu, Mary Catherine ? ai-je murmuré. Je suis désolé si je t'ai blessée. J'ai besoin de toi, Mary Catherine. Je t'en prie, reviens.

84

Le lendemain matin, j'ai demandé au chauffeur de taxi de me déposer sur Broadway et j'ai rejoint le palais de justice à pied sous une pluie fine. Plusieurs camionnettes du service de déminage étaient rangées devant le bâtiment, des hélicoptères tournoyaient dans le ciel. J'avais beau avoir refusé toute protection policière, j'étais suivi par deux véhicules banalisés remplis de flics en civil.

Douché, rasé et reposé, malgré ma gueule de bois, j'avais enfilé mon plus beau costume. J'ai failli mettre un gilet en Kevlar avant de changer d'avis. À ce stade, Perrine faisait appel à des mercenaires surentraînés. Si je me trouvais dans leur collimateur, ils ne viseraient pas le torse, mais la tête.

Sans compter que le gilet pare-balles aurait nui à la coupe impeccable de ma veste. Perrine n'avait pas le monopole de l'élégance.

La sécurité avait été renforcée après l'assassinat du binôme de flics la veille. De nouvelles mesures avaient été prises, en complément du dispositif installé tout autour du bâtiment. En plus des guérites blindées, des barrières hydrauliques et des murs de protection contre les véhicules piégés, l'unité Hercule du NYPD avait été déployée : une véritable armée de flics casqués en tenue anti-émeute, mitraillette au poing, disposée le long d'une file interminable de Suburban noirs.

En dépit de l'importance de la présence policière à l'extérieur, les couloirs du palais de justice étaient curieusement déserts, une fois franchis les portiques de sécurité. À l'exception des affaires criminelles les plus urgentes, tous les procès de la semaine avaient été reportés, eu égard aux circonstances. Arrivé tôt dans la salle des témoins du treizième étage, j'ai refusé le café que me proposait l'assistante de Tara, préférant une bouteille d'eau.

J'ai trompé l'attente en consultant ma messagerie. Mary Catherine n'avait pas tenté de me joindre. Elle n'avait pas davantage rappelé Seamus, et je me faisais un sang d'encre à son sujet.

Je m'escrimais sur les icônes de mon smartphone avec le pouce quand l'assistante de Tara a passé la tête par l'entrebâillement de la porte.

— Inspecteur Bennett ? Vous êtes appelé à la barre.

Tous les regards se sont braqués sur moi au moment où je pénétrais dans la salle d'audience aux murs aveugles. Les visages étaient solennels. On aurait pu croire que j'étais le vilain petit canard de la famille qui débarque à l'improviste lors d'un enterrement.

Après tout, c'était bien d'un enterrement qu'il s'agissait. Celui de Manuel Perrine. Il était grand temps de le clouer dans son cercueil. Le narcotrafiquant, lourdement enchaîné, était assis à la table de la défense.

C'est tout juste si on l'apercevait derrière l'épais rideau de flics et d'agents de sécurité. Il ne portait pas de muselière, contrairement à ce qu'avait promis la juge. Il en méritait pourtant une, comme tout animal enragé. Je l'aurais bien vu avec un masque grillagé comme celui d'Hannibal Lecter.

J'ai secoué la tête en observant la juge en coin. Comment s'étonner que les gens ne fassent plus confiance au système ?

Vogel, de l'équipe du procureur, s'est levé.

— Bonjour, inspecteur. Hier, vous évoquiez la fusillade qui s'est déroulée lorsque vous avez tenté d'arrêter Manuel Perrine. Où cet échange de coups de feu a-t-il eu lieu ?

— Dans une ruelle le long du Madison Square Garden.

— Pourquoi cet endroit ?

— Nous avions appris que Manuel Perrine se trouvait à New York pour assister à la remise de diplôme de sa fille, étudiante en droit à la NYU.

— Exactement ! a hurlé Perrine. Je viens dans votre pays de merde et votre ville de merde uniquement pour voir ma fille, et je me retrouve accusé de crimes dont je suis innocent.

Debout, il a ponctué son propos en frappant la table des deux poings.

— Je suis victime d'accusations mensongères. Vous croyez peut-être que vous me faites peur ? Que ces accusations bidon me font peur ? J'arracherai moi-même ta saloperie de langue de menteur, espèce de sale flicard. Je te la couperai et je te la ferai bouffer jusqu'à ce que tu t'étouffes !

— Assez ! s'est écriée la juge. Je vous avais prévenu, monsieur Perrine. Nous allons poursuivre ce procès par défaut. Gardes, faites sortir l'accusé.

Perrine a fait mine de résister en bousculant les flics qui tentaient de s'emparer de lui, puis il s'est brusquement calmé. À la rage succédait un calme olympien, comme s'il avait appuyé sur un bouton dans sa tête. La métamorphose était pour le moins curieuse. Il m'a même adressé un sourire en quittant la salle.

La porte s'est refermée.

— Merci, madame le juge, a repris Vogel au nom de l'accusation. Revenons à votre témoignage, inspecteur. Vous avez appris que Manuel Perrine comptait assister à la cérémonie de remise de diplôme de sa fille. Poursuivez à l'intention des jurés, je vous prie.

Je me suis levé, inquiet. Perrine nous jouait la comédie. Son petit numéro était trop bien rodé.

— Attendez un instant.

Je me suis précipité vers la sortie.

— Mais enfin, Bennett ! Qu'est-ce que vous fichez ? a murmuré Vogel au moment où je passais à côté de lui.

— Ce n'est pas normal. Il se passe un truc bizarre.

85

Perrine et son escorte policière disparaissaient au coin du couloir conduisant aux ascenseurs quand j'ai poussé les portes de la salle d'audience. Je me suis lancé à leur poursuite, poussé par mon seul instinct.

Je me trouvais près d'une cabine téléphonique à l'ancienne, à quelques mètres du couloir des ascenseurs, quand le bruit m'est parvenu. Un énorme *wouffff*, suivi par un fracas de verre brisé. Le craquement d'une batte de baseball géante s'écrasant sur un pare-brise disproportionné. Le sol a tremblé sous les semelles de mes mocassins.

Quoi encore ?

Je me suis précipité. Perrine et son escorte se trouvaient près des ascenseurs. Les flics qui l'entouraient, surpris par ce vacarme étrange, regardaient autour d'eux. Certains avaient dégainé. La plupart d'entre eux regardaient avec des yeux ronds la porte en face des ascenseurs.

— Nous avons un problème, a déclaré l'un des policiers dans sa radio. Un gros problème.

Un doigt appuyait furieusement sur le bouton de l'ascenseur, dans l'espoir de faire venir la cabine, et puis la porte opposée a explosé dans un tonnerre de feu.

Je suis tombé à genoux en sortant mon arme de son étui, les oreilles bourdonnantes. En relevant les yeux, j'ai vu un épais nuage de fumée jaune s'engouffrer dans le couloir à travers la porte béante. Aux premiers effluves, j'ai compris qu'il s'agissait de gaz lacrymogène.

Des picotements plein les yeux, le nez transformé en robinet, je me suis jeté dans un renfoncement de porte en me protégeant le visage avec ma cravate. Un coup de feu a éclaté tout près. J'ai cherché une poignée de porte à tâtons et je me suis retrouvé dans une salle d'audience vide.

J'ai cru halluciner en découvrant un spectacle ahurissant de l'autre côté de la baie vitrée.

Une grande cage métallique jaune était appuyée contre la fenêtre éclatée de la pièce voisine. Une lourde nacelle pendue par un câble à la grue d'un chantier de construction voisin. Là, tout près, à quelques mètres à peine, se tenaient deux hommes en tenue de chantier beige. Affublés de masques à gaz, ils braquaient des armes automatiques en direction du bâtiment.

On aurait pu croire à l'intervention d'une unité d'élite. À ceci près qu'il ne s'agissait pas de l'une de *nos* unités d'élite. Ces deux types étaient là pour aider Perrine à s'évader en l'extrayant du bâtiment directement par le treizième étage !

Sans réfléchir, et sans sommations, j'ai ouvert le feu sur les deux inconnus à travers la baie vitrée. Les balles de mon Glock ont réussi à percer la vitre, mais elles ont probablement été détournées par l'épaisseur du verre ou le grillage de la nacelle.

À défaut d'atteindre les deux hommes, mon tir a attiré leur attention sur moi. Ils ont aussitôt braqué leurs armes dans ma direction. J'ai plongé dans le couloir à l'instant précis où la baie vitrée explosait, emportée par les rafales qui hachaient menu les bancs de la salle d'audience.

J'ai glissé un œil à travers la porte en entendant le ronronnement d'un moteur. La nacelle jaune s'éloignait du bâtiment, emportée par le mouvement pivotant de la grue. Les deux tueurs en armes encadraient un Black à la peau claire en combinaison de prisonnier.

L'audace de la manœuvre était proprement stupéfiante. J'avais du mal à y croire.

La nacelle s'est lentement élevée au-dessus de ma tête, m'apportant la preuve que je ne rêvais pas.

86

Les nuages de gaz lacrymogène se dissipaient quand j'ai traversé le couloir en enjambant les corps des flics. Plusieurs d'entre eux étaient blessés.

J'ai avisé un agent fédéral, un Black baraqué qui tentait de stopper avec la main le sang qui giclait de sa cuisse.

— Ton flingue !

J'ai attrapé au vol le SIG Sauer qu'il me lançait, couru jusqu'à l'escalier et escaladé les marches quatre à quatre. J'ai grimpé les dix étages qui me séparaient du toit sans même m'en apercevoir. Dopé par l'adrénaline, j'aurais probablement été capable de monter sur les mains. L'instant suivant, je me retrouvais sur la terrasse de l'immeuble.

J'ai atteint le garde-fou juste à temps pour voir la grue déposer la nacelle jaune sur le toit de l'immeuble d'en face. Je m'efforçais de viser les trois fuyards avec mon arme quand un bruit d'hélicoptère a résonné au-dessus de ma tête. Au lieu de l'hélico du NYPD auquel je m'attendais, j'ai vu apparaître un appareil arborant le sigle de la chaîne NBC !

— Foutez le camp, bande d'imbéciles ! Allez chercher vos scoops ailleurs !

J'ai enfin compris en voyant l'hélico se poser sur le toit. Lui aussi faisait partie du plan d'évasion !

J'ai fait feu au moment où Perrine et ses sbires montaient à bord. J'ai vidé le chargeur du SIG Sauer dans la portière du pilote. J'ai dû rater ma cible car le nez de l'appareil s'est levé et l'hélico s'est éloigné vers l'ouest en décrivant une large courbe au-dessus du palais de justice avant de disparaître derrière le siège du FBI, sur Federal Plaza.

J'en suis resté sans voix. Perrine avait réussi l'impossible.

Le Roi Soleil s'était évadé !

87

Seule consolation après ce terrible fiasco, aucun mort n'était à déplorer. Outre l'agent fédéral qui m'avait prêté son arme, trois agents de sécurité avaient été blessés, mais le pronostic vital n'était engagé pour aucun d'entre eux.

J'étais vert de rage. Et même au-delà. Perrine n'avait eu aucun mal à acheter les complicités nécessaires, à l'extérieur comme à l'intérieur de l'appareil judiciaire, peut-être même au sein du palais de justice.

À peine dehors, je me suis précipité vers le chantier voisin. Le chef de l'unité Hercule discutait déjà avec les ouvriers et le chef de chantier, un certain Rocco Sampiri.

— Il prétend que le grutier prenait sa pause, m'a expliqué mon collègue. Personne n'a pu voir le visage des types qui sont montés dans la nacelle.

J'ai longuement dévisagé Sampiri. Il était un peu trop bien mis à mon goût pour quelqu'un du bâtiment : un T-shirt impeccable révélant ses bras musclés et bronzés, un jean de marque et des bottines. Avec sa Rolex en or et ses mains soigneusement manucurées, ce type-là ne suait probablement pas beaucoup en dehors du club de sport où il devait multiplier les exercices de musculation en s'admirant dans la glace.

— Vraiment ? lui ai-je demandé. Un type grimpe en haut d'une grue de cent mètres, balance une unité SWAT dans le palais de justice d'en face, et personne n'a rien vu ? Ce n'est pas une pause qu'a pris votre grutier. C'est une sieste !

— J'apprécie votre sens de l'humour, inspecteur, mais on n'a vraiment rien vu, s'est justifié Sampiri d'une voix grave, gonflée aux stéroïdes, qui semblait sortir d'un tonneau.

Je me suis tourné vers les ouvriers qui observaient la scène.

— Mais enfin, les gars ! Vous savez qui vient de s'évader ? Un assassin mutirécidiviste qui a déclaré la guerre à ce pays, exactement comme un terroriste. Je vous en prie, aidez-moi. Personne n'a vraiment rien vu ?

Du coin de l'œil, j'ai vu Sampiri menacer du regard ses hommes. Ils ont baissé la tête à l'unisson.

— Je vous l'avais bien dit. Personne n'a rien remarqué, a déclaré Sampiri avec un haussement d'épaules. On sait pas du tout ce qui s'est passé. Vous feriez mieux de poursuivre votre type plutôt que de nous les casser. Il m'a tout l'air d'être dangereux.

Je l'ai fusillé du regard. Pas besoin de taper «Rocco Sampiri» dans la base de données du FBI pour deviner qu'il était lié au crime organisé. À condition d'y mettre le prix, Perrine pouvait sans difficulté requérir l'aide de la Mafia. Cette tête de nœud de Sampiri avait probablement dégusté un expresso avec le libérateur de Perrine avant de lui donner les clés de la grue. En plus, il se foutait de ma poire : l'occasion était trop belle de raconter des bobards à des crétins de flics dans notre genre.

Le petit sourire en coin de Sampiri a été la goutte d'eau qui a fait déborder le vase. Je hais peu d'individus sur cette terre, mais ceux de la Mafia font partie du lot. Je suis ulcéré par tous ces gens qui trouvent du charme aux mafieux en regardant *Les Soprano* ou *Le Parrain*, au prétexte qu'ils se tuent uniquement entre eux. Ils adorent le côté secret de l'organisation. Chaque fois que des gens normaux, à l'image des employés de ce chantier, acceptent de fermer les yeux, des salauds tels que Perrine ou le Rocco en question ont tout le loisir de mener leurs petites affaires.

— C'est bon, Rocco. Vous avez gagné, on s'en va. Merci de votre aide.

Feignant de m'en aller, j'ai tiré la matraque télescopique attachée à ma ceinture et je l'ai dépliée contre ma jambe.

— Ah, Rocco. J'oubliais.

Pour une raison qui m'échappe, la matraque métallique est entrée en collision avec le bas-ventre de Rocco. J'ai dû toucher une zone sensible, car il a mis le genou à terre, tel un amoureux demandant sa belle en mariage, et des larmes ont coulé le long de ses joues cramoisies. J'ai replié la matraque avant de poser une main compatissante sur son épaule, sculptée par les exercices de musculation.

— Mon Dieu, Rocco ! Ça ne va pas ? Vous n'avez pas l'air dans votre assiette. Je peux vous proposer un verre d'eau ?

— Fils de pute, a-t-il réussi à articuler entre deux hoquets, d'une voix nettement plus aiguë que précédemment. Salopard. Pourquoi vous avez fait ça ?

— Je ne sais pas vraiment, Rocco. Tout est allé si vite, je n'ai rien vu. Vous ne trouvez pas ça bizarre ? D'un seul coup, personne ne voit rien de ce qui se passe, dans le coin.

88

Au cours des deux heures de folie qui ont suivi, je me suis entêté à vouloir participer à l'enquête sur l'évasion de Perrine. J'ai échoué lamentablement.

Un jeune gradé du FBI du nom de Bill Bedford a pris l'affaire en main. Tara m'avait averti que Bedford avait les dents qui rayaient le plancher. Cet ancien champion de football américain de l'université Duke n'hésitait jamais à planter un crampon ou deux entre les omoplates des joueurs qui se trouvaient sur son chemin lorsqu'il avait décidé de marquer un but.

À peine m'étais-je présenté à lui que Bedford me conduisait dans une salle d'audience vide du rez-de-chaussée du palais de justice. Au lieu des questions auxquelles je m'attendais, j'ai eu droit à un passage sur le gril en bonne et due forme. Mon collègue au casque blond avait beau manifester de la réserve, j'ai cru discerner de la colère dans ses yeux à plusieurs reprises. L'ombre d'un océan d'hostilité.

Au terme de cet interrogatoire, il m'a promis de me tenir informé, mettant fin à l'entretien en déroulant le menu de son BlackBerry à la vitesse de la lumière.

— Attendez une seconde, Bill. Je peux vous aider. Je connais bien Perrine. Je m'occupe de l'affaire depuis le premier jour.

— Je vous appellerai, a répondu Bedford sans lever les yeux de son écran.

Tu parles. On me l'avait déjà faite, celle-là. Il me mettait sur la touche, rien de moins. Les fédéraux ne souhaitaient pas que je me mêle de leur enquête, de près ou de loin. Et quand j'ai voulu solliciter l'aide des huiles du NYPD, on m'a bien fait comprendre que je n'étais plus le bienvenu.

Pour une fois, je ne pouvais pas leur en vouloir. J'avais perdu Perrine de façon honteuse, au vu et au su de tout le monde, après l'avoir tenu entre mes mains. Ma patronne, Miriam Schwartz, m'a confié en passant quelques-unes des méchantes rumeurs qui circulaient sur mon compte. On me soupçonnait d'être le complice de Perrine, puisqu'on m'avait vu discuter avec lui au tribunal et que je l'avais interrogé, seul à seul, dans sa prison.

J'ai hésité à me défendre en expliquant que Perrine avait proposé de m'acheter. J'ai préféré garder le silence. Ma hiérarchie réfléchissait à me faire porter le chapeau. Inutile de jeter de l'huile sur mon propre bûcher.

Tout plaidait contre moi. J'étais devenu toxique, je portais la poisse. Perdu au milieu de Foley Square, sans personne à qui parler, j'avais le sentiment d'être un gamin oublié par ses camarades sur le bord du terrain de jeux.

Le message muet que m'adressaient mes collègues était clair.

Tu nous emmerdes, mec.

Rentre chez toi.

89

C'est exactement ce que j'ai fait. Je me suis empressé de quitter Manhattan par le train de 18 h 12 à destination de Beacon, je me suis enfermé au chalet du lac, et je n'en ai pas bougé pendant quinze jours.

J'avais cru que le stress de savoir Perrine dans la nature m'empêcherait de profiter de mes vacances, sans parler de l'atmosphère délétère qui flottait autour de moi. Je me suis surpris moi-même en profitant pleinement des enfants. Les vacances d'été tiraient à leur fin et nous n'en avons pas gaspillé un seul instant. Chaque journée nous réservait sa part de surprises. Kart au programme un jour, minigolf le lendemain. Au ravissement des filles, nous nous sommes levés à l'aube un matin et nous sommes allés dans une ferme équestre du comté de Sullivan.

Le clou de ces deux semaines a été la journée passée au Big E, une immense foire du Massachusetts dans laquelle sont représentés tous les États de Nouvelle-Angleterre. Mes petits rats des villes n'en revenaient pas de la profusion de manèges, de tracteurs et autres expositions d'animaux domestiques. Après nous être empiffrés de pommes de terre farcies géantes, nous avons assisté à un concours de bétail, pour le plaisir. Accoudé à une barrière, je n'en revenais pas moi-même à la vue de ces jeunes ruraux rayonnants, un nœud papillon autour du cou, traînant des vaches en laisse comme s'il s'agissait d'un concours canin.

— On ne risque pas d'assister à ce genre de spectacle sur West End Avenue, a remarqué Seamus, à côté de moi. À propos, pourquoi nous as-tu amenés ici ?

— Eh bien, grand-père, ma carrière de flic urbain étant décidément en berne, il me faut bien réfléchir à l'avenir. Pourquoi ne pas me reconvertir dans l'agriculture ?

Cela dit, je pouvais être certain que mon ami le Roi Soleil ne m'avait pas oublié. Il était libre, c'est vrai, mais j'avais gravement blessé ce connard arrogant. Non content d'arrêter Sa Majesté, je lui avais cassé le nez avant de le ridiculiser. Peu de personnes en ce bas monde avaient osé l'asticoter autant que moi. Je veux parler des vivants.

Tout en savourant l'été, je ne me déplaçais jamais sans arme. J'étais allé jusqu'à scier le double canon du fusil récupéré au chalet, ce qui est strictement interdit. Je l'avais caché sous le siège du minibus, au cas où, à côté du miroir dont je me servais tous les matins afin de m'assurer que personne n'avait dissimulé de bombe sous le châssis. Je sais, j'étais parano, mais qui peut le plus peut le moins.

En sortant du concours de bétail, nous sommes allés écouter un concert de musique country dans l'une des tentes. Emporté par l'ambiance, j'en arrivais à oublier mes soucis, quand le chanteur coiffé d'un chapeau de cow-boy s'est lancé dans une complainte amoureuse.

J'ai immédiatement dégringolé de quinze étages. Je n'avais pas besoin de ça. Ma vie était devenue une chanson country. Si je n'avais pas été obligé de prendre le volant au retour, je crois bien que j'aurais commandé une bière afin de m'y noyer.

Car Mary Catherine s'était évanouie dans la nature, exactement comme Perrine. Aucun coup de fil, aucun contact. Je n'étais pas le seul à qui elle manquait. En dépit de toutes nos activités et de leur bonne humeur apparente, les enfants étaient perturbés.

Voilà pourquoi je n'ai pas voulu quitter le concert, en dépit de cette sérénade déchirante, lorsque les enfants ont décidé de partir avec Seamus explorer le champ de blé transformé en labyrinthe. J'ai écouté religieusement le cow-boy égrener ses peines de cœur en évoquant son grand lit vide et les feux arrière de la voiture de sa dulcinée qui se fondaient dans la nuit.

90

Il était minuit lorsque nous avons regagné le chalet. Je me suis assuré que tout était normal dans la maison, comme d'habitude. C'est-à-dire que je l'ai fouillée de la cave au grenier, mon 9 mm au poing. J'avais confié à Morphée toute ma petite troupe et bu un dernier verre en compagnie de Seamus quand j'ai pensé à vérifier les messages sur mon répondeur.

Miriam, ma patronne, avait appelé pour me signaler que des journalistes du *Times* et de la chaîne ABC News souhaitaient recueillir mon témoignage. On m'avait mis sur la touche, mais l'évasion de Perrine continuait de monopoliser l'attention des médias à travers la planète. Un homme politique anglais avait affirmé que cette affaire était une preuve supplémentaire du déclin de l'Amérique. Merci du compliment, vieux. J'avais toujours su que mon nom figurerait un jour en lettres d'or dans les livres d'Histoire. Le pire, c'est que certains commentateurs américains lui donnaient raison.

Je suis passé au message suivant.

— Salut, Mike. Bill Bedford à l'appareil. J'aurais besoin de vous poser de nouvelles questions sur l'évasion de Perrine. En particulier au sujet d'un incident survenu dans l'établissement fédéral où il était détenu. Apparemment, vous vous seriez disputés. Merci de me rappeler au…

J'ai effacé la bande avant qu'il ait achevé sa phrase. Qu'il aille se faire foutre. Au ton de sa voix, cet idiot me prenait pour un suspect. Libre à lui de venir m'interroger dans mon trou, au volant de sa rutilante voiture de service.

Je m'apprêtais à débrancher le téléphone quand il a sonné. Les sourcils froncés, j'ai décroché bêtement.

— Allô ?

— Mike ? a répondu une voix de femme.

J'ai cru un instant qu'il s'agissait de Mary Catherine. Mon cœur s'est emballé. Elle allait bien et m'annonçait son retour.

La déception a été d'autant plus rude.

— Mike ? Allô ? Tara à l'appareil. Tu es là ?

J'ai lâché un soupir.

— Salut, Tara. Comment vas-tu ?

— Écoute, Mike. Je suis désolée de t'avoir battu froid. Je me suis comportée comme une parfaite bécasse et je m'en excuse. J'ai pris la résolution d'arrêter mes idioties. Croix de bois, croix de fer, si je mens, je vais en enfer.

Sa réaction m'a pris de court.

— D'accord.

— Nous restons amis ?

— Bien sûr, Tara. Bien sûr.

— Tant mieux. Sinon, tu connais la nouvelle ?

Je me suis redressé, comme électrisé.

— Non. De quoi s'agit-il ? Ils ont réussi à coincer Perrine ?

— Si seulement…, a répondu Tara. Non, je voulais parler de Newburgh. Le procureur fédéral a signé cet après-midi des mandats d'arrêt pour racket et corruption à l'encontre des Bloods et des Latin Kings de la ville. Quatre-vingts personnes sont concernées, sans compter les individus déjà inculpés pour des affaires en cours. En parallèle, nous avons mis sur pied une unité d'intervention interpolice. Nous passons à l'action après-demain. Tu es partant ?

— J'en serais ravi, Tara, mais on a probablement omis de te mettre au courant. Je suis persona non grata chez vous autres *federales*, en ce moment.

— N'importe quoi, Mike. J'en ai parlé à mon patron, je lui ai expliqué que c'était toi qui avais allumé la mèche. C'est bien le moins de t'avoir parmi nous au moment du feu d'artifice. Alors, qu'en dis-tu ?

C'était une excellente nouvelle. Pas pour moi, mais pour Newburgh.

— J'en dis que j'adore les feux d'artifice.

Le surlendemain, à 4 heures du matin, je rejoignais l'ancien arsenal de la Garde nationale, une imposante bâtisse en brique sur South William Street, en compagnie des inspecteurs Moss et Boyanoski.

À peine descendu de voiture sur le parking désert, j'ai cru distinguer un murmure : des éclats de voix nous parvenaient à travers les épais murs de pierre du bâtiment. On aurait pu croire que Wall Street avait été délocalisé et que les séances de la Bourse se déroulaient désormais de nuit.

Ed a poussé la porte d'entrée et je suis resté figé sur le seuil en découvrant une immense cathédrale, brillamment éclairée. L'ancien manège équestre des hommes de la Garde nationale servait de quartier général à une unité d'intervention comme je n'en avais jamais vu. Il y avait là près de cinq cents agents fédéraux, policiers d'État et autres flics municipaux. Vêtus de vestes de combat et de tenues camouflage, ils discutaient par petits groupes devant des tableaux blancs, quand ils ne faisaient pas cercle autour de classeurs débordant de mandats d'arrêt, étalés sur les capots d'une nuée de 4 × 4 noirs.

Tara m'avait prévenu qu'il s'agissait d'une opération de grande ampleur, mais je ne m'attendais pas à un tel spectacle. L'immense espace regorgeait de tables, d'ordinateurs portables, de téléphones. On se serait cru dans une grande université, un jour d'opération portes ouvertes.

— Newburgh n'a pas connu ça depuis le passage des troupes de George Washington au moment de la guerre d'Indépendance, s'est écrié Ed.

— Et vous savez quoi ? Une fois de plus, l'ennemi est habillé en rouge, a renchéri Bill Moss.

Tara était installée derrière une table pliante. Vêtue d'un blouson bleu du FBI, sa crinière sombre retenue en queue-de-cheval, elle préparait l'un des nombreux dossiers d'arrestation.

— Salut, les gars, nous a-t-elle accueillis. Heureuse de vous avoir parmi nous. Vous souhaitiez l'intervention des fédéraux, non ? Alors ? Qu'en dites-vous ?

J'ai haussé les épaules.

— Si c'est tout ce que vous avez en magasin, on s'en contentera.

Ed Boyanoski a éclaté d'un rire inextinguible. Je comprenais sa joie. Après avoir tant œuvré au changement dans sa ville, il voyait enfin le bout du tunnel. Bill et lui, aux anges, en restaient quasiment sans voix.

— J'attends cet instant depuis très longtemps, madame McLellan, a déclaré Bill Moss en regardant avec admiration l'armée réunie là. Depuis bien plus longtemps que vous ne pouvez l'imaginer.

— Ne vendons pas la peau de l'ours avant de l'avoir tué, messieurs. Nous avons encore du pain sur la planche, a tempéré Tara en nous tendant un dossier à chacun. Arrêtez-les, nous nous chargerons de les condamner. Vous trouverez ici le détail des équipes auxquelles vous êtes affectés. Bonne chasse.

92

Croyez-moi, la chasse a été bonne !

Deux heures plus tard, alors que pointait l'aube, j'attendais le moment fatidique dans un poste de guet improvisé. En l'occurrence un caniveau de Benkard Avenue, dans le quartier sud-est de Newburgh.

J'ai écarté le col de ma chemise que la sueur collait contre ma nuque, puis j'ai porté à mes yeux les jumelles à infrarouge. De l'autre côté de l'avenue, à hauteur d'un réverbère dispensant une lumière jaunâtre digne d'un sourire de fumeur, se trouvait notre cible : la dernière d'une rangée de maisons de ville en piteux état.

J'ai arrêté mon regard sur le tas de briques branlant qui lui servait de perron avant de passer en revue l'ensemble des ouvertures.

Rien ne bougeait à l'intérieur de la maison. La rue, bloquée à ses deux extrémités par des 4 × 4 noirs banalisés, était déserte.

Si l'unité d'intervention avait voulu créer un jeu de cartes avec les truands de la ville, Ed, Bill et moi aurions eu en main l'as de pique. La maison que nous nous apprêtions à envahir appartenait à Miguel Puentes, le dealer le plus brutal et le principal responsable des Latin Kings de Newburgh. Son frère Ramon avait été arrêté un peu plus tôt dans le club de strip-tease que les Puentes possédaient près de l'aéroport. Dire que j'étais impatient d'en découdre était un euphémisme. Les nerfs tendus à bloc, je serrais dans mon poing crispé la crosse caoutchoutée de mon Glock. Une situation comme je les aime : Dieu dans son paradis, un mélange de caféine et d'adrénaline digne d'un cocktail d'amphétamines dans le sang, et un voyou dormant paisiblement derrière une porte équipée d'un mauvais verrou.

On a posé une main sur mon épaule.

— La ruelle perpendiculaire et l'allée donnant sur l'arrière sont vides. Qu'en penses-tu ? m'a glissé Bill Moss à l'oreille.

J'ai baissé mes jumelles.

— Je pense qu'une petite réunion de famille ferait grand plaisir au clan Puentes.

Le feu vert nous est parvenu quelques instants plus tard, sous la forme du mot *Go* prononcé dans nos oreillettes.

Les instants suivants ont été un délicieux festival de sons et d'images. Le claquement sourd du bélier faisant sauter la serrure, suivi par un craquement sec de bois éclaté. Nous nous sommes rués à l'intérieur de la maison plongée dans l'obscurité en balayant chaque recoin avec nos torches.

C'est moi qui ai eu l'honneur de découvrir Miguel dans la chambre du fond, près de la cuisine. Une brute énorme aux yeux exorbités, le mot *magique* tatoué sur le cou. En caleçon, il dormait dans un lit sans draps beaucoup trop grand pour la pièce.

Je ne lui ai pas laissé le temps de réagir.

— Tes mains ! Je veux voir tes mains !

— *No hablo inglés !* a-t-il hurlé en se précipitant vers le placard qui s'ouvrait sur la droite de l'énorme lit.

J'ai survolé le matelas d'un bond et je lui ai sauté dessus. Nous avons roulé ensemble contre la porte du placard dont le mauvais bois a bien failli éclater sous le choc. Miguel a continué à se débattre jusqu'à ce que je refroidisse ses ardeurs en lui assenant un coup de crosse de toutes mes forces.

— Il ne parle pas anglais, mais j'ai comme l'impression qu'il a des dispositions pour l'allemand, a plaisanté Ed Boyanoski en poussant brutalement Miguel sur le lit. *Sprechen Sie* Glock, Miguel ? lui a-t-il demandé en le menottant.

— Mon bras ! Tu me fais mal, espèce d'enfoiré ! Je veux mon avocat ! Je veux mon putain d'avocat ! s'est exclamé Miguel, pieds nus, tandis qu'Ed l'obligeait à se relever.

— Et moi je veux un cachet d'aspirine, ai-je grondé en me massant le genou à l'endroit où il avait rencontré la porte du placard.

À 8 heures du matin, l'opération était terminée. Outre notre excellent ami Miguel, nous avions arrêté deux autres membres des Latin Kings, ainsi que deux Bloods.

— Le filet déborde, a souri Ed en refermant la portière coulissante de notre panier à salade Ford Econoline, garé tout à côté de Lander Street. Ramenons-les à la maison avant de repartir, armés d'une nouvelle liste.

— Je suis perplexe, Ed. Je ne sais pas si tu ressembles le plus à mes gosses le matin de Noël, ou bien le jour d'Halloween. Je te rappelle qu'on travaille, vieux. C'est indécent de s'amuser au boulot à ce point-là !

— Quand on aime ce qu'on fait, Mike, on est en vacances tous les jours, a répliqué mon gros ami d'origine polonaise, ponctuant sa phrase d'un coup de poing sur le capot de la fourgonnette.

Nous avons regagné l'arsenal. En route, nous avons klaxonné une autre équipe avant d'en repérer plusieurs autres dans les rues adjacentes. Ça ne rigolait décidément pas. Newburgh était en état de siège. Et, pour une fois, les gendarmes l'emportaient sur les voleurs !

Comment la joie d'Ed aurait-elle pu me surprendre ? C'était la première fois que je remontais Lander Street sans être tenaillé par la peur.

En me retournant sur notre cargaison de voyous, j'ai été frappé par leur tristesse, leur médiocrité et leur bêtise. Avec leurs coiffures datées, leurs sweats à capuche bon marché et leurs jeans baggy, ils paraissaient inoffensifs. Une bande de jeunes losers fatigués et débraillés.

Quel gâchis ! Comment pouvait-on rater sa vie aussi jeune ? Miguel Puentes, qu'attendait une inculpation pour trois meurtres différents, était irrécupérable. Les autres, en revanche, étaient de petits abrutis de bas étage, des crétins abreuvés de clips de rap. À la fois hébétés et craintifs, ils s'apitoyaient sur leur sort. L'instant tant redouté venait d'arriver. J'avais envie de leur demander si la perspective de rester au lycée, de se lancer dans une formation professionnelle ou bien de rejoindre les rangs de l'armée aurait été si pénible.

Leur jeunesse constituait leur unique circonstance atténuante. Pour la plupart, ils avaient tout juste la vingtaine. Certains d'entre eux risquaient des peines de cinq ou dix ans, mais qui sait si la prison ne les aiderait pas ? Ils avaient la possibilité de retrouver la liberté à l'âge de trente ans en ayant retenu la leçon. L'espoir fait vivre, dit-on.

En parlant d'espoir, le moment le plus savoureux de cette journée est arrivé au moment où nous rentrions à l'arsenal.

Une trentaine de personnes nous attendaient sur le parking. J'ai reconnu la plupart des visages pour les avoir vus lors des réunions auxquelles je m'étais rendu. J'échangeais un salut avec Mary Ann Walker, la chirurgienne de l'hôpital St. Luke, quand j'ai repéré une thermos de café et un plateau de viennoiseries à l'arrière d'un pick-up. Ces mères de famille, ces entrepreneurs, ces ouvriers du bâtiment étaient venus spontanément manifester leur soutien en apprenant que la police se lançait dans une opération de grande envergure.

Ils nous ont réservé un accueil digne de rock stars en apercevant nos prisonniers. Ils nous tendaient des gobelets, à l'image des spectateurs amassés le long du parcours d'un marathon. Nous avons éclaté de rire quand Ed a ouvert grand la bouche en voyant une main lui tendre un doughnut à la confiture.

— Si vous saviez comme nous sommes fiers de vous, nous a complimentés une vieille femme noire souriante en jogging jaune. Mes petits-enfants pourront jouer dans la rue ce soir, sans courir le risque d'être tués.

Leur fierté m'a ému aux larmes. J'ai repensé au lendemain du 11 Septembre, à la foule des anonymes amassés sur le West Side Highway qui offraient de l'eau et de la nourriture aux flics et aux équipes techniques appelés sur le lieu de la catastrophe.

Ed était aussi touché que moi. Parler n'aurait servi à rien. Cette manifestation naturelle d'humanité de la part des bonnes gens de Newburgh constituait l'un de ces rares moments, dans la vie d'un flic, où l'on ne regrette rien. Oubliées la souffrance, la paperasse, la hiérarchie, les difficultés de tous ordres. Je n'aurais cédé ma place pour rien au monde.

94

Ce même soir, vers 19 heures, « Born This Way » de Lady Gaga s'échappait des haut-parleurs à un volume assourdissant, dans une débauche de lumières disco.

Le DJ nous incitait à agiter les mains en l'air en nous trémoussant jusqu'à plus soif. Je lui aurais sans doute obéi si je n'avais pas craint de renverser le gâteau à l'effigie de Hannah Montana avec lequel je slalomais au milieu de la clientèle du bowling Tarsio Lanes.

Contrairement à ce que l'on pourrait croire, je n'avais pas décidé de sortir en boîte. Les stroboscopes tournoyaient en l'honneur de la « soirée cosmique » organisée par les propriétaires du bowling. Quant au public enthousiaste, il s'agissait de Seamus, de mes dix enfants et de moi-même, tous venus souffler les douze bougies de mes jumelles, Fiona et Bridget.

L'anniversaire des filles n'était pas la seule raison de cette fête. Le coup de filet avait permis d'arrêter soixante-douze membres de gang. En l'espace de quelques heures, nous avions nettoyé la ville de la quasi-totalité de ses malfaiteurs sans qu'un seul flic soit blessé. L'opération était un succès total.

J'étais passé directement de l'arsenal à la distribution des pizzas et au laçage des chaussures de bowling. Les enfants n'avaient jamais pratiqué ce sport auparavant et s'amusaient comme des fous. Surtout lorsque Eddie et Trent se sont dressés sur leurs chaises en plastique en exécutant un petit numéro de danse endiablé sur l'air de «Cotton-Eyed Joe».

— Papa! Papa! Faut absolument que tu voies ça! C'est le tour de grand-père Seamus! m'a crié Ricky alors que je distribuais les assiettes en carton.

— Mesdames et messieurs, Seamus Bennett, le célèbre roi du bowling, va s'élancer sur le plancher doré! s'est écrié le vieil homme avec une voix d'animateur télé. Quelle approche! Quel doigté!

Je me suis interposé de loin :

— Quel prétentieux!

Concentré, Seamus a lancé le bras en arrière, fait un pas en avant, et lâché la boule en exécutant une figure avec le pied droit. Il ne manquait d'ailleurs pas de grâce.

J'ai applaudi à tout rompre.

— Cet homme-là a des ailes aux pieds!

— Allez ma belle, a crié Seamus à sa boule. Droit au but! Droit au but!

Je vous le donne en mille… Seamus a signé un strike magistral. Il a pompé l'air du poing en tapant dans les mains de ses petits-enfants, tous au comble de l'excitation.

Nom de…! Qui eût cru que cette vieille canaille avait l'étoffe d'un champion de bowling?

Mon tour est arrivé. Ma boule a roulé bruyamment, ce qui ne m'a pas empêché de rater mon coup, sous les moqueries des enfants.

— Je croyais que tu avais déjà joué à ce jeu, m'a dit Seamus en mouillant de la langue l'extrémité du crayon avec lequel il notait le score.

— Grand-père est meilleur que papa, grand-père est meilleur que papa, a chantonné Shawna.

— Ton coup était trop super, grand-père, a approuvé Brian. Qui t'a appris à jouer au bowling ?

— Un gentil Américain que j'ai rencontré en arrivant d'Irlande lorsque je me suis installé ici, a-t-il répondu.

J'ai fait mine de chercher dans ma mémoire.

— Attends… Un type très grand, non ? Avec une perruque blanche et une mâchoire carrée ? George Washington, c'est ça ?

— « Ô, gardez-vous, mon seigneur, de la jalousie, a récité Seamus en brandissant son crayon. C'est un monstre aux yeux verdâtres qui se moque de la viande dont il se nourrit. »

J'ai levé les mains en signe de reddition.

— Si tu te mets à invoquer Shakespeare, je rends les armes. Vous remportez la partie, mon bon seigneur. Je sais reconnaître ma défaite. Cela dit, je remarque que tu pètes le feu, ce soir.

Nous avons découpé le gâteau en chantant « Happy birthday » pendant que Fiona et Bridget soufflaient leurs bougies. À voir leurs visages, mes enfants paraissaient heureux. Dopés par le sucre et l'atmosphère disco, mais heureux. J'avais la chance d'avoir une armée de gamins bien dans leur peau.

J'ai repensé aux paroles de la vieille femme venue nous accueillir devant l'arsenal.

Mes petits-enfants pourront jouer dehors ce soir, sans se faire tuer.

Elle avait touché à l'essentiel.

Fiona nous a brutalement rappelés à la réalité au moment où je lui tendais sa première part de gâteau.

— Je me demande où peut bien être Mary Catherine ce soir.

L'atmosphère de fête s'est éteinte instantanément, malgré la musique qui continuait de nous étourdir. Les rires se sont arrêtés, chacun a regardé ses chaussures de bowling.

Heureusement qu'ils ne comptaient pas sur moi pour répondre à la question de Fiona. Pour une fois, je suis resté muet.

95

Le moment tant redouté a fini par arriver. Le jour de boucler les valises et d'opérer un grand nettoyage dans le refuge d'été du clan Bennett. Il nous restait deux jours avant le dimanche marquant la fin des vacances, mais Mary Catherine n'avait toujours pas donné signe de vie et j'ai pensé que le plus tôt serait le mieux si je voulais accomplir la tâche herculéenne de rapatrier en ville toute ma petite famille. Persuadé que convaincre mes oiseaux de réunir leurs affaires serait aussi difficile que de leur arracher une dent, j'ai été le premier surpris de leur sens de l'organisation. Non contente de mettre au point une technique imparable de rangement et de nettoyage, Mary Catherine avait pris la peine de l'enseigner aux enfants. En un rien de temps, ils faisaient tourner le lave-linge et le lave-vaisselle avant de rassembler leurs valises dans le couloir avec l'efficacité de représentants de commerce. Si quelqu'un a eu le plus grand mal à réunir ses affaires, c'est bien votre serviteur. Je me trouvais à plat ventre sous mon lit, en train de chercher mes tongs au milieu des moutons, quand mon portable a sonné. Je l'ai extrait péniblement de la poche de mon short.

— Oui ?

— Mike, c'est Tara. J'ai d'excellentes nouvelles. En combien de temps peux-tu rejoindre la prison de Shawangunk ?

Je me suis retourné sur le dos.

— Tara, figure-toi que nous autres péquenauds du coin ne parlons pas de Shawangunk, mais de Shawngum. À part ça, je peux m'y rendre très rapidement. Pourquoi ?

— Notre grand nettoyage de Newburgh s'est révélé payant, Mike. Et même très payant. Tu as entendu parler des frères Puentes ? Miguel et Ramon ?

— Les deux charmants garçons qui dirigent la succursale locale des Latin Kings ?

— En personne. Il semble que ces braves jeunes gens aient décidé de jouer le jeu. On vient de recevoir un coup de fil de leur avocat. Ils affirment que Manuel Perrine se trouve toujours aux États-Unis. Mieux, ils connaissent sa cachette et sont prêts à nous la révéler à condition de bénéficier de l'immunité et du programme de protection des témoins.

J'ai adressé un sourire aux fissures du plafond de ma chambre. Je n'en croyais pas mes oreilles. Ou, plutôt, si. Le lien entre les Puentes et Perrine était logique puisque les Latin Kings se fournissaient auprès du cartel de ce dernier.

Ce genre de surprise est caractéristique de certaines enquêtes. On se tape la tête contre les murs pendant des mois sans rien découvrir, jusqu'au jour où se manifeste un témoin ou un repenti.

— Qu'en dis-tu, Tara ? Il arrive que la chance sourie aussi aux flics. As-tu pris contact avec mon excellent ami Bill Bedford, l'agent du FBI chargé de l'enquête sur l'évasion de Perrine ?

— Je l'appelle en raccrochant. À tout seigneur tout honneur. C'est toi qui dirigeais initialement cette enquête, j'ai pensé que tu méritais d'avoir l'info en priorité. Prêt à reprendre l'initiative ?

Je me suis relevé.

— Je te retrouve à Shawangunk.

96

Tara s'était trompée.

La rencontre avec les frères Puentes n'a finalement pas eu lieu à la prison de Shawangunk, qui est
un établissement carcéral d'État. Comme les quelque
soixante-dix affiliés aux gangs de Newburgh arrêtés
sur la base de délits fédéraux, ils avaient été conduits
au pénitencier fédéral d'Otisville.

J'ai soupiré en prenant le chemin de la deuxième
prison que je visitais depuis le début de mes vacances.
À force d'écumer la région, je pourrais bientôt écrire un
roman à l'eau de rose. Je tenais déjà le titre : *Les Prisons
du comté d'Orange*.

Je me suis rendu directement dans le bunker de
brique peint en blanc abritant l'administration.
Une directrice adjointe très affable m'a conduit dans
la salle où devait se tenir la rencontre. La pièce, privée de fenêtres, ne rappelait en rien l'univers carcéral :
de la moquette, une grande table, du café, et même
un tableau blanc. Je me servais un deuxième petit
noir quand Tara a franchi la porte, accompagnée

d'un mannequin du créateur pour hommes Jos. A. Bank. J'ai immédiatement reconnu mon copain Bill Bedford du FBI, plus mince et élégant que jamais.

— Salut, Tara. Bonjour, Bill.

Bedford a eu le plus grand mal à dissimuler son irritation en me découvrant là, un sourire innocent aux lèvres.

— Qu'est-ce qu'il fabrique ici ? a-t-il éructé.

— J'ai probablement oublié de t'avertir, Bill, a répondu Tara. Il a participé au coup de filet de Newburgh, c'est même lui qui a arrêté Miguel Puentes. Tu sais, le témoin qu'on est censés interroger aujourd'hui.

Je me suis rassis en hochant la tête en direction de Bill. Tara avait oublié de lui préciser que Miguel ne m'avait pas adressé la parole directement, mais ce bon vieux Bill n'avait pas besoin de connaître tous nos petits secrets. Il faut bien s'amuser, de temps à autre.

— Pourquoi est-il là ? a insisté l'agent fédéral.

— Que veux-tu dire ? Non seulement Mike fait partie de l'unité interpolice, mais il est associé à l'affaire Perrine depuis le premier jour. J'ai donc pris la liberté de l'inviter à cette réunion.

Bedford s'est étranglé.

— Pardon, Bill ? Je n'ai pas compris.

— Hein ? Euh… aucune importance, a rétorqué Bedford en écartant d'un coup de pied une chaise sur laquelle il s'est laissé tomber. Où se trouvent les Puentes en question ?

Tara achevait d'installer une caméra vidéo quand les deux frères nous ont rejoints quelques minutes plus tard. J'ai salué Miguel, qui portait cette fois une combinaison de prisonnier par-dessus son caleçon. Son frère, encore plus baraqué que lui, donnait l'impression d'avoir avalé de travers. Leur avocat était un grand homme chauve d'origine dominicaine, habillé d'un costume voyant. Si jamais son cabinet mettait un jour la clé sous la porte, il pourrait toujours se reconvertir en catcheur.

Les deux gardiens ont menotté les détenus à la barre de fer accrochée à l'un des murs de la pièce tandis que tout le monde s'observait en silence.

— Vous devez bien vous douter que mes clients se mettent en danger, de même que les membres de leurs familles, en acceptant de vous parler, a commencé l'avocat.

— Conneries ! a aboyé Bedford. Je me doute surtout que vos clients risquent la prison à vie pour meurtre et trafic de stupéfiants. N'essayez pas de prétendre qu'ils méritent une médaille, maître. Allons droit au but.

L'avocat a ouvert la bouche, puis l'a refermée lentement. Les néons se reflétaient sur la boule de billard brune de son crâne.

— Je croyais être venu passer un accord au nom de mes clients, a-t-il finalement déclaré. J'ai dû mal comprendre.

— Exactement. On veut l'immunité, l'a interrompu Miguel.

— Et bénéficier du programme de protection des témoins, a enchaîné Ramon.

— Rien que ça ? a grincé Bill Bedford, toujours aussi coopératif. Pourquoi pas une putain de poule aux œufs d'or, tant que vous y êtes ?

97

Tara a sifflé la fin de la récréation avant que Bedford ne provoque trop de dégâts.

— Ça suffit. Vous voulez ressortir libres. C'est beaucoup demander. Que nous offrez-vous en échange ?

— On sait où se cache Manuel Perrine, a répondu Ramon. L'endroit où il se cache en ce moment même.

— Non, l'a contredit Miguel en l'observant du coin de l'œil. Il ne sait rien du tout. C'est *moi* qui sais où se trouve Perrine.

J'avais besoin de comprendre d'où il tirait ses renseignements.

— Comment pouvez-vous le savoir ?

— On a passé pas mal de deals avec ses hommes. On se procurait de la coke et de l'héro directement chez son distributeur du Bronx. Des membres du cartel m'ont contacté il y a trois semaines en me demandant de leur louer une baraque dans un coin tranquille où pouvait atterrir un hélico sans attirer l'attention des voisins. Je devais également fournir du personnel de ménage et un chef capable de préparer de la cuisine française.

« Le chef en question est un vieux copain. Il m'a confirmé que Perrine était arrivé le soir de son évasion. J'ai contacté mon pote ce matin, il m'a dit qu'il n'avait pas bougé. Perrine se trouve là-bas à la minute où je vous parle. »

— Perrine était-il accompagné d'une jolie brune ?

— Marietta ? m'a répondu Miguel. Elle est aussi là-bas.

— Pourquoi diable reste-t-il aux États-Unis ? a demandé Bedford.

— Ils sont en train de s'organiser pour l'exfiltrer au Canada. C'est là qu'il vivait jusqu'à son arrestation, mais j'ai cru comprendre qu'il y avait un os. Il faut aller vite, avant qu'il sache que j'ai été arrêté. Si jamais il l'apprend, il enverra ses tueurs pour me buter, avec mon frère et toute ma famille. C'est son habitude.

« Il m'a souvent expliqué qu'une mort douce est un noble prix en cas d'échec. Il envisage le trafic de drogue comme une mission sacrée et se considère lui-même comme une sorte de messie. Ce type-là est complètement dingue. Je vous demande de nous aider. Il faut coincer ce taré. C'est notre unique chance de nous en tirer. »

— C'est bon, c'est bon, l'a arrêté Tara en se levant. Attendez-nous, on va en discuter dans le couloir. Qu'en penses-tu, Mike ? m'a-t-elle demandé, une fois la porte refermée. Ce tuyau me semble crédible.

— Tout à fait crédible. Surtout sa description de Perrine comme un dangereux taré.

— Je suis d'accord, a acquiescé Bedford à contre-cœur. Ces types-là sont des requins, mais Perrine est l'équivalent de Moby Dick. Donnons-leur ce qu'ils veulent.

— OK, Bill, mais à une condition, a répliqué Tara.

— Laquelle ?

— Vous réintégrez Mike au sein de l'enquête.

Bedford nous a fusillés du regard, tout en réfléchissant à toute vitesse.

— C'est bon. Je vais devoir en référer à mon patron, mais ça devrait pouvoir passer.

— Alors très bien, a conclu Tara en m'adressant un clin d'œil. Allons passer cet accord.

En fin d'après-midi le même jour, je me trouvais à une heure et demie au nord de Newburgh dans le comté de Greene, sur une petite route de campagne.

Fasciné par le ruban d'asphalte qui disparaissait au milieu des pins, j'aurais volontiers tendu le pouce, histoire de partir à l'aventure. Me souvenant brusquement que je n'étais pas Jack Kerouac, j'ai imité le type du FBI en compagnie duquel je me trouvais, et pris place dans la nacelle d'un engin d'élagage. Je me suis accroché à mon casque de chantier jaune en m'élevant au milieu des chênes et des pins. Parvenu tout en haut des arbres, nous avons découvert une vue à trois cent soixante degrés sur les monts Catskill. En l'absence de toute construction humaine, on aurait pu se croire dans un passé lointain.

Les années 1970, par exemple, à en juger par la vieille pancarte, représentant un ours coiffé d'un chapeau aux armes des Eaux et Forêts, sur laquelle s'étalait en grosses lettres :

VOUS SEULS POUVEZ PRÉVENIR LES FEUX DE FORÊT

Nous nous trouvions à cinq kilomètres au sud de la cachette de Perrine sur le mont West Kill, près du sentier du Pas du Malin. Un nom de circonstance. Nous avions mis à profit les cinq heures qui avaient suivi la révélation des frères Puentes pour remuer ciel et terre. Le FBI avait réquisitionné en un après-midi soixante membres de l'Unité de libération d'otages. Ils les avaient fait venir de Quantico, en Virginie, jusqu'à la base aérienne de Stewart, à quelques kilomètres de Newburgh, en affrétant deux Hercules C-130 de l'armée.

J'avais brièvement conféré avec les hommes de l'ULO à leur arrivée et pu constater leur organisation redoutable. Armés jusqu'aux dents, habillés comme des ninjas, ils disposaient de leurs propres hélicoptères. Les fédéraux, humiliés par l'évasion de Perrine au palais de justice, avaient *besoin* de cette arrestation pour redorer leur blason.

Le responsable de l'ULO qui se trouvait avec moi dans la nacelle, Kyle Ginther, m'a tendu un appareil photo Canon SLR équipé d'un énorme zoom. La trentaine juvénile, les cheveux bruns, Ginther avait la dégaine débonnaire d'un jeune père de famille. À ceci près que les jours où il ne ratissait pas les feuilles mortes dans son jardin, il vidait des chargeurs d'armes automatiques dans un stand de tir.

J'ai scruté longuement le paysage avant de repérer le toit du refuge de Perrine, à mi-hauteur du versant sud du mont West Kill. J'ai actionné le zoom et un chalet en bois est apparu dans le viseur. Surmontée de cheminées de pierres roulées, la maison disposait d'une vaste terrasse permettant à ses occupants de profiter de la vue. J'avais déjà pu voir des photos, prises une heure plus tôt, de Perrine et Marietta partageant un verre sur cette même terrasse.

— L'architecte nous a transmis les plans de la maison, m'a expliqué Ginther. Nous savons qu'elle dispose de deux dépendances réservées aux invités, ainsi que d'une grange. On vient d'apprendre que les appartements de Perrine se trouvent au sous-sol de la maison principale.

Je l'ai regardé en écarquillant les yeux.

— Comment pouvez-vous le savoir ?

— Grâce aux infos fournies par les frères Puentes. Ils nous ont donné les numéros des gens qui habitent là-bas avec Perrine. Il n'y avait plus qu'à utiliser un logiciel capable de transformer les portables en micros espions. Même quand ils sont éteints. C'est beau, la technologie, non ?

— Combien sont-ils en tout ?

— On estime leur nombre entre vingt-cinq et quarante, m'a répondu Ginther. Ils disposent essentiellement de fusils normaux, mais nous avons aperçu quelques fusils d'assaut. Les types qui patrouillent autour de la propriété sont apparemment des pros bien entraînés. Il va falloir regarder où on met les pieds.

— Comment comptez-vous procéder ?

— On attend la nuit, on installe des snipers tout autour de la propriété, on leur coupe le courant et on prend pied sur la terrasse en faisant descendre nos hommes du Black Hawk et du Little Bird. Notre unité d'assaut se divise en deux équipes, sous la couverture des snipers. La première se charge du rez-de-chaussée et du premier, la seconde du sous-sol où se trouve Perrine. L'opération sera prête dès ce soir.

J'ai essuyé la sueur qui me coulait sur le front. En chemin, je m'étais arrêté dans une épicerie. Je répondais à un texto lorsque j'avais remarqué le manège d'un corbeau, tout au bout du parking. Je m'étais aperçu avec horreur qu'il arrachait les plumes d'un petit oiseau mort. Je n'arrivais pas à m'ôter de la tête l'image de ce gros volatile noir serrant sa proie entre ses serres.

— Ça ne va pas, Mike ? s'est inquiété Ginther.

— Malgré votre incroyable savoir-faire, Perrine conserve l'avantage. Lors de la fusillade du début de l'été à Manhattan, il disposait d'armes lourdes. Vous pouvez être certain que ce sera le cas ici. Je ne serais pas surpris qu'il possède des lance-grenades. Ce type-là est rompu aux opérations spéciales. Ses hommes avaient des grenades aveuglantes le jour où ils ont abattu mon coéquipier. Il est probable qu'ils auront des lunettes à infrarouge. Un assaut frontal me semble très risqué. J'ai assisté à suffisamment d'enterrements de flics à cause de ce salaud. J'ai eu ma dose.

— Je vous entends. Des idées ?

J'ai été pris d'une inspiration. Peut-être pas une idée, mais une ébauche d'idée, en tout cas. J'ai longuement réfléchi, puis je me suis emparé du Canon afin d'observer la maison à travers la frondaison.

— L'allée constitue la seule voie d'accès ?

— En voiture, oui, a répondu Ginther.

— L'ours des Eaux et Forêts…
— Je vous demande pardon, Mike ?
Je lui ai tendu l'appareil photo.
— Redescendons. Je crois tenir une idée.

99

À la nuit tombante, je me trouvais avec Ginther dans l'habitacle d'un camion. Guettant la radio muette, nous admirions le crépuscule au milieu des montagnes lorsque le haut-parleur a grésillé.

— Ici Lapin. Nous sommes en position, a fait la voix du leader de la première équipe d'infiltration de l'ULO.

À côté de moi, Ginther a regardé sa montre. Nous avons poursuivi notre veille.

Trois minutes plus tard, un message nous parvenait de la seconde équipe.

— Ici Merlin. Bon pour nous.

— Bien, a répondu Ginther. Allez-y, les gars. Envoyez la sauce.

— Reçu cinq sur cinq, capitaine, a répliqué Merlin. On enfume le terrier.

Nous avons attendu, les yeux rivés sur la forêt derrière laquelle se dissimulait le chalet de Perrine. Une minute plus tard, nous avons souri de concert en voyant une colonne de fumée noire s'élever dans le ciel rosacé.

Les dizaines de grenades fumigènes déclenchées dans les bois par les hommes de Ginther ne constituaient que la première phase de l'opération. Alors que la fumée s'épaississait, Ginther a passé un appel à la brigade incendie située au pied du mont West Kill. Une sirène d'alerte s'est aussitôt élevée dans le lointain.

Perrine soupçonnerait peut-être une opération louche en entendant cette sirène et en apercevant la fumée, mais comment pourrait-il être certain qu'il ne s'agissait pas d'un vrai incendie de forêt ? L'art de la guerre se fondant sur la ruse, le plus sûr moyen d'investir son refuge consistait à créer la plus grande confusion possible. Il fallait même l'embobiner de belle manière si nous voulions le capturer avec un minimum de résistance.

— Attachez votre ceinture, on y va ! s'est écrié Ginther en démarrant l'un des deux camions de pompiers empruntés aux brigades de Hunter et de Roxbury.

J'ai enfilé mon casque jaune. À l'instar de la douzaine de membres de l'ULO juchés sur les camions, ma tenue de pompier cachait des armes automatiques. Il n'y avait plus qu'à croiser les doigts.

L'instant suivant, notre gyrophare projetait des éclairs rouge et bleu sur la petite route de campagne. Le camion s'est engagé sur l'allée conduisant au refuge de Perrine, sirène hurlante, et je me suis retenu à la poignée au-dessus de ma tête tout en serrant le fusil d'assaut M4 contre moi.

Une minute plus tard, je découvrais avec effroi des flammes à travers ma vitre, en plus de la fumée. D'immenses flammes orange qui embrasaient les arbres des deux côtés du petit chemin.

Mauvais signe.

Plusieurs milliers de mètres carrés de forêt étaient en feu, et l'incendie partait à l'assaut de la retraite de Perrine. Des braises orange et noir voletaient dans tous les sens, tels des confettis lors d'un défilé d'Halloween.

Notre faux feu de forêt nous réservait des surprises !

Ginther a stoppé le camion en prenant sa radio.

— Lapin ! Merlin ! Vous étiez censés fabriquer de la fumée, pas un incendie majeur ! Vous vous foutez de moi ou quoi ? Que se passe-t-il ?

— Les gamelles de fumée ont chauffé, chef, a répondu Lapin. On avait mal anticipé la sécheresse du sol.

Ginther a secoué la tête d'un air sombre. Il s'imaginait déjà avec une catastrophe de type Waco sur les bras.

Sa radio a émis un grésillement métallique.

— Aigle 1 à Taupe 1. Je rêve, ou bien vous avez provoqué un véritable incendie ? a demandé la voix du responsable de l'équipe héliportée.

— On n'est pas au bout de nos peines, m'a glissé Ginther. Et puis merde. Les accidents n'arrivent pas qu'aux chiens. Trop tard pour avoir des états d'âme. On y va.

Il a enfoncé le bouton de sa radio.

— En avant toute. On monte à l'assaut. On fonce. Je répète, on fonce.

J'ai froncé les sourcils.

— Comment franchit-on le feu de forêt ?

— Je vous rappelle que l'idée vient de vous. Au pire, si ça tourne mal, on repart avec les hélicos.

La tête brûlée qui me servait de voisin a ponctué sa phrase d'un haussement d'épaules et d'un sourire ravageur en enfonçant la pédale d'accélérateur. Le camion de pompiers s'est rué en direction des flammes.

— Allez, Mike. Faites pas la gueule, m'a galvanisé Ginther. L'improvisation est le charme de ce métier. Bienvenue à l'ULO !

Un poing s'est abattu avec force sur le toit de l'habitacle au moment où nous traversions le mur de flammes, vingt secondes plus tard.

— Capitaine, a résonné la voix de l'un des commandos perchés au-dessus du camion. À douze heures sur l'allée, véhicule à l'approche.

— On y va, mais soyez sur vos gardes, a ordonné Ginther à ses hommes.

L'avertissement était inutile. Ces types-là sont toujours prêts à tirer. Je doute qu'ils sachent comment fonctionne le cran de sûreté de leurs armes.

Un Jeep Cherokee contenant quatre gros bras latinos venait effectivement à notre rencontre. Le 4 × 4 s'est immobilisé face au camion et le conducteur a bondi de son siège en agitant les bras.

— Propriété privée ! Nous allons vous demander de repartir, vous vous trouvez sur une propriété privée.

— Une propriété privée ? Vous êtes complètement malade ? a crié Ginther en sautant à son tour sur le petit chemin. Vous avez vu ce truc orange très chaud qui monte vers vous ? Ça s'appelle un feu de forêt, fiston.

Les flammes sont poussées par un vent du sud. Vous n'avez pas une minute à perdre. Je vous conseille de rassembler tous les occupants de ce chalet et de descendre au plus vite dans la vallée.

Les Latinos se sont concertés à voix basse. L'un d'eux a sorti un téléphone qu'il a porté à sa bouche.

Ginther a saisi son propre portable.

— Allô, Central. Grande échelle 38, a-t-il braillé de façon que les gardes du corps de Perrine puissent l'entendre. Impossible d'accéder au lieu de l'incendie. Vous allez devoir envoyer l'hélico. Je répète, envoyez le bombardier d'eau.

Un bombardier d'eau ? La formule était jolie, au regard de la grêle de plomb et de flics qui attendait les voyous de Perrine.

Le chef du quatuor de Latinos s'apprêtait à ranger son téléphone quand les quatre commandos qui nous accompagnaient ont sauté du toit du camion en braquant le canon de leurs fusil d'assaut sous le nez des racailles. En un tournemain, ces derniers se retrouvaient à plat ventre près de leur Jeep, ficelés comme des saucissons.

— Holà, Mike ! Vous avez vu ? m'a interpellé Ginther en désignant l'arrière de la Jeep.

Le coffre du 4 × 4 était plein à ras bord de matériel de combat : des AK-47, des fusils de snipers, trois paires de jumelles de vision nocturne, des grenades à fragmentation. Ils disposaient même de mines antipersonnel.

J'ai haussé les épaules.

— Je vous avais prévenu. Ces types ont décidé de déclencher la Troisième Guerre mondiale.

Le temps d'ordonner à ses hommes de transférer les armes dans notre camion, Ginther a relevé les Latinos l'un après l'autre.

— *Ándale !* Espèces de connards ! leur a-t-il dit en les propulsant sur le chemin d'un grand coup de pied aux fesses. Vous avez cinq minutes pour redescendre jusqu'à la route avant que l'asphalte ait complètement fondu. Je vous conseille de ne pas traîner si vous tenez à la vie.

Ginther a repris place derrière le volant du camion de pompiers. Il a saisi sa radio et transmis au reste de ses équipes le détail de l'arsenal confisqué aux Latinos. Un instant plus tard, il branchait à nouveau la sirène et enclenchait une vitesse. Les hélicos bourdonnaient au-dessus de nos têtes lorsque Ginther a arrêté le camion devant le chalet.

— Évacuation d'urgence ! a-t-il annoncé dans son micro en se servant des haut-parleurs placés au-dessus du véhicule. Incendie de forêt à proximité ! Je répète, incendie de forêt imminent !

En descendant du camion, j'ai constaté avec satisfaction que les premiers commandos héliportés descendaient en rappel sur la terrasse depuis le Black Hawk de l'ULO. Je me félicitais du peu de résistance que nous opposaient les hommes de Perrine quand des coups de feu ont crépité à l'intérieur de la maison. Ginther a recommandé à ses hommes de sécuriser le périmètre en retirant précipitamment son uniforme de pompier. Je l'ai imité et nous nous sommes précipités vers le chalet.

L'entrée la plus proche était une porte-fenêtre coulissante située sous l'immense terrasse. On distinguait de l'autre côté de la vitre une pièce luxueuse équipée d'un billard, d'une télé à écran géant et d'un bar derrière lequel se dressaient deux immenses caves à vin. Ginther a fait voler la vitre en éclats d'un coup de crosse et nous avons pénétré dans le chalet. Je me suis retourné en entendant un craquement. Je suis resté quelques instants hypnotisé par les flammes qui s'élevaient au-dessus des bois, en contrebas de la maison. La fumée était si épaisse qu'elle empêchait de voir le ciel. Je n'en revenais pas de la vitesse avec laquelle l'incendie avait progressé.

J'ai été tenté un instant de rebrousser chemin et d'aller combattre le feu avant de me reprendre et de suivre Ginther dans les profondeurs du chalet. Une autre surprise m'attendait : la première pièce donnait sur une immense piscine intérieure d'où l'on découvrait la forêt grâce à une très vaste verrière.

Une silhouette nageait sous l'eau.

La tête de Marietta a émergé tout près de nous, entièrement nue. Ginther et moi sommes restés interdits, fascinés par les gouttes qui s'écoulaient le long de son corps voluptueux, la cascade de cheveux noirs qui lui collait aux épaules.

Loin de paraître choquée par notre présence, elle nous a souri, comme si nous étions attendus.

Un rugissement de moteurs nous a ramenés à la réalité. Des phares ont jailli des arbres que l'on apercevait de l'autre côté de la baie vitrée, et trois ou quatre véhicules tout-terrain sont passés tout près avant de se ruer à l'assaut de la montagne.

— Ne bougez pas ! a hurlé Ginther.

J'ai tourné la tête et vu Marietta longer la piscine.

— Je vais juste me couvrir, a-t-elle expliqué en tendant la main vers un peignoir blanc posé sur une chaise longue.

Je ne quittais pas ses mains des yeux. J'ai tiré à l'instant où elle braquait la mitraillette dans notre direction. La triple rafale de mon M4 a résonné longuement sur les murs carrelés de la pièce. Je l'ai touchée au niveau du cou et son arme est retombée bruyamment sur le sol bétonné. Son corps s'est raidi et elle a basculé en arrière. La surface de l'eau s'est marbrée d'un nuage rose, amplifié par le reflet sanguin des flammes sur les carreaux de faïence.

— Où est Perrine ? a grondé Ginther dans son micro tactique. Nous avons vu des véhicules tout-terrain se diriger vers le nord. C'est quoi, ce bordel ? Fouillez-moi ce chalet de fond en comble !

— Trop tard, capitaine. On n'a plus le temps. La terrasse vient de s'enflammer, a répondu l'un des commandos. Il faut lever le camp au plus vite. Notre seule chance de salut est de rejoindre immédiatement la zone d'atterrissage derrière le chalet.

Aussitôt dit, aussitôt fait. La chaleur qui nous a accueillis au moment où nous franchissions la porte-fenêtre coulissante était quasi insoutenable.

Le Black Hawk était déjà plein lorsque nous l'avons rejoint, ce qui nous a contraints à monter à bord du Little Bird. L'appareil avait à peu près la taille de ces manèges qu'on trouve dans les centres commerciaux. Ginther m'a aidé à passer ma ceinture et l'hélico a décollé. En contournant le chalet au moment de l'envol, j'ai pu constater qu'il était entièrement emporté par les flammes. Les rideaux du salon, les tapis, les meubles, tout était en feu. Le Pas du Malin méritait bien son nom.

102

L'ULO avait choisi comme point de ralliement un champ situé derrière la poste du village de Lexington. Un chaos indescriptible régnait lorsque nous avons atterri entre les tentes. Une centaine de flics et d'agents du FBI couraient dans tous les sens afin d'organiser la chasse à l'homme. J'ai même remarqué la présence de quelques-uns des pompiers de la caserne à laquelle nous avions emprunté le camion. J'imaginais d'avance leur réaction enthousiaste lorsque nous leur annoncerions que leur matériel tout neuf était resté coincé dans l'enfer des flammes.

Nous avions remué ciel et terre pour coincer Perrine, mais tout indiquait qu'il nous avait une fois de plus glissé entre les doigts.

Ginther m'a tendu du coton et une bouteille d'eau. Je me suis écroulé sur le pare-chocs d'un truck du Swat et j'ai entrepris de me nettoyer le visage. Constatant que le coton ressortait noir, je me suis versé le contenu de la bouteille sur le crâne. Tête baissée, j'ai regardé le filet d'eau s'écraser dans la terre entre mes bottes.

J'avais connu des jours plus fastes. J'étais sale et je sentais le poulet fumé. Sans parler de la beauté nue que je venais d'abattre. Une beauté assassine, mais quand même. Je mentirais en disant que je regrettais mon geste, sachant que cette salope avait tué mon vieux pote Hughie. Sa mort donnait même un sens à notre équipée, à présent que Perrine nous avait échappé.

— Quoi qu'il arrive, Mike, m'a averti Ginther, c'est *moi* qui ai monté cette opération. Je me fiche qu'ils décident de me muter en Alaska. Vous aviez raison de penser qu'ils seraient armés jusqu'aux dents. Ils disposaient même de jumelles de vision nocturne. Sans vous, on se serait fait hacher menu. On n'a pas réussi à coincer ce fauve, mais tous mes hommes sont sains et saufs. C'est le principal.

— Merci, vieux frère. Cela dit, j'ai dans l'idée que les amateurs de parapluie ne se contenteront pas de crucifier une seule victime expiatoire. Et puis merde ! Que tous ces ronds-de-cuir aillent se faire foutre, Kyle. Ce sont des eunuques de harem. Ils savent comment ça fonctionne tout en cultivant leur impuissance. On a tout donné et on rentre vivants à la maison. Il sera temps de penser à la suite demain.

— J'ai bien peur que demain soit un bel enfer pour moi, a réagi Ginther. On a incendié toute une montagne pour rien. Ça doit être une première dans les annales.

J'ai esquissé un rire. Il avait raison. J'avais déjà participé à pas mal d'opérations désastreuses dans ma vie, mais celle-ci tenait la corde.

— L'important, Kyle, c'est d'avoir fait notre devoir.

Mon portable a vibré au même moment. Sans doute le premier appel d'une très longue série.

— Bennett à l'appareil.

Un court silence, puis une voix étrange.

— Vous l'avez tuée, Bennett. Je me trompe ? Vous avez tué Marietta.

103

Je n'en croyais pas mes oreilles. C'était Perrine.
Je le reconnaissais à son accent ridicule. J'ai bondi sur
mes pieds et adressé des signes frénétiques à Ginther
en lui désignant mon téléphone.

— Salut, *amigo*. Je vous signale que c'est vous
qui l'avez abandonnée en cale sèche. Façon de parler, puisqu'elle faisait des longueurs dans votre jolie
piscine.

Ginther est revenu accompagné d'une techni-
cienne du FBI. Celle-ci m'a chuchoté à l'oreille
qu'elle avait besoin de mon numéro. J'ai attrapé le
stylo qu'elle me tendait et inscrit les sept chiffres sur
le dos de sa main.

— C'était ma femme. Tu savais ça, Bennett ? a poursuivi Perrine. On s'est mariés juste après mon évasion.
Elle portait mon enfant. C'est toi qui as allumé cet incendie pour m'obliger à sortir de ma tanière, pas vrai ? Tu as
tué ma femme alors qu'elle portait mon enfant.

J'avoue avoir été tenté de compatir avec ce salopard. On le sentait au fond du gouffre. Sa souffrance,

telle qu'elle transparaissait dans sa voix, était sincère. Apparemment, il aimait vraiment cette cinglée.

— Enceinte, dites-vous ? Ça ne se voyait pas. Vous laissiez toujours votre femme se baigner à poil ?

Je n'ai jamais entendu un cri de rage pareil. Un mugissement primitif, directement hérité du jurassique. Le hurlement d'un ptérodactyle emporté par un flot de lave.

Les cris de Perrine ont laissé place à des sanglots.

— Si je comprends bien, vous trouvez normal de tuer tous ceux qui se mettent en travers de votre route. En revanche, l'un de vos proches se prend une balle dans la nuque et vous voilà en pleine tragédie grecque. Quel effet ça fait, espèce d'ordure ? Je vous souhaite de vous étouffer dans vos pleurs. Bouh-houh-houh, sale pleurnichard.

Si vous pensez que je faisais preuve de cruauté, vous avez raison. Après tout, qui m'avait enseigné la cruauté, sinon Perrine ? Jamais je ne m'étais montré aussi dur de toute mon existence, mais ce monstre avait causé la mort de mon ami Hughie avant de passer un contrat sur la tête de mes enfants. Disons que je ne prenais plus de gants. Si j'en avais eu l'occasion, je lui aurais volontiers enfoncé dans le cœur le stylo Bic que je serrais entre les doigts.

— Tu sais où je me trouve, Bennett ? a finalement repris Perrine en chassant un reniflement. À la minute où je te parle ? Je suis devant ton chalet, au bord du lac. Je vais décimer ta famille, Bennett. Je commencerai par les ligoter avant de les obliger à ouvrir les yeux pendant que je leur arracherai le cœur, un à un. Chrissy, Jane, Juliana, même le vieux curé. Tu trouveras leurs têtes au bout d'une pique en rentrant. Souviens-toi, c'est ta faute. Uniquement ta faute.

Et il a raccroché.

104

Une heure plus tard, je volais sur l'autoroute à bord d'un 4 × 4 du FBI, sirène et gyrophare allumés. Je me suis glissé sur la bande d'arrêt d'urgence sans un coup de frein en voyant les voitures s'arrêter devant moi. Je n'ai même pas ralenti pour contourner la voiture de police et l'ambulance rangées près de la scène d'accident qui bloquait l'autoroute.

J'ai vu dans mon rétroviseur un motard me lancer un regard assassin. Il n'aurait pas été fâché de vider son chargeur sur moi, mais je n'avais pas le choix. Je suis redescendu du talus sur lequel j'étais grimpé, et j'ai continué ma route en laissant dans mon sillage un nuage de poussière.

Seamus, joint au téléphone, m'avait pourtant confirmé que tout allait bien. J'avais également contacté Ed Boyanoski qui s'était empressé d'envoyer une voiture de patrouille surveiller le chalet. Je n'en étais pas moins anxieux de rentrer. Les menaces de Perrine passaient en boucle dans ma tête. Ce type-là était capable de tout.

Il m'a encore fallu vingt-cinq minutes de route pour arriver à la maison du lac. La Toyota de Boyanoski était garée à côté d'une voiture de patrouille aux armes de Newburgh. Toutes les lumières étaient allumées à l'intérieur du chalet. J'ai franchi les marches d'un bond et poussé la porte d'entrée entrouverte.

Ed m'attendait dans le couloir. Il m'a agrippé le bras au passage.

— C'est bon, Mike. Tout le monde va bien.

J'ai failli fondre en larmes en constatant qu'il avait raison. Toute ma petite famille était réunie autour de la table de la salle à manger devant une pile de cartons de pizza.

— Tout le monde est là ? Tout le monde est bien là ?

Je les ai dévisagés l'un après l'autre.

Jane, c'est bon. Eddie, Ricky, c'est bon. Juliana, Brian, Trent, c'est bon. Mes bébés Shawna et Chrissy, c'est bon. Merci mon… Seigneur ! Fiona et Bridget !

— Où sont les jumelles ?

— Ici, papa, m'a rassuré Fiona en pénétrant dans la pièce, un saladier à la main.

Sa sœur la suivait, armée d'une bouteille de Coca.

— Pourquoi t'es tout noir, papa ? m'a demandé Bridget.

— Excellente question, petite sœur, est intervenu Trent, accaparé par sa pizza. J'aimerais surtout savoir pourquoi il se comporte comme un malade.

— Tu veux dire, plus que d'habitude ? a renchéri Eddie.

J'ai souri à ma famille arc-en-ciel en m'autorisant un grand soupir. Perrine bluffait. Bien évidemment. Dieu soit loué.

— Nous sommes tous ici, inspecteur Bennett, a ricané Seamus, assis en bout de table. Il n'en manque pas un à l'appel. Et même pas une.

La porte de la cuisine s'est rouverte et Mary Catherine est entrée, un paquet de serviettes en papier à la main.

105

Elle s'est figée en m'apercevant. Les serviettes en papier se sont éparpillées sur le plancher. J'ai bien cru que ma mâchoire inférieure allait les imiter, tellement j'étais abasourdi.

On aurait dit une scène au ralenti dans une mauvaise comédie romantique. Il ne manquait plus qu'une bluette des années 1980 pour que je l'emporte dans mes bras. Les enfants ont été pris d'un fou rire. Les filles, plus exactement, car les garçons étaient trop occupés à lever les yeux au ciel.

— Parfait, les Bennett. Je vais en profiter pour m'éclipser, a déclaré Boyanoski.

— Bonsoir, Mike, a dit Mary Catherine.

Elle s'est baissée pour ramasser les serviettes en papier.

Je me suis précipité, manquant de renverser la table au passage.

— Laissez-moi vous aider.

L'instant d'après, je lui prenais la main et je l'entraînais dans la cuisine.

J'ai refermé la porte d'un coup de talon. Sans même comprendre ce qui m'arrivait, j'ai soulevé Mary Catherine en la serrant à l'étouffer.

La porte s'est entrebâillée, je l'ai bloquée avec le pied.

— Que se passe-t-il, là-dedans ? a râlé Seamus. Pourquoi cette porte est-elle fermée ?

— Euh… c'est à cause des serviettes ! Elles sont coincées dans le chambranle. Tu ferais mieux d'appeler la police.

— Mais c'est *toi*, la police, papa ! a protesté Chrissy d'une voix aiguë.

— Ravie de vous retrouver, moi aussi, Mike, a murmuré Mary Catherine en me repoussant.

— Désolé. Je crois m'être laissé emporter par l'émotion. J'ai eu tellement peur de vous perdre. Je suis… je suis vraiment content de vous revoir, Mary Catherine, et…

— Une seconde, Mike. Ce que je vais vous dire n'est pas facile, alors ne m'interrompez pas, m'a-t-elle coupé en me regardant droit dans les yeux. Ce n'est pas ce que vous imaginez. Je ne reviens pas *vraiment*. Je suis d'accord pour m'occuper de la rentrée des enfants, mais je vous demande ensuite de me trouver une remplaçante.

Une remplaçante ? J'ai cru que mon cœur allait exploser. Comme si quelqu'un pouvait la remplacer. J'avais tout fichu en l'air. Seigneur, quelle tristesse.

J'ai tout de même trouvé la force de répondre :

— Bien sûr.

Mary Catherine n'avait pas attendu ma réponse pour ouvrir la porte et retourner dans la salle à manger.

Avec ma bluette des années 1980, j'en étais pour mes frais.

Nous avons repris le chemin de New York le soir même au milieu des pires embouteillages de fin de vacances que l'on puisse imaginer. Pour tout arranger, sans doute sous l'effet du Coca, Trent a vomi sa pizza à la saucisse à l'arrière du minibus. Nous n'étions pas au bout de nos peines en quittant le West Side Highway. La West End Avenue était entièrement bloquée par la police. Une forêt de spots aveuglants avait été installée sur le trottoir, au pied de mon immeuble.

Un tournage de film, peut-être ?

Je me suis arrêté devant la barrière de police qui bloquait l'avenue.

— Alors, imbécile ? Tu sais pas lire ? Enlève-moi ton tas de tôle de là, m'a aimablement crié un grand flic en uniforme.

Je suis descendu du bus en lui tendant mon badge.

— Inspecteur Imbécile à votre service, sergent. J'habite ici. Que se passe-t-il ? Je croyais que la série *New York Police judiciaire* n'existait plus.

— Ne le répétez pas, mais c'est une histoire de terrorisme, inspecteur, a répondu le flic en hochant la tête. On a découvert un camion piégé devant cet immeuble.

— Comment ?

— Vous m'avez bien entendu. Un enfoiré a garé un camion-citerne rempli de nitrate d'ammonium et de gazole le long du trottoir. Un des gars du déminage m'a expliqué que la bombe d'Oklahoma City était de la rigolade à côté. Ils ont réussi à retirer le détonateur, mais ils doivent encore évacuer le camion. À la place du type qui prendra le volant, je ferais gaffe aux nids-de-poule. Si un concierge moins empoté que les autres ne s'était pas inquiété, le West Side aurait été rayé de la carte.

J'écoutais ses explications, bouche bée.

Il y avait forcément du Perrine là-dessous. M'assassiner avec toute ma famille ne lui suffisait pas. C'était bien trop banal. Il lui fallait raser tout un pâté de maisons pour être sûr de m'avoir.

— Inspecteur ? Ça va ? s'est inquiété le flic.

Il n'y avait pas une minute à perdre. Je suis retourné au minibus au pas de course en scrutant les alentours.

— Que se passe-t-il, Mike ? m'a demandé Mary Catherine.

— Euh… une fuite de gaz. On ne peut pas rentrer à la maison. Il va falloir trouver un hôtel pour la nuit.

Mon mensonge à peine proféré, je démarrais.

107

J'ai rebroussé chemin, quitté New York et pris la route de Danbury, dans le Connecticut, où j'ai loué des chambres d'hôtel. En chemin, j'ai demandé à Mary Catherine de confisquer les portables de tout le monde et d'en retirer les batteries. Je n'avais pas oublié ce que m'avait expliqué Ginther sur la possibilité de transformer les portables en micros espions.

Pendant que les enfants regardaient la télévision dans la chambre voisine, j'ai passé un long moment au téléphone avec Tara McLellan et ma patronne, Miriam. Une heure plus tard, une équipe de flics fédéraux débarquait à l'hôtel à bord de plusieurs voitures banalisées.

— J'imagine que ces messieurs appartiennent à la compagnie du gaz ? m'a interrogé Mary Catherine d'un air sceptique.

J'ai hoché la tête avant d'aller parler à nos visiteurs dans le hall de l'hôtel. En regagnant ma chambre, une heure plus tard, j'étais bouleversé. Les consignes que l'on venait de me donner étaient logiques, encore me fallait-il les digérer.

Je me suis approché de Mary Catherine.

— Soyez gentille de rassembler tout le monde. Ou plutôt, demandez aux jumelles d'emmener Trent, Chrissy et Shawna dans l'autre pièce, je voudrais parler aux plus grands.

— Que se passe-t-il, Mike ?

— Je vais vous l'expliquer dans une seconde.

— Qu'est-ce qu'il y a, papa ? s'est étonné Brian alors que tout le monde s'asseyait tant bien que mal sur les chaises, le bureau, le lit.

J'ai balayé leurs visages des yeux.

— Il se passe que… que nous allons déménager. Nous n'avons pas le choix.

Les enfants se sont regardés d'un air ébahi.

— Quoi ? Pourquoi ? Où ça ?

Les questions fusaient toutes en même temps.

— Calmez-vous, les enfants, s'est écrié Seamus.

— Notre rue est bloquée parce qu'un assassin, un parrain de la drogue nommé Manuel Perrine, a posé une bombe devant notre immeuble. Il m'en veut de l'avoir arrêté, bien qu'il se soit évadé depuis. Il a décidé de me tuer et de vous faire du mal parce qu'il sait à quel point je vous aime. C'est pourquoi nous allons devoir nous réfugier dans un endroit secret. Tout de suite.

— Et l'école ? a voulu savoir Juliana.

— Et la messe ? a enchaîné Seamus. Le père Charles est malade. Je suis censé dire la messe demain matin.

— Il faudra trouver des solutions. L'équipe de la police fédérale chargée de nous conduire dans notre cachette doit arriver incessamment.

— Et nos affaires ?

— Ils passeront à l'appartement prendre ce qu'il faut. Nous ne pouvons pas rentrer à la maison, c'est trop dangereux.

— Tu veux dire qu'on doit quitter New York ? s'est inquiété Seamus, au comble de l'ahurissement.

— Jusqu'à nouvel ordre.

— Mais nos copains ? s'est plaint Brian. On a toute notre vie ici, nous. Comment c'est possible, un truc pareil ?

J'ai laissé échapper un soupir. Mon fils m'ôtait les mots de la bouche. Cette histoire était très pénible, et les emmerdements ne faisaient que commencer. Je n'ai pas osé leur expliquer que nous serions peut-être obligés de changer d'identité.

Les équipes du programme de protection des témoins sont arrivées à 4 heures du matin. En tout, quatre agents du FBI et une douzaine de marshals fédéraux dans une nuée de voitures et de camionnettes. Ils avaient pris soin de dissimuler leurs armes sous leurs blousons, loin des yeux indiscrets des enfants, mais j'ai remarqué que plusieurs d'entre eux étaient équipés de mitraillettes.

Ils ne plaisantaient pas. Ils ne se seraient jamais donné autant de mal si nous ne courions pas un vrai danger. L'heure était grave et je n'étais guère rassuré.

J'ai attendu que les agents chargés de conduire les enfants jusqu'aux véhicules se soient éloignés avant de me glisser près de Mary Catherine.

— Alors, je suppose que c'est le moment de nous dire au revoir.

La femme du FBI chargée de coordonner l'évacuation s'est retournée.

— Je vous demande pardon ? Au revoir ? De quoi parlez-vous ?

Je me suis avancé vers elle.

— C'est bon. Il s'agit de Mary Catherine, la nounou des enfants. Elle ne nous accompagne pas.

La femme du FBI, une rousse aux yeux bruns, a consulté une liste sur son smartphone.

— Vous vous appelez Mary Catherine Flynn ? a-t-elle demandé.

— C'est bien moi, a répondu l'intéressée.

— Dans ce cas, mademoiselle Flynn, vous n'allez nulle part. Sauf si vous avez envie de mourir. Je vous demande de nous accompagner.

Je ne comprenais plus rien.

— Que voulez-vous dire ?

— Nous avons pu identifier le camion dans lequel se trouvait la bombe. Il nous a permis de remonter jusqu'à un gang dominicain affilié au cartel de Perrine. Nous avons fait une descente chez eux dans la soirée. Ils possédaient des portraits et des dossiers très fournis sur chacun d'entre vous. Lieux de travail, établissements scolaires, tout le tralala. L'un des dossiers concernait Mary Catherine. Perrine a mis vos têtes à prix. Elle se trouve autant en danger que vous et vos enfants. Il n'est pas question de la laisser toute seule.

— Mais…

— C'est bon, Mike, m'a coupé Mary Catherine. Je vous suis pour l'instant. De toute façon, vous aurez besoin de moi pour les enfants. Ils sont extrêmement perturbés. Ne vous inquiétez pas, on trouvera une solution.

Peut-être, mais laquelle ?

Ce n'était pas assez que mon univers et celui de mes enfants s'écroulent. Il fallait aussi que je détruise la vie de Mary Catherine.

109

On nous a séparés en deux groupes. Mary Catherine et moi sommes montés dans une camionnette avec les filles, tandis que Seamus et les garçons empruntaient un second véhicule. Le chauffeur a mis le cap à l'ouest. Nous avons commencé par regagner l'État de New York avant de poursuivre en direction de la Pennsylvanie. Les marshals fédéraux assis à l'avant, le visage de marbre, ne nous disaient rien et j'ai préféré ne pas leur poser de questions.

À vrai dire, je ne souhaitais même pas savoir, tant j'étais déprimé. J'en arrivais à me demander si je n'avais pas eu tort d'énerver Perrine à ce point au téléphone. Et puis merde. Tant pis pour lui s'il manquait d'humour. En outre, rien ne l'autorisait à m'assassiner.

Mon unique regret était d'avoir entraîné Mary Catherine dans cette galère. Surtout après ce qui s'était passé entre nous. Non content de l'avoir poussée à partir, voilà que je mettais sa vie en danger. J'aurais donné n'importe quoi pour obtenir son pardon.

Je me souviens de m'être assoupi au moment où le soleil se levait. Il était midi lorsque j'ai rouvert les yeux. Un paysage plat nous entourait à perte de vue. L'Ohio, sans doute. Ou alors l'Indiana. Les fermes défilaient de l'autre côté de la vitre comme dans un rêve. Malgré la situation, je trouvais rassurant d'avancer de la sorte, au milieu de nulle part.

Une sonnerie que je ne connaissais pas a interrompu le cours de mes pensées. Il m'a fallu quelques instants avant de comprendre qu'il s'agissait du portable que les marshals m'avaient donné en échange du mien. J'ai vu un préfixe 212 s'afficher sur l'écran. Tara, probablement.

Si seulement…

— Mike ? Salut. Bill Bedford à l'appareil.

Il s'exprimait d'une voix altérée, comme s'il avait bu.

— Bonjour, Bill. Je suppose que vous savez ce qui est arrivé devant chez moi ?

— Bien sûr, mais ce n'est pas la raison de mon appel. Je ne sais pas comment vous annoncer la nouvelle. Je viens de recevoir un appel du NYPD. Les gens de la Criminelle viennent de retrouver Tara. Elle est morte.

Je me suis redressé.

— Oh non ! Non, non, non !

— Ils l'ont enlevée alors qu'elle se rendait à son travail, Mike, a poursuivi Bedford, entre deux reniflements. Ils l'ont conduite dans un motel du Bronx où ils l'ont massacrée. Sa tête flottait dans la baignoire quand on a retrouvé le corps.

J'ai serré les paupières en poussant un soupir douloureux.

— Perrine s'est chargé d'elle personnellement. On le voit sur la vidéo de sécurité sortir du motel, un grand sourire aux lèvres. Cet enfoiré n'a rien d'humain.

J'en avais le tournis.

— Non, vous avez raison.

— Je suis sincèrement désolé, Mike, a repris Bill.

Il était effondré. Que lui répondre ?

— Moi aussi, Bill. Merci de m'avoir appelé. J'imagine ce qu'il vous en a coûté.

Mary Catherine a ouvert les yeux à côté de moi.

— Que se passe-t-il, Mike ? Il y a un problème ?

— Non, ce n'est rien.

Je me suis retourné afin de regarder mes enfants, puis je me suis intéressé aux champs et au ciel en m'efforçant de retenir mes larmes. Je ne pouvais décemment pas lui avouer la vérité.

— Tout va bien, Mary Catherine. Rendormez-vous. On va s'en sortir.

Du même auteur
aux éditions de l'Archipel :

Un si beau soleil pour mourir, 2015.
Lune pourpre, 2015.
Le Sang de mon ennemi, 2015.
Week-end en enfer, 2014.
Moi, Michel Bennett, 2014.
Tapis rouge, 2013.
Zoo, 2013.
Dans le pire des cas, 2013.
Les Griffes du mensonge, 2013.
Copycat, 2012.
Private Londres, 2012.
Œil pour œil, 2012.
Private Los Angeles, 2011.
Bons baisers du tueur, 2011.
Une ombre sur la ville, 2010.
Dernière escale, 2010.
Rendez-vous chez Tiffany, 2010.
On t'aura prévenue, 2009.
Une nuit de trop, 2009.

Crise d'otages, 2008.
Promesse de sang, 2008.
Garde rapprochée, 2007.
Lune de miel, 2006.
L'amour ne meurt jamais, 2006.
La Maison au bord du lac, 2005.
Pour toi, Nicolas, 2004.
La Dernière Prophétie, 2001.

Aux éditions Lattès :

Tuer Alex Cross, 2015.
12 coups pour rien, 2014.
Tirs croisés, 2014.
La 11ᵉ et Dernière Heure, 2013.
Moi, Alex Cross, 2013.
10ᵉ anniversaire, 2012.
La Piste du tigre, 2012.
Le 9ᵉ Jugement, 2011.
En votre honneur, 2011.
La 8ᵉ Confession, 2010.
La Lame du boucher, 2010.
Le 7ᵉ Ciel, 2009.
Bikini, 2009.
La 6ᵉ Cible, 2008.
Des nouvelles de Mary, 2008.
Le 5ᵉ Ange de la mort, 2007.
Sur le pont du Loup, 2007.
4 fers au feu, 2006.
Grand méchant Loup, 2006.
Quatre souris vertes, 2005.
Terreur au 3ᵉ degré, 2005.

2e chance, 2004.
Noires sont les violettes, 2004.
Beach House, 2003.
Premier à mourir, 2003.
Rouges sont les roses, 2002.
Le Jeu du furet, 2001.
Souffle le vent, 2000.
Au chat et à la souris, 1999.
La Diabolique, 1998.
Jack et Jill, 1997.

Au Fleuve noir :

L'Été des machettes, 2004.
Vendredi noir, 2003.
Celui qui dansait sur les tombes, 2002.
Et tombent les filles, 1996.
Le Masque de l'araignée, 1993.